庆祝西藏自治区

成立60周年文学精品集

永恒的山

西藏作家协会——编

次仁罗布——总主编

徐　琴
张　艺——主　编
康松达伟

作家出版社

目录

神的“恩惠”

◎ 丹增

其结果，这些人，——就烙上了一种缺陷的火印，我是说，就做了先天的奴隶，或是命运的傀儡。

——莎士比亚《哈姆雷特》

夜深了，从旺扎活佛的卧室里不断地传来“呼噜、呼噜”的鼾声。

弥漫着烟雾的厨房里，亮闪着一盏微弱如豆的酥油灯。一个弓着背的老人，蹲在约摸一人高的六眼灶后，用铁勺将牛粪灰扒进身边的木桶里。然后，他转过身，轻轻地叫醒头枕在门槛上熟睡了的姑娘。

老人牵着小姑娘的手，小心地下了楼梯。摸着黑，拐过一堵土墙，轻轻推开一扇破旧的木门走了进去。这是一个半边有顶的马厩，十几匹正在啃草的马，昂起头朝这一老一少张望。

他俩来到靠马槽的墙旮旯，弯下腰将地上散落的马粪往一边堆了堆，然后在地上铺上一块掉了毛的干牛皮，躺下来。

老人是旺扎活佛的伙计，名叫格桑。这姑娘是他的女儿，叫小德吉，刚刚十八岁。在这个简陋、潮湿的马圈角落，格桑已经度过了三十九个寒暑的凄凉之夜。自从他的女儿小德吉坠地起，就一直跟着父亲生活在这里。

这时，疲倦的小德吉已经呼呼入睡了。格桑仍呆呆地坐着，这是他一天中最宁静的时候，马圈、土墙和繁星，他熟悉得就像知道自己身上有几条伤痕一样……望着这一切，格桑的脑海里又翻腾起那个问号来，“命苦是因为对神佛的不忠吗？难道，难道，我对神佛还不够虔诚?”想着，想着，往事就如同那颗颗星星，亮晶晶、冷冰冰地出现在他的眼前。

格桑的父亲也是旺扎活佛的终生奴隶。格桑十二岁那年，父亲得了肺病。还没有断气，旺扎活佛就派人将他抬往天葬场。格桑扑在父亲干瘦的身躯上，泪水湿透了父亲身上的破烂的氇氆衣。父亲终于睁开干枯的眼睛对格桑说：“我们命苦，是因为我拜神不勤、对活佛不忠。你可要忠诚地伺候活佛，神佛保佑你会有好日子过，不然……”

从此，格桑便依照父亲的嘱咐，起早摸黑，小心翼翼地伺候旺扎活佛。无论活佛怎样训斥他、鞭打他，他还是毫无怨言，默默地劳累着。他每早起来要磕五个头，求活佛保佑。每次领到一点工钱，连小德吉都不给一分，全部送给旺扎活佛。不少的喇嘛背地里都夸赞格桑是最忠实、最勤快的。

可是，虔诚的格桑却从活佛那里得到过什么恩惠呢?

父亲被旺扎活佛害死后，格桑再也没有什么亲人了。在苦难和悲伤中，格桑诚实而明朗的眼睛凝视着和他一样睡在马厩另一角的女奴隶卓玛。格桑平时除了干正活，一有空便来帮卓玛背水、割草、打扫牲口圈。卓玛也有生以来，第一次得到别人的关切和帮助。每逢她和格桑在一起的时候，她的呼吸急促了，心扑通扑通地跳，面孔热乎乎地红润起来。

几个月以后，卓玛在背水的路上，生下了一个孩子。这下可违犯了旺扎活佛的“神规佛法”。旺扎活佛的管家揪住卓玛的头发，拉到路上，按住头，让她用舌头舔干路上的血。然后，扒光身上的衣服，捆在大门前的经幡杆上。

杆顶上的经幡被寒风吹得哗啦哗啦直响，杆脚下被捆的卓玛，冻得厉害。一夜的寒风，使卓玛的身躯变得像一块石头。第二天，旺扎活佛叫人把卓玛的尸体扔到河里。

格桑一想到卓玛，心就像被针扎了似的。但是，想起父亲的嘱咐，他便又沉静了下来，心里祈祷着但愿活佛保佑卓玛升天。

从此，格桑为尽快洗罪，更加恭顺活佛，干活也更加勤快，起早摸黑地服苦役。

格桑把失了母亲的女儿，取名为德吉。他从垃圾堆里捡起破羊皮，鞣好；拾来烂氆氇片，接起来，裹着小德吉。他干活时，就把小德吉背在宽阔的脊背上。不管春夏秋冬，可怜的小德吉总是在父亲的背上驮着。醒着的时候，小脸蛋上露着微笑，咿咿呀呀跟阿爸学着说话，困了，摇摆着小脑袋，静静地睡在阿爸的背上。

雪山上的白杉松叶子落了又发芽，草原上的格桑花谢了又开放。漫长而苦难的日子，一天天地熬过去了。

小德吉已经十八岁了。虽然她穿着破烂的氆氇片，可是她俊俏的身材像一株春柳，虽然终日的劳累使得她的皮肤黝黑，可是她鸭蛋形的脸庞犹如草原上盛开的一朵鲜花。有一天，小德吉来到河边，把满脸的污垢和裸露的手臂洗了洗，采了一朵野花插在头发上，背起满满的一桶水上了路。

哪知道，旺扎活佛老远地就在盯着她。旺扎活佛贪婪地看着，当小德吉走近了，活佛喊道："站住！"

小德吉一动也不动地站住。旺扎活佛走上前，将手里的佛珠往脖子上一绕，伸出白胖的大手，轻轻地托起德吉的下巴，脸上露出淫威的笑容。活佛点了点头，然后大声喊道："戴罪的格桑出来！"

格桑弓着背，赶忙从厨房里跑出来。

旺扎活佛恶狠狠地说："你犯下的神罪不轻，为了使你尽快赎罪，我决定三天后把你的德吉送去当尼姑。"说完，活佛转身走了。

刹那间，小德吉叫了一声"阿爸"，连人带水桶一起倒在地上……

夜深了，父女俩仍旧躺在马厩的粪堆上。格桑又想着那个像谜一样的问号。

"阿爸，我们逃走吧！"格桑的回忆被女儿的话声打断了。他吃惊地望着已经醒来的女儿，半天说不出话来。逃走，是啊，要是不走，小德吉就要被送进尼姑庙。进尼姑庙，意味着什么呀？可是，逃走，对于虔诚的格桑来说又意味着什么？！

“逃走吧，阿爸。我们逃吧！”小德吉揉着睡眼继续说道。格桑惶恐地望着女儿，停了一会儿，说道：“逃，那是对佛爷的不忠，罪上加罪呀。从前，嗯，也就是十来年前，旺扎活佛有个奴隶，名叫多吉的人，他的儿子叫扎西，年岁和你一样大。他们给旺扎活佛放羊，有一次遇上了狼，把活佛称作长毛神羊的那只最好的羊给叼走了。这下可闯了大祸了，多吉带着扎西没敢回来见活佛，逃走了！”

格桑叹了一口气，对小德吉说：“他们真是对佛爷不忠啊！结果多吉的姐姐当了替死鬼，被吊死在山上。小德吉，我们要是逃跑，那罪不是更重了，何时洗得清呢，死后怎么能升天，活佛一念咒经，来世我们就要当毛驴呀！”

“阿爸，旺扎不是活佛，是鬼，是吃人肉的鬼，我们逃走吧！”小德吉说完站了起来。格桑这时惶恐地站起来，他那颤抖的手一巴掌打在女儿嫩嫩的脸蛋上。小德吉伸出手来紧紧捂住发烫的面颊，望着阿爸……刹那间，格桑弄不清刚才怎么打了女儿，他望着女儿可怜的脸庞，全身颤抖，长长叹了一口气。

一向虔诚、逆来顺受的格桑终于犹豫了，动摇了。

深夜了，天空布满乌云，四周一片漆黑。格桑老阿爸紧紧拉住德吉的手，弓着身子走出旺扎活佛马厩的门。他俩惊慌地在门口站了站，听了听周围的动静，然后快步钻进屋后山坡的树林中。

父女俩光着脚，怀里揣着缺了口的木碗，逃出了虎口，在茫茫的草原上寻找新的生活出路。

他们走哇，走哇。白天讨饭走路，晚上住破庙，钻岩洞。有时，饿了拾些野草吃，渴了喝几口冰冷的山涧溪水。就在这样疲劳的情况下，格桑都没有忘记每天早起要做爬爬揖，祈求活佛保佑。

当父女俩走到第十四天，才走出旺扎活佛的领地，进入了松青部落境内。

这天下午，太阳从西山头上缓缓落下，夜幕似遮天的黑纱从东向西渐渐拉起。疲惫不堪的父女俩，慢慢地，一步一步地沿着一个山坡爬去。到了坡顶，眼前出现了一顶黑色的牛毛帐篷。从帐篷顶的天窗里升起浓浓的牛粪火烟。

格桑扶着小德吉来到帐篷跟前。他睁大眼睛望了望帐篷里面，忽然惶恐地拉起女儿回头便走。小德吉有点莫名其妙，边走还边回头张望着。

“罪孽啊，没想到遇到的原来是他们，呀呀，这是命运对我们的惩罚！”格桑说着，拖着女儿走在乱石满滩的坡地上。走着，走着，格桑昏倒了。小德吉惶恐地扑到阿爸身上，呜呜地哭起来。

这时，有一个放羊的小伙子走来，他怔着眼神望着父女俩。但很快就明白了是怎么回事，他走上前来帮助小德吉将阿爸扶进帐篷。

帐篷里那位阿爸一见到格桑便吃惊地睁圆眼珠望着，忽然扑倒在格桑阿爸的身上：“格桑啊格桑，没想到你也走上了这条路，我们都成了罪人！”

格桑阿爸醒来了，他望着老人，颤抖的嘴唇喊了句：“多吉！”两位老人抱在一起失声痛哭起来……

从此，小德吉和扎西去放羊，两个老阿爸在家帮别人捻毛线，鞣皮子。在艰难的生活中，他们互助、互爱，过着贫困的生活。不久，小德吉和扎西成了一对甜蜜的夫妻。他们用勤劳的双手养活着两个年老的父亲。正在他们所希望的日子刚出头的时候，多吉阿爸突然得了重病，卧床不起。这下格桑老阿爸和小德吉两口子急坏了。为了挽救老阿爸的生命，格桑同小两口商量，卖去了仅有的几只羊的一半。格桑老阿爸带上洁白的哈达、叮当作响的银元，到附近的中多寺请来了四个喇嘛。

两天来，这些喇嘛把皮鼓敲得咚咚响；号筒子吹得呜呜叫。一会儿叫格桑杀羊，一会儿叫德吉打酥油茶。可是，驱邪逐恶的经还没有念完，老阿爸已经闭上了眼睛，停止了呼吸。

当他们背着多吉阿爸的尸体，朝天葬场走去的时候，只见对面跑来了十几个骑马的人。骑在最前面马上的人，头上戴着金色的尖帽，在阳光下闪闪发亮，马胸前的红缨就像一撮火一样。

格桑高兴了。他知道这是远道来的活佛，赶忙从怀里拿出两个银元，捧在手上，弯着腰站立在路旁。

清脆的马蹄声由远而近。第一匹马已经来到格桑面前。这时从马上传来了熟悉的声音："这不是伙夫格桑吗？"

格桑微微抬头一看，差点吓倒了。骑在马上的正是旺扎活佛。活佛扯起阴阳怪气的嗓门说道："你大胆，违犯法规，畏罪私逃！现将你所有的东西布施给寺庙喇嘛，才能洗清你的罪孽！"

可怜的格桑虔诚地回答："只要能洗去犯下的累累神罪，一切遵嘱。"

这时，小德吉满腔的怒火再也压不下去了。她仰起头，怒视着旺扎活佛说："你哪里是活佛，你是鬼，你无权拿走我们的一根羊毛。"

旺扎活佛抽动着满脸横肉，丢下手里的佛珠，"唰"地从袈裟里拔出一把尖刀，朝着小德吉的头砍去。一股热血从头上喷了出来。她倒下了。

这时，旺扎活佛一声口哨，马队跟着他，杀气腾腾地冲向格桑老阿爸的帐篷。他们用刀子砍断了帐篷绳子，把家里的羊毛、羊皮，凡是值钱的都像搬家一样收拾起来，驮在马上。然后用刀子捅死了几只羊羔后，赶着仅有的几只大羊，扬长而去。

当格桑老阿爸和扎西背着小德吉来到那帐篷面前时，眼前只有几只死羊羔、破木碗。格桑昏倒了，嘴巴里吐出大口大口的鲜血，豆大的汗珠从黑瘦的脸上滚下来，干裂的嘴皮抖动着，他终于对哭泣着的扎西说："旺扎不是活佛……活佛，是假的……"

这是早已逝去的黑夜。这个悲惨的故事，会告诉人们什么呢？对于我们今天会有什么启示？亲爱的读者，想一想吧！

吉祥的彩虹

◎ 降边嘉措

1951年夏天，进藏部队克服了各种艰难险阻，以无坚不摧之势，迅速向拉萨挺进。如何使大部队在大雪封山之前跨过怒江天险，成了当前最关键的问题。在这个形势下，高志诚率领十几名战士来到扎青宗[①]建立兵站，为大部队渡江做准备。

他们来到怒江边，渡口上空无一人。高志诚和战士们站在江边的巨火岩石上瞭望，只见江两岸怪石狰狞，巉岩兀立。汹涌的江水，像受惊的野马嘶叫奔腾。兵站的同志们不约而同地高声赞叹，真是怒江天险，名不虚传。

对岸，坐落在山脚下的喇嘛寺，鎏金的小顶盖在阳光下闪闪发光。在寺庙和村庄之间，有座用青石块砌的高大建筑，像一座城堡，也像一座监狱，那是宗政府。宗政府近旁，有一所规模不大却十分讲究的两层楼房院落。围墙和楼房全是雪白色，看样子是宗本[②]的住宅。在这三座突出的高大建筑物四周，散乱而拥挤地排列着一片片低矮的平顶土房和破烂帐篷。

高志诚想，马上就要和那些高大建筑物里的主人打交道了，他们是些什么样的人物呢？他们将对进藏大军持什么样的态度呢？

时近黄昏，欲渡无船。高志诚和战士们在河边靠崖搭起了帐篷。

第二天中午，有两只牛皮船向江这边划来。他们上了岸，见解放

① 宗：藏语，县。

② 宗本，即县长。

军站在路上，马上装出一副笑脸，迎了过来。

这是宗政府秘书隆珠，奉宗本旺扎之命，率人前来迎接兵站同志。

高志诚面带笑容，迈着稳重的步伐，向前走了两步。隆珠赶紧跨上一大步，托着哈达的双手微微向上一抬，头和身子一起向下一倾："本布拉①辛苦了！我代表旺扎宗本前来欢迎贵军。"

高志诚侧过身子，从藏族战士洛桑手里拿过一条崭新的哈达，轻轻一抖，将新哈达托在双手，向前一伸，搭在隆珠手上，同时接过了隆珠的哈达，和蔼地说："谢谢宗本的好意。"

高志诚请隆珠到帐篷里坐。隆珠介绍了自己的身份以后，接着说："听说贵军要到我们这个小县城，我们上至宗本，下至僧俗百姓，都非常高兴。没有想到你们来得这么快，连住的地方也没有准备好，让你们露宿野外，真是抱歉，抱歉！"

高志诚客气地说："这没有什么，我们一路行军，住惯了帐篷。隆珠拉②，我们是不是现在就过江去见宗本？"

"这不行，不行。"隆珠赶紧说，"这几天河水猛涨，牛皮船颠簸得很厉害。旺扎宗本害怕失礼，才命令我们，不惜冒着生命危险来见本布拉。俗话说，皇帝的心思、夏季的天气最难捉摸。这些天，气候变幻无常，不看准天色，千万不能开船。出了事，我们担待不起呀。此刻，怕又要起风，就请贵军在这边委屈一夜，明天再说。"

高志诚考虑初次见面，不好过于勉强，要乘牛皮船过江，确实也有困难，只好再住一夜。

俗话说："一、二、三，雪封山；四、五、六，雨淋头；七、八、九，正好走；十冬腊月学狗爬。"就是说在康藏高原一年之中，只有七、八、九三个月的气候比较好。但是，隆珠并不像高志诚那样着急。过了一天又往后推延一天。三天过去了，在兵站同志的一再催促下，他才带着兵站的同志过江。

---

① 本布拉，即长官。

② 拉，是表示尊称的意思。

牛皮船很小，全部人员要分三批过江，隆珠很客气地请高志诚先上船。那只船上，有两个船工，一个有四十多岁，另一个有二十七八岁，身体很壮实。见他们走过来，年长的船工立即放下绾在头上的辫子，跳下船，吐着舌头，弓着腰，然后用力拉住绳子请客人上船。那个年轻人却一动不动，挺立船边，右手拿着桨，插进水里，他没有理隆珠，用冷漠、不满，甚至带有敌意的目光，看着这些陌生人。

高志诚和战士们亲切地向年轻人点头、问好，年轻人依旧昂然挺立，就像船上没有来人一样。

船在江中颠簸前进。这年轻船工引起了高志诚的注意。他裸露着上身，藏袍的两个袖子系在腰上。浓黑的眉毛下，有一双炯炯有神的大眼。体格健壮，相貌英俊，像是一座古铜雕像。只是上嘴唇显得过短，一排洁白的上牙异样地露在外面，尽管留着胡子，也掩盖不住。

上岸了。高志诚和其他同志向两位船工连声说："土吉其！土吉其[①]！"那位年长的船工跳下船，弓着身子，伸开双手，吐着舌头，表示敬意。年轻人依旧站在船上，看着他们。高志诚亲切地问："卓波[②]，您叫什么名字？"

"吉村。"

高志诚再次向他们表示感谢，然后在隆珠的陪同下，走上岸去。

旺扎带着宗政府的一些僧俗官员前来迎接。他是五品官，是宗本官衔最高的一级。今天，他穿着清朝的官服，在一群身穿藏装和袈裟的人里面，特别显眼。通信员小宋和其他同志用好奇的目光看着他。

在宗本的客厅里，主人和客人分两边坐在铺有藏毯的垫子上。高志诚把一份公函交给旺扎："宗本拉，这是昌都解放委员会[③]给您的信。我人民解放军进藏部队遵照党中央、毛主席的命令，根据西藏人

---

① 土吉其，是谢谢的意思。

② 卓波，即朋友。

③ 昌都解放委员会是昌都战役结束后，在 1951 年 1 月成立的政权机构，它统一领导全区的各项工作。简称"解委会"。

民的迫切愿望，进军西藏，巩固国防，驱逐帝国主义势力出西藏，完成统一祖国的大业，希望宗本积极协助人民解放军完成自己的光荣历史使命。”

旺扎表现出一副诚心诚意的样子说：“我坚决拥护‘十七条协议’[①]，衷心欢迎解放大军到西藏。愿为大军效劳！”

“宗本拉，请问渡江的船只准备得怎样了？”

“我们一接到解委会的指示，立即着手准备，该修的修，该补的补。”旺扎神色十分自得。

“现在有多少船？”

旺扎迟疑了一会儿说：“三四只。”

“别的船呢？”

“就这么几只，我们不像内地，穷得很。”

“啊！”高志诚注视着旺扎的神情，又说，“那些船只什么时候能修好？”

旺扎吸了下鼻烟，打了个喷嚏，然后慢悠悠地说：“我们尽量抓紧搞吧。”他向隆珠递了个眼色，隆珠会意，站起来，殷勤地说：“宗本拉，高站长他们今天刚到这里，山高路险，长途跋涉，是不是先请他们休息休息，让我领着去看看房子？”

旺扎马上站起来：“那好，那好！你就代表我好好招待！”

战士洛桑见旺扎和那些官员虚假应付的样子，正要说什么，高志诚却站起来：“好吧，渡江的事咱们明天再商量。”高志诚觉察这里的气氛不大对头，再谈下去也不会有什么结果，决定进一步摸清情况，再作决策。

隆珠把兵站的同志带到了隔壁一座二层楼房里。楼下是宗政府的卫队。兵站同志外出时，前后左右都有背大枪、佩长剑的人跟着“保护”，隆珠破例地给士兵们大量酒肉，让他们大吃大喝，然后像发疯

① 指 1951 年 5 月 23 日在北京签订的《关于和平解放西藏办法的协议》，共十七条，简称“协议”或“十七条协议”。

一样狂舞乱叫，有的把上身脱得精光，披着长发，在楼梯口挥舞长剑，说是在练“剑术”。兵站同志根本无法接近群众，更没有办法去找船。

第二天，吃过早饭，楼下的几个人又喝得醉醺醺的，来喊洛桑，要同他比剑术。洛桑和高志诚商量一会儿，告诉他们：“我们没有带剑，要是愿意，可以比枪法。”

一会儿，隆珠出现了：“高站长，刚才洛桑说要同我们比枪法，是真的吗？”

高志诚说：“看来秘书对此兴趣很高，我们愿意试一试。”

不久前，旺扎和穷达活佛一起，在朗杰林寺大念“咒经”，散布谣言，把“红汉人”解放军说得非常可怕。不准藏民同“汉兵”来往，强迫他们躲到山里去。今天又一反常态，说是宗本的命令，要老百姓来看比武。旺扎盘算的是借比武抖抖自己的威风，想方设法让解放军在乡亲面前出丑，乡亲们却也乐意来看，看这些新来的“汉兵”究竟是什么样子。

兵站同志看到来了不少群众，心里很高兴，前两天挨门挨户去访问，也找不到几个人，今天来了这么多人，正是和群众接触的好机会。

隆珠把老百姓都召集到县城西面的一个草坪上，然后让人在一百步外插上十支箭：五支一组，每组是四角摆四支，中间插一支。旺扎和高志诚一起来观看。隆珠对高志诚说：“我们一边出一个人，每人五发子弹，看谁能把五支箭头都打断。”

高志诚说：“好！你们先打吧！”

隆珠向后面使了一个眼色，一个彪形大汉跳出来，拿着支英式步枪趴在地上，叭！叭！五声枪响，五支箭头都打断了。士兵们狂呼乱叫，又吹口哨，又跺脚。那彪形大汉神气十足地站起来。旺扎赏给那个大汉一条哈达，他把哈达缠在枪筒上，高高地举起来，绕场走了一圈，又引起士兵们一阵狂叫。旺扎看着高志诚，得意地笑了笑，说：“这下该看解放军的了。”

高志诚对一个射击能手打了个招呼，那个战士正要上前，站在高志诚后面的小宋，早已憋不住了，说了声："看我的。"提着卡宾枪一个箭步冲上去，摆开射击姿势。

乡亲们看见一个小解放军出来比赛，都感到惊讶，纷纷议论："这小汉兵能行吗？"

隆珠问高志诚："他算数吗？"

"当然算数。"

隆珠又张开巴掌："本布拉，只能打五发啊！"

"用不了五发。"高志诚大声地说，既是对隆珠的回答，更是对小宋的鼓励。小宋从小参军，年纪虽然不大，但参加过淮海战役和大西南进军，经历过许多次激烈的战斗，练得一手好枪法。

在大家的议论喊叫声中，小宋不慌不忙地看好角度，做好射击准备，等隆珠说了声"开始"，他扣动扳机，从左边斜穿过去，第一枪就打断了三支箭头，人声沸腾，称赞不已。第二枪又打断了两支。乡亲们热烈地议论开来，称赞解放军的好枪法。

隆珠感到难堪了。他怕宗本怪罪于他，于是灵机一动，又生一计，对高志诚说："我们西藏人喜欢跑马射箭，这里草坪小，今天我们就不跑马，比赛射箭好不好？"他说这话时声音很大，让周围的人都听得见。

高志诚以探询的目光看了看藏族战士洛桑，洛桑点了点头，高志诚对隆珠说："拿弓箭来吧！"

这回答，使隆珠感到意外。他估计汉人不会射箭，说比赛，只是要将他们一军，挽回面子，也好向旺扎交差。这下他只好让用人取来弓箭，然后让人在五十步外摆两个瓶子，瓶子上各放一个鸡蛋。他对高志诚说："一箭要把鸡蛋射掉，但瓶子不能倒。"

高志诚说："还是你们先射吧！"

隆珠让一个士兵出来，那人拉满弓，一箭射去，把鸡蛋射落在地，因羽毛擦着瓶子，瓶子晃了两下，但没有倒。那些士兵拍手叫好，高喊："让汉兵来射！""这下要看汉人的啦！"

洛桑从士兵手中接过了箭，嗖的一声，弦响处，蛋已落地，瓶子纹丝不动，干净利索。

隆珠暗暗佩服洛桑的好箭法，但他不死心，说："两个人都射中了，分不了胜负。放远一点，一百步，怎么样？"

洛桑点了点头，好像在说：随你便吧！

这次还是那个人先射，一箭把鸡蛋射了下来。

该洛桑射了。旺扎说："唱歌要嗓子，拉弓要膀子，这是一百步啊，臂力不好可不行！"

洛桑微微一笑，没有说话。摆开架势，用力开满弓。本来可以射了，但看着那些人嚣张的气焰，他肚子里有股气，想射得更猛些，憋足气，使狠劲拉了一下，"咔嚓"一声，箭未出手，弓却断成两截，人群中爆发出一阵热烈的掌声。

一个孩子情不自禁地拍手欢呼："金珠玛米力气大！金珠玛米赢啦！"他看得太高兴，竟忘了豺狼般的老爷就在身旁。

连输了两场，隆珠狼狈不堪，一肚子的火正没地方出，听见那孩子叫，扭头一看，是宗本家的用人小次登。他猛扑过去，像老鹰抓小鸡一样，抓住衣领，狠狠朝前一推，把小次登摔倒在地，又从背后抽出皮鞭，往他头上"叭！叭！"就是几下。这时，突然一个年轻人从人群中冲出来，一把夺过皮鞭，折成两截，愤怒地摔在地上。隆珠恼羞成怒，挥拳就打，大声喊："给我抓起来！"几个士兵如狼似虎地冲了上来。洛桑大吼一声："不许抓人！"一个箭步冲上去，挡住了士兵。隆珠怒火未消，一挥手，又有几个士兵冲上来，高志诚忙走到隆珠面前，态度平静而语调坚定地说："大管家，这样不好吧！"

面对着高志诚从容大方、坚定沉着的神气，隆珠内心恐慌，呆呆地站立在那里。

高志诚转过身对旺扎和那些官员说："藏族同胞喜欢跑马射箭、比赛枪法，像过节一样，大家高高兴兴，热热闹闹，这是件好事。今天我们应邀来比赛，也是为了尊重藏族同胞的风俗习惯，增强藏、汉民族之间的团结和友谊，并不是为了比输赢。在这样喜庆的日子里，随便抓人、打人，多扫兴呢。”他转向旺扎：“宗本拉，是不是这样？”旺扎哭也不是，笑也不是，他看见高志诚的目光，在温和中带有不妥协的神色，只得从嗓子眼里挤出一个字：“是。”

隆珠耷拉着脑袋，悻悻地走开了。

高志诚转过身去，从那炯炯有神的大眼和由于上嘴唇短了些露着牙齿的嘴，他一下子认出这敢于冲出来的年轻人，就是那天送他们过江来的船工吉村。高志诚忙上前要和他说话，吉村却走开了。走了两步，又回头看了看高志诚和战士们，仿佛是第一次看到这些“汉兵”。

洛桑走近小次登，紧紧搂着他的肩膀，亲切地抚摸着他脸上带血的鞭痕。这个倔强的孩子放声痛哭起来。

现在，楼下的那伙士兵“老实”多了，再也不来挑衅，也不借口“保护”明目张胆地尾随解放军了。

兵站党支部决定利用这个有利条件，组织大家向广大群众和上层人士广泛宣传党的民族政策和“十七条协议”，争取他们的支持和帮助。

高志诚了解到，吉村的阿妈有病，前几天到寺庙去点酥油灯，腿又被狗咬伤。他便派卫生员小周去为老人医治。那个和吉村一起送他们的年长船工，叫邓珠，是个阅历丰富的人，经常去支乌拉，也常向人讲起金珠玛米的好处。于是，高志诚决定先到邓珠家里去看看。

这天，高志诚刚走进邓珠大伯家不久，就见有一个人影在窗外晃了一下。邓珠朝他使个眼色，又朝窗外努努嘴，低声说：“不许我们随便和汉人说话，谁不听话就割舌头，抽脚筋，剜膝盖骨。”高志诚听着，浓眉一皱，回想这几天的情形，原来是明里不跟，暗里跟得更紧了。怪不得乡亲们还是不敢讲话。为了不使邓珠为难，他随便聊了几句就回去了。

由于害怕被偷听，邓珠没有和金珠玛米多说话，但是他知道金珠玛米的心意，他为金珠玛米找不到船着急。他知道宗本把所有的船都藏起来了，但是他不知道藏在什么地方。他的邻居吉村知道，他决定偷偷地为大军做吉村的工作。

经过几天的访问摸底，高志诚发现这里的很多群众还不知道有个和平解放西藏的协议，对人民解放军进军西藏这样重大的事情缺乏了解，旺扎指派人跟踪、监视解放军的行为，更是违反协议规定的。于是他要求旺扎宗本把和平解放西藏的协议公布给广大僧俗人民，做到家喻户晓，老幼皆知。

“这个……”旺扎面有难色，随即眼珠一转，灵机一动，马上取出那本红色精装的藏文版协议在他们面前晃了晃，“我照这个讲过了，可是我们这里的老百姓和你们汉民不同，天生的愚笨，再好的道理他们也听不明白，白费唇舌。”

高志诚说：“百姓并不愚笨，应该经常给他们讲，还应该贴出来，让更多的人知道。”

“就这么一本，怎么贴呀？”

洛桑马上说：“这里印的有一些，请宗本向僧俗百姓散发。”洛桑不等他回答，就从皮包里取出一沓铅印的宣传品，交给他。旺扎用颤抖的手，像接一个火团似的勉强接收下来。

高志诚把口气放缓和一些：“宗本拉，不仅要宣传，更重要的是要照着协议的规定去做。这样不仅对广大群众有利，对您自己也是有好处的。只要您同人民站在一起，真心为人民办事情，像您这样的上层人士，也是有光明前途的。协饶活佛和曲扎头人不是和我们合作得很好吗？”

旺扎肚里气得冒火，鼻子里却不冒一点烟，还装出诚心诚意的样子：“这个我明白，我明白。”他心里却想着，藏民不会听汉人的话，只要你找不着船和船工，哼，过怒江天险，进西藏，妄想！还得派人加紧暗中监视高志诚他们，甚至放冷枪，投恐吓信。

回到兵站，同志们在一起又商量了怎样发动群众，自己造船的事。

洛桑说："现在造船材料已准备好了，协饶活佛和曲扎头人也答应派人帮助我们。"

"邓珠大伯说，他也要找一些人来帮助我们。"小宋说。

高志诚对洛桑说："我们要继续做好吉村的工作，一方面把他们藏的船弄到手，还要动员逃到山里的船工和乡亲们早点儿回来。"

正在这时，卫生员小周和一个战士急匆匆走进来，向高志诚报告："站长，巴桑卓嘎阿妈不让我们给她看病了。"

"为什么？"

"她说隆珠给了她巧莎[①]，把我们上的药和纱布也扔在门口了。"

高志诚觉得这不是一般的迷信思想，肯定和宗本他们破坏我们找船、造船的工作有关，他对洛桑说："你和小周再去一趟，看看究竟是怎么回事，好好给吉村做做工作。"

洛桑和小周到吉村家时，正好邓珠也在那里。

洛桑关切地问："阿妈，好一点儿了吗？"

邓珠代她回答："她说这两天痛得更厉害了。"

"那为什么不让我们的医生看病？"

邓珠生气地说："隆珠不让她找解放军看病，把你们上的药扯下来扔了，吃的药也拿走了。"

这时吉村从渡口回来，见他们来看阿妈，向邓珠大伯尊敬地点了点头，又看看洛桑和小周，没有说话。

洛桑主动向他打招呼："又上渡口啦？我们来看看阿妈的病。"

吉村盯着他，欲言又止，他的脑子像水磨一样飞速转动，老是想着一个问题：金珠玛米究竟是什么人？他们到西藏来干什么？一年前"送鬼"的那天，喇嘛寺堂悬挂的"红汉人"的图像至今仍搅扰得他心神不宁：散乱的头发拖在地上，鼻孔里冒着烈焰，张开血盆大口，随时准备把人吞下肚去。眼睛里闪射着鬼火，那双毛茸茸、血淋淋的

① 巧莎：用活佛的尿拌黄土制成的"药"，意即尿土。

手伸向正在念经的老喇嘛。这形象给他留下了深刻的印象。穷达活佛还讲了好多从前汉人杀藏民、烧寺庙、抢东西的事。

可是，自从在江边见到高站长他们的那一天起，他看到的却是另一种样子。渐渐地，他对旺扎和穷达活佛讲的那些话产生了怀疑，他迷迷茫茫，觉得那只毛茸茸、血淋淋的黑手不是长在“红汉人”身上，而是长在隆珠身上，长在旺扎身上，正是那些被他们说成是“魔鬼转世”的金珠玛米在真心实意地帮助我们穷苦百姓。这时，他脑子里像塞了一团羊毛，乱糟糟的，理不出个头绪来。他心绪不宁地走到灶边，添了一根柴。

小周见吉村和过去一样，不和他们说话，又对巴桑卓嘎说：“不上药怎么行，伤口会感染、化脓的。”

巴桑卓嘎吃力地说：“管家给了巧莎，涂上就会好的。”

小周摇摇头，心想，那东西越擦越坏，越吃越糟。

洛桑心里着急，又不好勉强，诚恳地说：“您信不过我们的医生也没关系。我也是受苦的农奴，跟你们说句实话，阿妈拉本来就有病，这次狗咬得又很厉害，巧莎是治不好的，赶紧想办法擦一点麝香，要不整条腿都会烂掉。”这几句话说得很朴实，很真挚，深深打动了吉村的心，他猛地站起来，走到洛桑身边，抓住他的肩膀问：“你真是受苦的农奴？”

洛桑用左手抚摸着吉村搭在自己肩膀上的粗大的手，满含悲痛地说：“不仅是受苦的农奴，而且是‘犯了罪的农奴’的孩子。”

“什么？‘犯了罪的农奴’的孩子？”吉村从他的身后跳到前面，两手紧紧抓住他的肩头，好像他会跑掉似的。

洛桑指着自己额头上的伤疤：“您看这个。”

“烙过‘狗’字的伤疤！”吉村急切地问，“谁给你烙的？为什么？”

洛桑拍了拍吉村的肩头：“您坐下，听我慢慢给您讲。”洛桑长长地吐了一口气，好像是要让自己激愤的心情平静下来，然后用深沉有力的声音叙述着：“二十多年前，爷爷因为还不起高利贷，日子没法过，带着阿爸、阿妈逃出庄园。但是，他们没跑多远，就被领主抓回来，剜掉了爷爷的膝盖骨，扔进蝎子洞，活活地被蜇死了。他们还说我阿爸和阿妈是犯了罪的逃亡农奴的孩子，在阿爸阿妈的额头上烙了'狗'字，我刚落地，他们就说我也是有'罪'的人，不久，额头上也被烙了一个'狗'字，说我们犯了罪的农奴跟狗一样下贱。"说到这里，洛桑摇摇头说不下去了。

"后来呢？"吉村睁大双眼，一动不动地看着洛桑。

"农奴还有什么好下场？"洛桑接着说下去，"后来阿爸被捆在铜马上活活烧死了，阿妈也被迫跳了金沙江。只剩下我一个孤儿，被一个好心的爷爷带到江东，到处流浪，靠要饭过日子。在我走投无路的时候，金珠玛米像神鹰一样飞到了西藏，把我从苦海里救出来，我才当了金珠玛米，走上了光明和幸福的道路。"

雪山上的青松根连根，受苦的农奴心连心。洛桑一家三代人的悲惨遭遇，引起了吉村对自己苦难身世的联想，也激起了他对旺扎满腔的仇恨。他抓着洛桑的手，激动地说："洛桑兄弟，我也是'犯了罪的农奴'的孩子。"他指着自己的嘴唇，又指着阿妈的嘴唇："你们看。"还没有等吉村说下去，巴桑卓嘎双手捂住脸，"哇"的一声哭了起来。

洛桑走到跟前，亲切地说："阿妈拉，您不要难过。"等巴桑卓嘎稍微平静下来，他对吉村说："雪山上的青松过一年多一道纹，农奴的孩子长一岁积一层恨。卓波，这些仇和恨会使我们聪明起来。"

吉村也满怀悲愤诉说着："我阿爸也是船工。阿爸为了偷偷地把三个年轻的牧民送过江，被旺扎抓走了，说他违抗了宗本的命令，犯了死罪，第二天就用湿牛皮包着身子扔到怒江里了。"说到这里，吉村紧紧咬着牙，眼睛里射出一道愤怒的目光，一会儿又猛地抬起头，指指自己的嘴唇说："因为我是'犯了罪的农奴'的儿子，把我和阿妈的嘴唇割了。幸亏那天割嘴唇的士兵也是一个穷人的孩子，他下不了狠心，闭着眼，只割了一半。不然整个嘴唇都会割掉的。"

吉村说："旺扎把阿妈和我的嘴唇用绳子穿起来，在江边的大树上挂了整整七天七夜，说要给不听话的农奴做个样子。”

吉村两代人的血泪仇，激起了洛桑对他的深切同情，觉得自己的心和吉村贴得更紧了，他怀着真挚的感情对吉村说：“卓波，我们都是皮鞭下长大的，你为什么相信那些黑心肠的话，把亲人金珠玛米当仇人？”

吉村再也憋不住，把心中的疑团告诉了自己的朋友：“卓波，请您告诉我，金珠玛米是什么人，他们同过去的汉人有什么不同？”

洛桑告诉他：“汉藏人民都是兄弟，过去欺负我们西藏人民的，是国民党反动派。现在共产党、毛主席领导各族人民把国民党反动派打垮了，如今又派来金珠玛米，帮助我们西藏人民过好日子。这是我们真正的亲人来了！”

吉村又问：“他们说，‘红汉人’是浮云，老爷是蓝天，云走蓝天在；‘红汉人’是流水，老爷是岩石，水流岩石在，汉人终究是靠不住的。”

洛桑回答说：“金珠玛米像雪山上的青松，永远扎根在西藏高原，他们要世世代代同西藏人民在一起，共同建设繁荣幸福的新西藏。”

吉村用激动而欢快的声调说：“沙子和金子混在一起，用水一淘，沙子就会被冲走，留下的是真金；真理和谎言混在一起，用事实一对照，谎言就会被揭穿，真理的光辉能把人们的心儿照亮。感谢您，我的好朋友，您用金子一样纯洁的心，擦亮了我被风沙眯住的眼睛。请您告诉我，我能为亲人金珠玛米做些什么？”

洛桑直截了当地说：“翻山要有路，过河要有桥，没有桥就要船。解放大军就要渡过怒江，进军拉萨。卓波，请您告诉我们，他们把船藏在什么地方？”

吉村说：“他们把船藏在……”

“阿加巴桑，您的病好一点儿了吗？”隆珠推开门闯进来，故作亲热，打断了吉村的话。他后面跟着三个士兵，和过去不同的是都没有背长枪。

屋里的人用惊奇的目光看着他们，没有人搭理。隆珠笑嘻嘻地说："洛桑拉也在这里！"他把一小口袋糌粑和用羊肚子包着的酥油，放到巴桑卓嘎跟前："宗本说，这几天您就别来干活，好好在家养病。宗本怕你家里没有吃的，让我送一点糌粑和酥油来。"

巴桑卓嘎和吉村都没有理他，他也不管别人理不理，继续说："吉村，宗本说有重要事要过江，请您辛苦一趟。"

吉村拍了拍身上的灰，冷冷地说："找别人去吧，我刚回来。"

隆珠伸出大拇指说："谁不知道您是扎青渡口最能干的船工，船开得稳，开得好。坐别人的船，宗本不放心。"

吉村不知道宗本是不是真要过江，不愿去。巴桑卓嘎虽然不相信宗本会发"善心"，但害怕他们下毒手，对儿子说："孩子，勉强去一趟吧！"

隆珠赶紧说："对，快去快回，回来好照顾阿妈。"说着连拉带推地把吉村带走了。到了门口，吉村回过头，看着洛桑要说什么，隆珠却抢先说："洛桑拉，你们坐，我们先走一步。吉村很快就会回来。"说着硬把吉村带走了。

看着隆珠不同寻常的举动，洛桑警惕地说："旺扎真的要过江？！"

邓珠走到门口，一个不祥的预感掠过心头，他说："野兽的花纹在外头，人的计谋在里头，谁知他们打的是什么主意？！"

当天，吉村没有回家。第二天上午，吉村还没有回家。

同志们都为吉村的安全担心，正在想办法要弄清他的下落时，小次登急急忙忙跑了进来，他到高志诚跟前，扑通一声跪在高志诚跟前，带着哭声说："高站长，请你们快去救吉村哥哥。"

高志诚和同志们赶紧把他扶起来，连忙问："吉村在哪里？"

小次登急得话不成句，断续地说："昨晚半夜我听见有人走动，又听见用皮鞭抽打，可是也没有听见有人喊痛，连哼也没有哼一下。过了一会儿，几个士兵抬着一个长东西，好像是人，送到土牢里关起来了。"

"你怎么知道是吉村？"高志诚想把情况弄确实一些。

小次登说："今天一早，我去找隆珠，听见宗本在他房子里说话，我悄悄地站在外面，听见宗本说：先把他关好，等汉人一走，和他爸爸一样，扔到河里喂鱼去。"

洛桑气愤地说："真比毒蛇还要狠。"

小次登央求说："高站长，吉村哥哥可是个好人，请你们赶快去救他吧……"说着又要下跪。

高志诚抚摸着他蓬乱的头发，坚定地说："你放心，我们一定要把他救出来。"

经过一番周折，当高志诚和洛桑找到吉村时，他正在黑暗的牢房里。高志诚用手电横扫了一下，从黑暗的角落里突然发出一个粗犷沉闷的声音："谁？"他们一下子就听出是吉村，高志诚和洛桑同时高兴地回答："吉村，是我们。"吉村也听出是高志诚和洛桑："我在这里。"他猛然站起来，可是"哎哟"一声，又沉重地倒了下去。原来，旺扎把吉村当成"要犯"，把他一人关在铁桶一样的牢房里还不放心，又给上了沉重的大木枷，使吉村连站都站不起来。他俩看见吉村的藏袍被撕成碎片，打得遍体伤痕，血肉模糊，又心痛，又气愤，扑过去，抱着他，亲切地说："吉村，你受苦了。"

吉村万万没有想到金珠玛米会来到这个地方。他就像被激流冲走，快要奄奄一息的时候，突然间遇到救生船。吉村紧紧抱住高志诚，含着泪花，感动得说不出话来。

高志诚命令旺扎的小管家打开大木枷，和洛桑一起搀扶着吉村。

他们刚刚走出牢房，邓珠、小宋、小周、小次登和乡亲们、战士们都迎了上来，大家热情地向他问好，关切地询问他的伤势。看着这一张张亲切的面孔，听着这一声声感人肺腑的话语，吉村心里无比激动，泪水模糊了他的双眼，他好像经历了两个世界。

吉村怀着感激的心情，看着像慈父一样关心自己的邓珠大伯，又看了看大家，然后用嘶哑而深沉的声音，有力地说："我要带着金珠玛米去找船，帮助大军过江。"他那带血的嘴角上露出了一丝微笑，那炯炯有神的眼睛里，闪射出一道从未有过的光芒。

“对，大家都去帮助金珠玛米找船、造船，让大军早一点儿到拉萨！”人群中发出了一阵山洪暴发般的巨大声音。

一直在窗口偷看的旺扎，听见这声音，感到心惊肉跳，他怀着恐惧而阴暗的心理，赶紧把窗户关上。

正是“七、八、九，正好走”的季节。这天，高志诚陪着部队首长来察看过江的情形。江边是一派繁忙而欢快的景象。兵站同志新造了几十只牛皮船，被旺扎藏匿的船只也全部找了回来，逃到山里的船工和群众，也陆续回家了。一切准备工作已经做好，大部队到达扎青后，便不失时机地开始渡江。此刻，他们看见身穿长袍、裸露上身的藏族船工和身着草绿色军装的解放军战士，在一只只牛皮船上齐心协力，奋臂摇桨。牛皮船在波涛汹涌的怒江之上，劈波斩浪，随着澎湃的江水，一起一伏，向西飞驰。高志诚高兴地对首长们说：“藏族同胞为我们架设了一条通向拉萨的吉祥的彩虹。”

这时，洛桑和吉村他们划的那只大牛皮船，满载着战士靠岸了。吉村高兴地举起桨，向首长们挥舞致意，并用他那雄浑豪放的声音，唱起了一首新编的藏族民歌：

哈达不要太多，
雪白纯洁就好；
朋友不要太多，
结识金珠玛米就好。
我的心哪，
就像盛开的格桑花。

其他船上的船工和岸上的人们，也跟着唱了起来。这歌声越来越雄壮，越来越高亢，压倒了怒江的波涛声，在峡谷中久久回荡，回荡！……

漫漫转经路

◎ 德吉措姆

拉萨——藏语意为“圣地”，四周的群山像八瓣莲花，围拱着这一片宽广肥沃的河谷，她就是我的故乡！自古以来，人们传说她是仙佛聚居的须弥圣境，也有人盛赞她是一颗举世闻名的“高原明珠”。也许，这只是人们对家乡的一种偏爱，或者是一种美好的向往。不管怎么说，人，特别是人到中年以后，谁不分外留恋自己的故乡？异乡的游子，常常在魂牵梦萦中，把留在童年的记忆中的故乡，美化得分外迷人。这也许是人之常情。

然而，我却有所不同。想起二十多年前的往事，故乡留给我的，更多的是忧伤和悲愤。

我曾经有一个虽然贫贱却是和睦美满的家庭。家里有强健能干的阿爸，美丽贤惠的阿妈，还有虔诚信佛、心地善良的奶奶，我们藏语叫嫫拉。我是全家人心上的宝贝。可是，在我二岁那年，阿爸不知因什么事情被激怒了，不愿跟主人到印度做买卖，还骂主人是“吸我一辈子血的，吃山不知饱，喝海不解渴的魔鬼”。主人恼羞成怒，当场叫人拳打脚踢，把阿爸打得头破血流还不算，又捏造名目，将他送进“雪勒空”。“雪勒空”的官员，不问青红皂白，以“违抗官命，企图逃跑”的罪名，罚处抽阿爸二百皮鞭。

可怜的阿爸，被他们按倒在地，手和脚分别捆在前后两根木柱上，裤子脱至脚脖子处，左右各一个打手，抡起打结的牛皮法鞭，轮流抽打。阿爸咬紧牙关不出声，打手汗流滚滚，抽得阿爸血肉模糊，不省人事，屁股上没有留下一块好肉。就在那天晚上，可怜的阿爸含恨去世了。

五岁那年，阿妈又遭了不幸。有一天，阿妈出外干活到深夜还没有回家，急得嫫拉带着我满街乱转。第二天早上在街上遇到一个老兵，他见我们可怜，才偷偷告诉我们说：昨天傍晚，几个藏兵强拉着一个年轻漂亮的妇女，来到兵营附近，别的藏兵看见了，好比狗见了血一样猛扑过去，有的抱，有的吻，没捞到的就打她骂她。“甲本”来了，他们才罢手。“甲本”拽起这个妇女，上下左右打量了一番，说：“啊啧啧，姿色怪吸引人的。算你有福气，跟我走吧。”她不理睬，两个兵把她又推又搡，拖进“甲本”的屋里。可是她咬掉了“甲本”的鼻尖，趁他痛得在地上打滚的时候，打开门跑了出来。不料还没有跑出多远，背后“啪啪”两枪，她应声倒地，鲜血洒了一地。夜里，尸体被投进了拉萨河的急流中。听他描述的衣着模样，这妇女就是我阿妈。

老兵怕人家看见招祸，说完就匆匆离去。嫫拉拉着我的手边哭边回到家中，然后又带我到河边烧香磕头，超度阿妈的冤魂。从此，我只剩下唯一的一个亲人——嫫拉了。我们一老一少，朝夕相伴，熬度着苦难的岁月。

1956 年，我已经十三岁了。也是我和嫫拉共同生活的最后一年。

一

暮色降临了，我和嫫拉跟平常一样，拥挤在密密麻麻的人群中，绕着大昭寺转经。这在拉萨人叫作转“八廓”。她右手拿着转经筒，左手捻着佛珠，口里不住地念经。我听不懂，也不会念。我只会反反复复地念她教给我的六字明咒：“唵嘛呢叭咪吽。”

小时候，嫫拉怕我走丢了，老让我抓着她的“邦典”走。我呢，往往不是绊在嫫拉的脚上，就是绊在路边的石头上。一跤摔下来，沾一身灰尘不说，有时候额头上很快就肿起一块核桃大小的疙瘩。急得嫫拉赶快捡一块冰凉的扁石头往红肿的地方贴一会儿。不过再痛我都没有哭过。嫫拉称赞说，我这一点上很像阿爸。

现在，我的个子差不多快高出嫫拉的肩膀了。我也认得路，跟在她后头时经常东张西望，只要不落太远就是了。到了人群拥挤的肉市附近，我躲过嫫拉的视线，溜到一边去。我是想去看看那个经常坐在自己家窗前吹竖笛的小男孩儿。那根笛子短短的，颜色金黄，吹起来动听极了。要是我也有一支，那该多好哇。我想着想着，小孩子没找见，却不觉已经来到了靠近马市的一个角落里，又看到了那个可怜的小乞丐，一个孤苦伶仃的七八岁的小姑娘。她端端正正地跪在地上。身后，从破烂的白氆氇藏袍底下，露出两只干瘦的小光脚。纠结成块的脏头发，散落在蜡黄的脸上。她那无力的眼光，紧盯着摆在膝盖前的小布片上。围观的人群越来越多，男女老少都有。

小乞丐抬起头，合掌作揖，用病弱单调的声音，唱起了她的乞词——

太太呀太太请留步，
听乞儿我为您唱支歌：
太太的娇脸呀像明洁的月儿
太太的长辫呀像“斯零姜巴”，
太太的贵体呀苗条得如嫩竹，
太太呀请高抬贵手施施恩吧。

唱完这一段，她边说行行好，边做出乞求的姿势，双手跷着拇指，举过头顶。多可怜啊，我鼻子一酸，眼泪差点儿掉了下来。

大概有四五个人，往小布片上撒了几个小铜币。我没有铜币，只好把没吃完的烤饼，放进她的破木碗里。别的小孩儿看见了，也学着我，把自己的糖、奶渣、核桃、饼子等纷纷放入她的碗里。

小乞丐感激得连连向众人磕头致谢。这时，一个贵太太，右手扶着一个西装打扮的男人，左手提个小红皮包，拖拖拉拉地挤到前面来。她内穿咖啡色府绸衬衣，外套墨绿色绸缎长袍。腰系一条齐膝的华贵“邦典”，脚穿高跟的白皮鞋。弯细的眉毛显然是描画过的。白生生的脸上，涂满胭脂、口红，跟猴子屁股没啥两样。最难看的还是她那又粗又长又卷的烫过的头发。俗话说，鬈发头的女人无处卖，暴发头的男人无处买。她那鬈发的脑袋上，尽管别着精制的进口发夹，还是与牦牛头差不多，只是大小不同而已。

小乞丐又开始唱另一段：

少爷呀少爷请留步，
听乞儿我为您唱支歌
“少爷英俊的脸盘……”

“盘”字刚出口，“牦牛头”女人怪声怪气地打时髦的提兜里抓出一把糖说：“给你。”小乞丐刚伸出手想接糖，只听“啪”一声，一把糖竟摔在小乞丐的脸上。女人哈哈大笑地拉扯着男人走了。

小乞丐哭了。人群默默地散开。我又急又气，无意中把手伸进“安巴”里乱摸，恰好摸到了我的弹弓。我喜出望外，拔腿就跑，去追那个可恶的女人。

没追多远，从纷乱的人群中，找到了那个顶着“牦牛头”的女人。我顺手捡起了一块有棱角的石头，拉足弹弓瞄准，对准她那一歪一扭的大屁股一放，只听得一声尖叫，“牦牛头”女人捂着屁股乱哭喊起来。人们惊讶而高兴地一层又一层地围上去看热闹，把我也挤在当中出不来了，真急死人。

正在这时候，全城熟悉的疯女人——扎西卓玛啦，大摇大摆地走过来了。她年近四十，中等个儿，干瘦的身骨上，衣衫褴褛，露肩头的褪色大红破衫，外套着七零八落的黑布长袍，打着赤脚。乱麻般的头发，盖住了半张脸。“嘿嘿，嗦母啦，啊咧，请慢走啊！”不知道她叫谁姨妈，反正人们听了不免有些害怕，于是自动闪开条路，让她过去。

“嘿……我会很快从印度回来的，你们不用担心，你们唱吧，你们跳吧！嘿嘿嘿，府上大门的钥匙就藏在门槛儿底下。我要嫁人了！嘿嘿，啊啧！太太快不要哭了，是不是嗦母啦打您了？嘿嘿嘿……”

“牦牛头”女人眼看疯女伸出肮脏的手要来拉她，吓得魂不附体，忘了屁股上挨的打，“啊啧啊啧”乱叫唤着，被她的男人拉着消失在人群中。

我看她们走远了，把弹弓往“安巴”里一塞，若无其事地回到家里。没想到，嫫拉回来得比我还晚呢！

原来，这天晚上，嫫拉也遇到了一件气人的事呢。

嫫拉转完“八廓”回来了，天也已经黑了。路过“冲赛康”南面拐角处时，好像听见有人在呼救哭喊，同时隐隐约约看见人影在晃动。嫫拉是个热心人，碰上这种事情她不会装着没听见躲开的。她加快脚步赶过去一看，原来是一个高个儿藏兵正在欺侮一个梳“江罗头”的十四五岁的小“普姆”，把她逼在墙根上。嫫拉不由得叫了声：“佛爷在上看见啦！”士兵掉头一看，发现是个老太婆，气急败坏地咒骂说：“呸！阿咩若！老子刚开始就碰上你这个碍事的莫尔朵，快滚开！”他说话的时候，一只手还堵住小普姆的嘴。

嫫拉看不清他的脸色，只闻到一股恶心的酒臭味儿，还看到了他原先盘在头上的长辫儿，像套圈一样套在脖子上，眼睛里闪着凶狠淫邪的光，活像一条饿狗。嫫拉不由得想起我阿妈惨遭残害的往事，她不忍心看着这个小普姆也落得那个下场，便上前哀求道：“请看在佛爷的面上饶了她吧！如今谁不愿多积点儿德？你无故作孽有何益？死后还难过狱门关哩。”

“哈哈，你这张嘴倒是怪能说的。什么叫作孽？什么叫狱门关？统统吃屎去吧。哈哈哈，老子在拉萨城里搞个女人还算事吗？你不想走开，就一边看着好了。”这个卑鄙无耻的家伙，一手死死抓住小普姆，一手去解裤腰带。小普姆哭喊、挣扎都无济于事。

嫫拉急得把手中的经筒和佛珠都甩在一边，正想扑上去扯他的腿，突然听到不远的街上有人说话，她急忙朝他们喊："喂！大家快来救人哪！"过路的人们听到喊声就朝这儿赶来，里边还有几个小伙子。藏兵一看人来得多，提着裤子就跑。大家也不敢穷追，只是纷纷咒骂。有的骂他是歪屁股色鬼，将来死得要比小牛犊死时还要惨。有的朝他背影吐口水、甩石头。

这时候，墙根下的小普姆连惊带怕已经吓得不省人事，缓了半天才醒转过来。大伙儿好不容易把她送回上人家。原来，小普姆是进城不久、给贵族当女奴的山南人。这时候，嫫拉才想起，她的经筒和佛珠还丢在那儿呢。

以后每当有人提起这件事，嫫拉的脸上就泛起欣慰的笑容。尽管也有人说她给那个男人造了孽。

二

嫫拉除了转"八廓"外，还转"林廓"，转"林廓"就是绕着拉萨城转经。拉萨信佛的老人们都把转"林廓"、转"八廓"、转"颇章霞廓"，看作是修功积德的必要功课，那种虔诚刻苦劲头，简直没法形容。说到我的嫫拉，更别提多积极了。

无论是皑皑银雪覆盖城廓、砭骨寒风劲吹的冬天，还是大雨倾盆、道路泥泞难行的夏天；也无论是劳累过度而腰酸背痛或是染上伤风头痛，都无法动摇她一片虔诚的求佛之心。

当我还在毛茸茸的被窝里甜蜜地做梦时，嫫拉就领着家养小母狗——"桑给卓玛"，转"林廓"去了。回来的时候，我已经把茶烧好了。我们一边喝"早茶"，一边摆"林廓"路上怪事。她什么都告诉我。有时候，我听得怪有意思，有时候也替嫫拉担心呢。比如有一次，她碰上一群正在分赃的强盗，他们抢走了她脖子上祖传的玉石、珊瑚项链，抹去她手上的海螺镯，还差点儿杀了她。我吓得脸都白了，可是嬷拉却说，碰到的多了，也无所谓了。

有时，她看到“林廓”路边的林卡里，新近修建的豪华别致的贵族别墅中，少爷小姐们在明亮的汽灯下，有的打麻将，有的在听留声机播放的宫廷舞曲，有的在喝酒，有的在调情。嬷拉气愤地说：“谁知道这帮蛀虫，又在为何欢庆，连觉都不睡了。”有时候她看到的又是另一种情景：在“林廓”路边的乞丐棚底下，三四个小孩儿合盖一件破烂透风的羊毛藏被，光光的婴儿在阿妈怀里哇哇直哭。嬷拉心痛地解下“邦典”盖在孩子身上，掏出怀里仅有的几个铜币送给他们，回到家里，她还祈祷佛，多多保佑这些可怜的人。

碰到最多的，还是上天葬场送尸的人群。有时候，连着几个早上都有人送。望着背尸人的身影，默默祈祷。有一次她刚说到这儿，我突然说：“我耳朵怎么会有响声呢？”她说：“这一定是有人从阴间向你求要‘麻尽’六字明咒，你快给他念起来才对。”

一直到我快满十三岁了，嬷拉才带我跟她一块儿转“林廓”。我还没把“林廓”路转熟，就到了藏历四月十五日，宗教上最隆重的“萨噶达瓦”节。据说这一天，是佛祖释迦牟尼诞生和成佛的日子，每年都要举行隆重的庆典。大清早，人们穿上节日的新装，来到布达拉宫下面的龙王潭参加盛大的游园和集会。

这一天，最讲“慈悲”。监狱大门打开了，犯人戴着木枷、脚镣，或者两人合戴一副手铐，走上拉萨街头。关在木笼里的犯人也连木笼一块儿挪，他们都可以自由地乞讨一天。这一天，怜悯他的人最多，因此，乞讨到的东西也最多。

还有那些数不清的乞丐，从拉萨各个角落里拥向“林廓”路旁。整个“林廓”路热闹极了。津津有味地说书讲故事的；有穿着古装绘声绘色地说唱“唐嘎”的；有塑佛像堆玛尼的；有在石板上刻经文的；有烧香洒青稞酒敬河神、敬山神的；还有摆各种小摊叫卖的。我简直记不清这一天的“林廓”是怎么转完的。

下午，嬷拉又带我到“祖拉康”（大昭寺）和“冉母饮”（小昭寺）添灯烧香，磕长头转大玛尼。忙了一天了，可嬷拉还是兴致勃勃的。晚上了，她还盘腿坐在床上闭着眼，拿起佛珠念念有词。我在一边暗想，今天是发善心的日子，也该给我发发善。我说：“嬷拉，嬷拉喂，您先别念了，我有句话要说。嗯，您不是早就答应给我买支小笛吗？到底什么时候能买呀？”

“啊咧，我想起来了，当然应该今天就买。可是你怎么不早说呢，嬷拉忘了这件事，今天把钱都敬献给佛爷和布施给乞丐了。过几天有了钱，一定给你买。不过，我的小宝贝，你先别噘嘴，我可以先给你讲一段关于笛子的好听的故事。”

我们家的日子很穷，可是嬷拉一有钱，就喜欢拿去敬神，这使我很不乐意。不过没有了钱，笛子就买不成了，闹也白搭，只能白惹嬷拉伤心。再说我对听故事的兴趣，也并不次于要笛子的心情，所以我就不噘嘴了，高兴地两手托腮静心听嬷拉的故事——

一千多年以前，在我们西藏有个残暴的国王，他的名字叫朗达玛。每当他洗头梳辫子，都要找一个漂亮的姑娘侍奉，可是梳洗完了，姑娘就被杀了，谁都是有去无回。

有一天，一个聪敏的姑娘被差来给他洗头，洗头的时候，姑娘发现了国王的秘密，她一下明白了其他姑娘被杀的原因。她心里害怕极了。所以洗完头给国王梳辫子时，姑娘边梳边伤心地哭了起来，泪珠一滴一滴地滴在国王新买的龙袍上。国王转过脸来问她：“你为何哭得如此伤心？”姑娘说：“等我给您梳好头的时候，我的死期也就到了，早知如此，不该投人胎呀！”说着哭得更伤心了。

“啊咧，原来是这样的！”国王长长地叹了一口气，思忖了半天，才说：“那么你能绝对替我保守秘密吗？”

姑娘赶紧应道：“能。”国王才免她一死。

姑娘回到家中，虽因保住了性命而高兴，但答应国王保守的秘密，却在心里憋得难受极了，嗓子直发痒，可她还是没有对任何人说，结果憋得她两腮红肿，疼痛难忍。她想，这样下去怎么行呢？于是去找庙堂打打卦，请领佛旨，得到的佛旨说：这秘密除了对人不能讲，凡其他有生命的动物均可讲。

她高兴极了，回家路上迫不及待地对着一个田鼠洞说：“国王朗达玛头上长了角，却不许说呀！”说完，她的两腿消肿了，嗓子也不痛了，洞里却长出了一根竹子。

一个牧童打这里经过，见这青青的竹子很可爱，顺手拔起做了一管小竹笛吹起来，谁知笛管里吹出的不是乐曲，却是这样一句话：“国王朗达玛头上长了角，却不许说呀！”从此，全国的老百姓都知道国王朗达玛头上有角。

“啧啧，真好听。可是，国王头上怎么会长角呢？”我问。

“问得好哇。可是你别忘了，今天是我们盛大的佛教节，我怎么能尽给你讲这个灭佛魔王的故事呢？咱俩睡吧，以后再讲啊！唵嘛呢叭咪吽！”

没办法，我只好吹灯睡了。可是刚一入睡，就梦见了头上长一对牛角的国王。我说：“国王，您头上的牛角生下来就有吗？”国王一听，龇牙咧嘴地暴跳着对我嚷嚷：“啊！哪儿来的崽子，好大的胆，管到我国王的头上来了！来人，把他拉下去，取出他的心来见我！”我吓得神魂颠倒，拼命地跑啊喊啊：“嫫拉，快救救我！快救救我！嫫拉！嫫拉！”

嫫拉被我的喊声叫醒了，她摸摸我满头大汗的额头，把我叫起来了，问是怎么回事。我把梦中的事告诉了她，还说幸亏是梦，真的遇到这样的事那怎么办？她笑笑对我说：“你不要害怕。其实，朗达玛转世以前，也是一头神仙黄牛，住在尼泊尔。好了，咱们还是睡吧。要不七天七夜也讲不完啊！唵嘛呢叭咪吽！”

人家想听的，她偏不讲，算了。我赌气地又睡下了。

三

几天以后，我遇上了一件有趣的事情。那天，隔壁拉巴家要生孩子，嫫拉帮着接生脱不开身，她破天荒地让我一个人到大昭寺去添灯烧香。我肩挎着装香草和糌粑的“桑库”，一手举着小酥油灯盏，一手拿着敬奉佛爷的铜币，挤在乱哄哄的人群中。挤来挤去，我被挤到街边上。忽然看见对面有三个小男孩儿，背靠着刷了白灰的墙，互相挤眉弄眼地正在吃一种叫“补露”的油糕呢。他们吃得多香啊，对过路的人看都不看一眼，那油水从手指缝间渗了出来。我站在一边想，要是我也能买块吃吃，该有多美呀！想得连口水都流了出来。这时候，卖“补露”的回民已走到我跟前，笑眯眯地说：“想吃吗？你就买好了。不甜不要钱。瞧你手上的铜币，正好可以买两块。来来，快接住。啊，对啦，对啦。”转眼间，我那拿铜币的手上已经放着两块香“补露”啦！

我贪馋地咽了一口唾沫，正要张嘴咬“补露”，耳边忽然响起嫫拉从前的嘱咐：“孩子，你千万不要偷吃敬奉佛爷的东西！要是吃了，嘴里会冒火，手指头会烂掉的！”我急忙拿开了送到嘴边的“补露”，心想：怎么办？把“补露”退回去，将铜币换回来，人家肯定不愿意，把“补露”拿去敬佛，佛爷要生气的。这可怎么是好呢？……啊啧，干脆吃了拉倒。可是，如果嘴里真的冒火怎么得了？……对啦，我还从来没有见过人嘴里冒火哪，本来嘛，嘴里没有放柴火，火从哪儿来？我倒想试试看。我特地找了个僻静的角落，背着人吃起“补露”来。我生怕万一真的嘴里冒出火来，叫人看见了，那不丢死人了吗？

“补露”很快吃完了，我张大嘴巴等冒火。过了许久，别说是冒火，连一丝青烟都没冒出来。我又慢慢地把两只手举到眼前，手好好的，一个手指也没有掉。啊咧，嫫拉是骗我的！

我兴奋地朝大昭寺跑去。刚跨进佛殿的门槛儿，从内传来深沉的铃、鼓、钹、法螺、诵经等声音。眼前是一片微光晃动的酥油灯盏。

门道两边威风凛凛的四大神王，恶狠狠地瞪着铜铃大的眼珠，好像在审视每一个进出的人。我吓得捏了一把汗，低头走了进去。黑压压的一群人，排着长长的队，循着规矩，从左到右，向大大小小的酥油灯盏里滴着酥油，还有一边念经一边向旁边的菩萨叩头祈祷的。我排在最后低头添灯，伸出去倒酥油的手真不争气，一个劲儿地抖。

慢腾腾的队伍终于走到释迦牟尼佛像眼前，我悄悄抬起了沉重的头看佛像的脸。啊咧！好极了！它还是跟以前一样，慈眉善目，安详稳坐着，看来，佛爷并不知道我干的事。

从那以后，我再也不怕佛爷先知先觉了。每当嫫拉把铜币插进释迦牟尼佛像侧面的青稞盆里，只顾静心叩头的时候，只要我知道管事喇嘛不在殿堂内，就手疾眼快地将铜币取回来揣进“安巴”。我打算积少成多，攒够了钱自己去买一支笛子。

铜币积了好几个，老揣在“安巴”里叮当作响不安全，我把铜币装进一个小布袋里，偷偷塞进了干牛粪底下。我知道嫫拉尽管疼着我，可要是让她得知我偷了敬奉佛爷的钱，她一定会打肿我的屁股的，所以我只好暂时保密。

四

日子过得像流水那样快，转眼又到了年底。让人担心的房差之刷“萨嘎”（用白灰粉刷房子）又该轮到了。这种差事既累又危险，从去年开始，就由我去支的。可我一次背不动一桶萨嘎水，年老的乡亲们常常背着监工让我少背些，不然，楼上楼下怎么受得了。

今年这一趟，嫫拉却怎么也不肯让我去。她说：“你别去了，还是替我去放牛吧。你骨头还嫩，上次支差，你背的货箱摔在地上，招得监工把你毒打了一顿。还是嫫拉去吧，我人老骨头硬，挨打挨惯了。你不用担心，啊。”

已经支了三天差，嫫拉很累，晚上躺下直哼哼，可怎么也不肯让我换，并且早晨还照例转“林廓”。我以为她精神还好，再说也是最后一天差了，所以也没有坚持。

第四天下午，我把牛群赶回交还牛主，蹦蹦跳跳地回家了，可是门槛儿还没迈进，就看见我的嫫拉被几个人围着，直挺挺地躺在铺上，我简直不敢相信自己的眼睛。

“嫫拉，您怎么啦，快告诉我，快告诉我呀！”不知道什么时候，我已经跪在她面前，大声地，带着哭声呼着。

邻居阿古尼玛走过来轻声对我说：“你嫫拉是从楼梯上摔下来的，幸好我们都在场，赶紧抬了回来。你不要净哭，照顾病人要紧。我去请看病先生，你先烧茶，其他人也走吧，一会儿再来。”

大伙儿走了，我轻轻掖紧嫫拉的被子，就向土灶走去。火很快点燃了，我急忙抓了两块干牛粪添在灶膛里。当我第二次抓干牛粪时，手突然触到一个软东西。啊啧！这不是我自己埋在这里的放铜币的小布袋吗？太好不过了。多亏了前段日子没想起来，要不这回就没有这笔钱了。我提着小布袋，往灶膛里添了一把干牛粪，然后坐在灶旁，把袋里的钱，全倒在手里数起来。啧啧，还真不少呢，足有二十几个。我长这么大，还从没有过这么多钱呢。我高兴极了，庆幸自己无意中做下的这件事，想不到今天能派大用场了。嫫拉看病有钱了，我把钱重新装入袋中，谨慎地放在“安巴”的最里边。

阿古尼玛领着看病先生来了，乡亲们也跟着进来了。有的端来酥油茶，有的拿鸡蛋，有的拿大米，也有的把自己仅有的几块铜币也拿来了。先生给嫫拉看过以后，说伤势很重，除了服“江参”“朵久巴”等普通药外，还必须同时服“久玛”之类的贵重药。

先生一走，大伙儿就议论纷纷，阿古尼玛说他可以将家里唯一值钱的耳环当了，顿珠和归桑两位老人打算自己做保人，替我上富人家借债。阿妈央金说这样就可以多买些贵重药，能快些给嫫拉医治好病。

我激动地把手伸进“安巴”里说：“谢谢你们，可是不用借债，我有钱。”

他们一听都很吃惊，谁也不相信。我掏出小布袋晃了一下：“瞧，这不是？”没等他们清醒过来，我抓起桌上的药方就奔了出去。我飞快地奔着，连撒欢的马驹也没我跑得快。我多么想眨眼就将那些贵重药买来送到嬶拉身旁啊，嬶拉吃了我买来的药，一定好得很快。

可是没想到，不多一会儿，我就垂头丧气地回来了，这么一点钱，还不够买几丸药。我低着头，一步一挪，脚步沉重得像拴着大石头。突然，一只小手从后头使劲拉我的耳朵，我急忙抬起头，他又来蒙我的眼睛，我气得直晃肩，不理他。他看我生气了，忙跑到我跟前刮腮羞我，原来是隔壁小拉巴。我两眼一瞪，右手五指并拢举到他面前说：“咕宗！”他看我这认真劲儿，收住笑脸问我怎么回事。当他知道我的难处后，皱紧眉头思索着什么。我心想，他才比我大两岁，还能帮我什么忙？突然，他拍掌一跳说：“有喽！走吧，跟我到民工队去，我阿爸也在那儿。”

我说：“民工队是汉人办的，我才不敢去呢。我早就听说汉人可凶了，他们杀老年人，抓年轻人，抢漂亮的女人，不大不小的小孩儿摔死在大树上，刚生的小孩儿要吃掉，太可怕了。”

“哈哈哈，哈哈哈……要真是这样，我早就成了这个。”拉巴舌头一伸，做出死人的样子。我当然不能说一点也不相信他的话。他们家阿爸自从去民工队干活儿以来，日子一天比一天好。他阿爸也经常给我们讲民工队的汉人如何如何，可我毕竟从未跟汉人打过交道的呀。拉巴还很肯定地告诉我，汉人知道了我的困难，一定会帮助我的。

于是我就半信半疑地跟着拉巴来到了民工队。果然，人一个比一个和善，他们围着我们问寒问暖，当了解到我的困难时，本布拉同情地抚摸着我的头，给了我十五块大洋。并叫来拉巴的阿爸，吩咐他陪我去买药，送我回家。还说以后有什么困难，随时来找他。

路上，我和拉巴一会儿拉着他阿爸的手往前跑，一会儿又你追我赶蹦跳。不多会儿，我们打药房出来，满载而归。乡亲们听说后，有的神色紧张，一声不吭，大约以为“鬼”的钱是用不得的；有的则合掌作揖，对天祈祷：多谢大慈大悲的佛爷，看在她平日里一片虔诚的求佛心上，特恩赐给她！这真是人善路畅啊，愿佛爷多多保佑！

说实话，我听了老人们的祈祷，心想这钱明明是那位汉人本布拉给我的，怎么一下成了佛爷的恩赐呢？莫非那位汉人就是佛爷的使者。可头人又为什么说他们是“鬼”？真叫人想不通。

可是不管怎样，嫫拉服了药，就见效了。哼哼地呻吟了好一阵后，居然睡着了。夜已经很深，街上只有汪汪的狗叫声。阿古尼玛和嫫归桑啦，还有拉巴的阿爸，他们陪我守护在嫫拉身边，不过从后半夜开始，我就什么也不知道了。

第二天早上醒来，拉巴的阿爸塞给我一些钱，让我上街买三“年卡”的酥油，一斤牛肉和一捆葱。我回来的时候，拉巴的阿爸已经上工去了，嫫归桑啦先打了一陶壶美味的酥油茶，又煮了一碗香香的肉丁汤。

这一顿饭，嫫拉虽然没吃多少，却吃得很香。我高兴极了，问她有什么需要我去办的事，她只要我马上去庙殿烧香添灯，因为她再也不能转“林廓”了，我都愉快地照办了。

几天以后，嫫拉竟然可以让人搀扶着坐起来了。她头一件事就是要我把经筒和佛珠拿给她；第二件是问这次找谁借的债，借了多少？利息多少？已经花了多少？……

嫫归桑啦说：“这些事你压根儿就不用操心，你养你的伤好了。何况这次连一文钱都没有借，多亏你孙子有本事。”

“我孙子有本事？难道他有钱？除非地上冒出来，天上掉下来？莫非他偷来的？我得问清楚。”嫫拉的态度很严厉。

我心想还是告诉她好，免得老人家疑神疑鬼，把我当成了坏孩子；又一想，万一说出实情，把她气坏了怎么办，特别是我那些对佛爷毫无敬意的行为？她可能受不了。左右为难好一阵，我说：“嫫拉，如果我把实话都告诉您，您生不生我的气？”

“傻孩子，说老实话了，我还生什么气呢。说吧，你把这些钱的来历，一五一十地讲出来。”于是我就放开胆子从头讲起。从拿敬佛爷的钱买“补露”，到汉人本布拉给我钱买药，这些事我都觉得很有趣，所以说着说着我就忘了害怕，越说越高兴，只等着说完了嫫拉夸我几句。

谁知嫫拉还没听完，就吓白了脸色，惊恐而愤慨地责骂我：“你，你这个中了邪的崽子！我活了一辈子，从不曾对佛法僧三宝有丝毫亵渎，可是你，你偷佛爷的供物，用汉人的钱，你……你、你、你给我造下这样大的孽，你……你这不是把我毁了，也毁了你自己啦，啊啧啧，佛爷在上，我们的罪，永远也赎不尽啊！大慈大悲的佛爷啊，我的孙子是无知的孩子，所有一切罪孽都该归我担当，您就即刻让我一个人到阴间去赎吧！……”说着说着，嫫拉便一下子昏死了过去。我哭天喊地，直后悔不该把这些事都告诉她。

嫫归桑啦在一旁急得团团转，她让我把阿古尼玛等邻居都找来商量，对我说：“你挎上‘桑库’马上去庙殿烧香拜佛，免得鬼神作祟，回来的时候，再卜个卦。我这儿还有几个铜币你拿去，快去快回。”

“好。”我应声出了门。我边走边想：佛爷肯定不知道我嫫拉又病了，知道了也不会派来看病先生。还是我自己去请一个。可是这几个铜币怎么请，算了，还是去烧香吧。……我垂头丧气地走着。突然，我想起那次拉巴带我去民工队的事，对啦，那个汉人本布拉说过，有困难的时候，让我去找他。

我到了民工队，先找到拉巴的阿爸，让他帮我找到了那个汉人本布拉，我上气不接下气地把嫫拉病危的事告诉了他，本布拉立刻带着医生、护士和临时拉来当通司的拉巴的阿爸，赶到我家。我想这下可好了，嫫拉有救了！可是，我们来迟了一步，嫫拉已经永远离开了我！她的身子已经变得僵硬冰冷，半睁着的眼睛，还保持着惊恐、悔罪的表情，似乎她死了之后，还在乞求佛爷饶恕她的“罪过”，不要伤害她心爱的小孙子…

我像一跤跌进无底深渊，心里像鹰爪撕裂般难过，一头扑在盖着哈达的嬷拉尸体上，哭喊着：“嬷拉，您怎么不等我回来呀！我连一口圣水都没来得及给您送啊！嬷拉，嬷拉，您不在了，我一个人怎么过呀！”

我哭得死去活来，我觉得自己脚下的地，像夏日的浮冰一样，快化了。我担心，从此我将变成一个孤苦伶仃的孩子，我将被人歧视，受人蹂躏，成为“林廓”“巴廓”路上可怜的小乞丐，成为主人会说话的牛马，任人在我头顶上拉屎拉尿……

不！命运把我带到了另外一个世界。民工队的本布拉当天就把我接到他们那里，后来又把我送到了一个充满幸福和欢乐的校园里。从此，温暖的阳光照耀在我的身上，绚丽的格桑花儿开在了我心坎儿上！嬷拉转了一辈子经没有找到的幸福，我和我同辈的青年人，在祖国母亲温暖慈爱的怀抱里却得到了。十多年后，我成了高等院校的一名光荣的人民教师。

啊！二十多年过去了。我的故乡，经受了风风雨雨的考验，如今，她迈开新的步伐，踏上了祖国“四化”建设的伟大征途。我是那样地热爱我的故乡，热爱我纯朴的乡亲们。

拉萨，我的故乡，愿您永远扎西德勒——吉祥如意！

夜归

◎ 吴雨初

高原月，已经西斜到达加拉姆山头了，六七个青年“游击者”才从窗户上贴着大红“囍”字的人家哄笑而出，踩得积雪咯吱咯吱地响。一个自称为“游击队长”的高个子，不知是微有醉意，还是心里高兴，伸开双臂大声喊道：“游击队凯旋喽！”引起众人畅怀大笑，笑声在藏北这个高原小镇的寒夜的空气中，打上一串串惊叹号……

“打游击”，是藏北一大特色。它是一种热烈而又带点儿荒野风味的快乐聚会。尤其是单身青年，碰巧了，便找个地方混上一顿。高兴了，六七个人同去某一家，也是常有的事，进门前还高叫一声：“打游击来了！”大家聚集在一块海阔天空，无所不谈，大至国际新闻，小至羊毛电剪，都要争论一番，继而热闹一番，生活因此而变得更有生气。

今天的情况就是这样。一帮男女青年，在窗户上贴着“囍”字的主人家，一直玩乐了好几个小时，天时不早了。

回归的游击者们也并不道个谢，有的哼着一支什么曲子，有的继续着席上的谈论，朝着各自不同的方向走去。热情的主人，站在门口，含着盈盈的笑意，目送着离开的伙伴们，也许，他回想起了自己婚前的“游击”生活，勾起了许多微妙而动情的回忆。啊，不，他们的目光，关注着落在后边的那一对默默无语的青年，他们的心，真挚地为这两位伙伴祝福。

达加拉姆山头的明月照耀着这一对青年伙伴。

“你喝多了吗？”留辫子的问平头。

他摇了摇头。

“那么是在想什么？”

平头没有回答。

“你呀，知道要回去晚的，为什么出来又忘了戴顶帽子？”她望着他的平头，责备着他。

他默认了她的批评，低下了头。

好一会儿，他抬起头，望望达加拉姆山的明月，又望望身边的姑娘，说：“小玲，今晚你的歌唱得真美！”

“美什么呀！”姑娘有些意外，“音乐学院的人，从来没看上过我的嗓子。”

“不，我喜欢歌子里倾注的那种感情，你唱出了一种对生活的热爱，一种对理想的追求，一种只有纯洁的心灵才具有的美。”

姑娘在这次聚会中为伙伴们唱了一支自己创作的歌《生活，在向我们召唤》。确实，她歌唱的是自己心中向往着的最美的东西，那火热的青春、美好的理想和壮丽的人生。

她被他少有的赞美深深地感动了。

这里有比一般的赞扬更深沉的东西，姑娘不能不在自己心里掂掂它的分量。半晌，她才微含着激动轻轻地说：“真的？如果你喜欢，我会经常给你唱的，永远给你唱。”

他又沉默了。

她是习惯了他的沉默的，可今天又不大习惯了。她望着星天雪地，觉得大自然给了她无限的享受，也给了她一种昭示——藏北的夜晚是多么美丽迷人哪！站在这高原上，离天都近了。白云，在月上自由地飞流，星斗在有规律地运行，而这月色下，她身边还有他呢！

他实在太平凡了。小玲记得，在她分到藏北不久，又迎来了一批新同志，其中就有他。留着平头，穿一身式样大约落后了二十年的旧蓝布学生装，神情拘束，口齿木讷，名字也真叫得怪——“张福寿”。这个十分土气的名字和他同样土气的本人，在这批大学生中显得那样不谐调，惹得姑娘们暗笑了好一阵，过后就忘记了。他是学农的，分在农牧局。除了上班，他整天待在自己的小屋里看书，电影院或别的娱乐场所很少能见到他的身影。不久，干脆就踪迹全无了，很久以后，才听说他经过固执的申请，一头扎进东部牧区去了。天哪，他刚到高原，还没有完全适应这里的气候，又不懂一句藏语，他到牧区去干什么呢？又过了很久，才有人断断续续谈起他的事。说他在边远的山沟里，孤独的牧点上，穿着老乡借给他的又重又有味的光板羊皮袄，整天跟着牛羊转，快变成地道的放牧员了。说他有烧着牛粪炉的屋子不住，偏偏喜欢钻游牧小组的帐篷，冰天雪里，靴子一脱，垫在脑袋下面就能入睡。有人赞扬他，说他能吃苦，有人奚落他，说他有找罪受的瘾。但无论赞扬还是奚落，都不那么热烈，谈过一阵就忘了，绝不会引起年轻人之间常有的情绪激动的争执，因为大家对他都不太了解，更谈不上感兴趣。只是听他的一个也不十分了解内情的同学说，他是南方山沟沟里长大的农家孩子，很诚实，能吃苦。在家时，曾经很简单地与一个在他家乡插队的城市知青结合过，那个女知青后来回大城市，又很坚决地同他分了手。他从学校毕业，直接来到藏北高原，默默地工作生活着，看不出有很大的不幸，也没有别人那种热血沸腾的时候。

一个很偶然的机会，在科委工作的小玲，无意之中读到一份饶有趣味的材料，题目叫《按客观规律建设东部牧区的几点设想》。材料充满了求实的精神，又燃烧着火一般的热情。那生动的材料，精辟的分析，大胆的设想，严密的论证，使得小玲不仅估量得出它那不容置疑的科学价值，而且感触到一种时代的激情，一种要使我们贫穷落后的祖国奋起直追，力争早日实现“四化”，异日能坦然无愧地站立于世界先进民族之林的激情。但是一看署名，我的天呀！是不是搞错了？——竟是“张福寿”！

出于同样的时代激情，小玲毫无顾忌地打听到并且闯入了他杂乱无章的宿舍。没想到，写出这份生气勃勃的“设想”的张福寿，这时却半死不活地躺在床上。左手绑着纱布吊在胸前，耳朵抹着药膏，肿得足有巴掌大。屋子冷得像冰窖，桌子上的盘子里放着啃了一半的冻硬的馒头。他披着一件旧棉袄，上面用羊毛线歪歪斜斜缝了好几个补丁，面前的被窝上摊开一堆资料，他发呆般地思索着。

小玲的心一下拴上了铅砣，她懂得了那份出色的设想所付出的代价。她忘掉了自己和这位陌生而古怪的青年还不相识，走上前关切地拉过他的手想察看伤情，他却害羞得连身子都缩过一边躲开了。气得小玲简直想骂他是山沟沟里钻出来的封建脑瓜。但姑娘没法驱散内心的同情和刚开始萌发的敬意。她默默地观察着他和屋里的一切，为他这清苦的生活所感动了，决心从此要经常来，关顾这个看来根本不懂得照应自己的人。

也由于一个偶然的机会，她看到这个往日沉默寡言的年轻人非常高兴、非常热情地接待着几位来自遥远的东部牧区的穿着老羊皮藏袍的牧民。他翻箱倒柜地找出仅有的一些家乡土产招待客人。她非常有兴趣地看着这个连普通话也说不好的南方人，竟能用流利的藏语和他们亲热地交谈，和他们搞得那样水乳交融。等客人走后，他才对小玲说："这是我下乡结识的朋友。'设想'，也是他们的心血和希望。"

时隔一年，那份"设想"不知是否再有人看过，甚至不知被放到什么地方去了。但福寿这个人，却深深地印在她的心中。

她感到自己能理解他，而且，也懂得这种理解是一种共同的情趣和追求的体现，是人与人之间一种极为宝贵的东西。她开始追求他。他感觉到她的心，便郑重地提醒她一个事实：他是一个曾经结过婚而又被离弃了的穷苦农家的子弟，而她却是一位高干的千金。她淡然一笑。她是一个庄重的少女，懂得爱情是严肃的抉择而不是庸俗的交易，所以她更爱他。

从世俗的观点看，她不能否认，他们之间确实有很大的距离。但是她又真切地感受到，她和他之间，精神上比谁都近，尤其是今晚。

她望着明月下的这座藏北小镇，望着达加拉姆山的黑影和羌塘草原。这里，虽然还相当荒凉，还非常艰苦，但是，这特殊的自然气候、特殊的地理环境、特殊的工作条件，正玉成着人们一种特殊的性格与气质。农村来的同志冲破了狭隘的小农经济观念，城市来的同志丢掉了娇气和“派头”，五湖四海、天南地北的同志聚到一块，他们，被称作“藏北人”，和当地的藏族同胞一起辛勤地建设着藏北草原。想到这里，她很想同他谈点什么。

“你还在想什么吗？”她轻声问。

“嗯。”

姑娘知道，他还在思索着今晚伙伴们的讨论。

这些年轻人，每次聚到一起，话题总离不开如何建设藏北。他们不能不关心这个问题，因为那是他们立足的基点。他们是怀着建设好祖国西南边疆的火一样的热情，来到这冰雪世界的。他们将在这里待十年、二十年，以至于埋骨此地。如果在这期间，藏北的建设没有注入他们的心血和汗水，或者二十年过后，藏北的建设依然跟不上祖国迅猛飞跃的步伐，那么生命对于他们，又有什么价值呢？

但是，“设想”送上去一年多，并无多大反响。是不是十一届三中全会点燃的火把，在某些人心中渐渐冷却了呢？焦急和愤慨，使得今晚大多数青年人的争论比以往任何一次都激烈，也使得他比往常更沉默。但是小玲的一句话，说进了他的心里：“关于‘设想’，你不要太难过。我们虽无权作出决定，但是，人民养育了我们，在力所能及的范围内，我们总可以切切实实为人民干点事。”

他感动了，默默地第一次主动握住了姑娘的手。青春的血液，仿佛通过手的接触而交流。是的，他们能够相互理解，并且能够在困难的条件下相互鼓励着坚持共同的事业。这使他俩都感到是一种安慰和幸福。

积雪在脚下咯吱咯吱地响。

他突然转过身，说：“小玲，你说得对，我们是可以切切实实地干点事的。最近又有工作组下乡，我决定跟下去。回我的‘根据地’，和基层干部、群众一道，在小范围内先把‘设想’付诸实践，并在实践中修正、充实、完善它。你说呢？”

由于严冬的酷寒，他那冻坏的手脚脸耳还没有全好。姑娘沉吟了很久，说：

“好的，我支持。不过你下去一定要穿暖点。把我给你买的狐皮帽、皮手套戴上，记住别又丢在什么角落里，冻坏了自己。”

他不好意思地笑笑，算是答应了。

到他宿舍门口了。

开门点上蜡烛，映入眼帘的，是薄薄的被子上凌乱地堆着洗好后冻硬的衣物，锅碗瓢盆都乱放着，能看到的只是残剩发黄的馒头。与此作为对比的是桌上堆着的很多农牧专业书籍，和各种颜色的笔记本。

小玲的心头冒上一股出于爱怜的恼怒，她想把福寿狠狠地责骂一顿，骂他是不会营巢的草原鼠，懒懒散散的藏雪鸡。但是，等她张开口，一种难以抑制的力量却驱使她说出了另外的话：

“福寿，你就这样过下去？”

“那还要怎么样呢？”他不解地反问。

“咱们明天上民政科去。”

“干吗？”老实的福寿吓了一跳。

“去开结婚证！你应该有一块可以依托的根据地。而且，我们以后也可以接待打游击的人了。”

她以一种无可阻挡的决心说完这话，转身就走了。

福寿追出门口，望着她健美的身影，动情地呼唤：“小玲——”

高原月，斜挂在达加拉姆山头，向辽朗的藏北草原，洒下纯洁的光辉……

盗牛贼

◎ 加央西热

浪卡骑马时的姿势非常优美——左脚抬起来刚刚踏上铸有鳄鱼图案的马镫，青色的高头大马就打着响鼻向前冲去，这时的浪卡就像一支羽毛，轻盈地飘到马背上。

月亮像一个银色的圆盘快速地向西移动，从云缝中露出的月光，轻轻地洒在雪地上，给人以清爽洁白的感觉。索保・黑痣的名字如雷贯耳，关于他的故事在草原上流传了多年。浪卡曾梦想过当索保・黑痣那样的侠士，其实不仅他有这样的理想，别的牧家孩子也都做过这样的梦。如果浪卡与其他孩子有所不同的话，关于黑痣侠士的故事对浪卡来说更直接一些。据说索保・黑痣是浪卡爷爷的爷爷，是藏北有名的大盗，但是浪卡从来不想用大盗这个词来称呼这位他敬重的祖爷。

雨后的桑雄草原，宛如出水的芙蓉，草叶尖挂着晶莹剔透的水珠，沐浴在春天的阳光里。

遥远的地平线，一支马队像火星一般滚来。不大会儿，那支马队风驰电掣般来到浪卡的跟前，马队有三个人，令人惊奇的是，他们个个斜背着钢枪，别着大小腰刀。在那个年代背钢枪的人是很难见到的。“小伙子，家住哪里？令尊尊姓大名？”其中一个胡子拉碴的大汉策马挡在他的前面问。

“我家住在桑雄。家父索保・多尔吉。”浪卡回答说。

“啊，原来是索保家的公子。”大汉打量着他背上铮亮的步枪。“想不想当一名像你祖爷黑痣那样的英雄？”他看了看用袖口捂着脸的汉子，“这位是大名鼎鼎的杂玛阿札。”

浪卡听到杂玛阿札这个名字时，心中的感受是难以言表的，到底是高兴还是惊恐，俗话说的“骑着老虎的猎人”和“缠住强盗的用人”，就是形容眼前的进退两难。作为马背民族的一员，在他心目中只有两个仰慕的人物，一是西部的江孜锦，另一个就是眼前这位杂玛阿札。一种无法抵御的力量促使他毫不犹豫地策马扬鞭，和杂玛阿札一起踏上了闯荡西部的征途。他要承担起一个马背民族神话般英雄故事的传承。传承这样的故事并不像在帐篷讲述格萨尔王故事那么轻松。这是一条漫长而惊心动魄的人生旅途，有一首侠士之歌是这样唱的：

我侠士没有帐篷，
上苍天就是帐篷；
我侠士没有垫子，
下大地便是垫子；
我侠士没有坐骑，
藏野马就是坐骑；
我侠士没有财富，
官老爷的家产就是我的。

杂玛阿札看到浪卡的加盟长长地叹了一口气，说：“你小子终于来了。”听起来好像一直在等着他的加盟。他们一路唱着侠士之歌。

往西走啊往西走，
往西部那仓部落走，
黑牦牛的家乡在那仓；
往东走啊往东走，
往东汉地斯林去，
骏马的家乡在斯林。

一支轻骑兵向西行进了十多天，跨过数不清的部落和村庄，一路上要吃要喝，沿路的牧民都给送来。他们到达阿札朋友家的那天，阿札的神情变得像大海一样难以揣摩，他甚至对浪卡说："头脑要像鹞子一样灵活。"这是阿札对浪卡说的第二句话。浪卡明白了阿札话中的话，虽说朋友之间笑脸相迎、酒肉相待，但是心里谁都明白笑里藏着利剑。阿札的朋友是一个矮墩墩的西部牧民，梳着两根粗辫子，一种夸张的讪笑总是挂在脸上，对阿札是一口一个"侠布"。"侠布"的意思是结拜兄弟，阿札对朋友的热情报以不冷不热的微笑。那位胡子拉碴的大汉叫边地，是阿札的心腹，阴阴地坐在阿札旁边，像阿札的影子一样寸步不离，连阿札蹲便时都跟在后头，像一条饿狗。浪卡经常和阿札的马夫在一起，听他讲阿札过去打劫的种种故事。晚上，他们都睡在离村子不远的草场上，严格地说，他们都不敢睡在朋友家里，睡在野外的感觉非常好，听着"叮当叮当"作响的马铃声。从他们住进朋友家的那天起，朋友家两匹杂色的青马和一匹棕色的马就没有离开过马厩。他们离开的那天早上，阿札问他的朋友说："这里到果神山还有好几天的路程吧？"他朋友却说："我们家的公牛都放在阿龙谷里。"好像阿札在打听他家的公牛。他还说："不过那里有几根棍子。"他这句话说得一点儿也不高明，连马夫和浪卡都听得出来这是一种暗示、一种警告。不过这句话起了很大作用，像一支箭穿进阿札厚实的胸脯，直直地扎进他的心脏，阿札的脸上立刻有一片乌云掠过。他们离开朋友家向西进入一个坐西朝东的山谷，回头瞧瞧朋友家，的确是理想的牧场，西边是一座高大连绵的山脉，前面有条叫玛曲的藏布江，江两岸是墨绿色的那杂草场，群山被青青的牧草覆盖。他们绕过朋友家的后山行进了大半天，再朝东进入大山的一条沟壑，把自己藏起来。这条沟壑像大山身上的一道疤痕，从山脚一直延伸到山顶。几条汉子在夏季的烈日下懒洋洋地吃着羊肉耗时间。马儿们骚动不安，它们打着转转，你推我撞，浪卡的那匹黑色的白蹄马，像毛驴一样长长的双耳扫向后边，向同类发起进攻。一阵骚乱之后，又恢复了平静，等待，漫长的等待。终于等到归牧时分，给那些骚动不安的马喂了一袋料。边地说："我和阿札到山上察看一下公牛和拿棍子的人。你们要看好马，如果马被人抢了……"边地的眼里闪着凶光。阿札和边地摘下铃铛藏进各自的怀里，顺着沟壑下到山脚，太阳像一团余火躲进了西边的山头，黑暗慢慢吞食着夏季牧场美丽的景色，罪恶的黑手悄悄地伸向那堆燃烧的篝火，栖息在牛粪里的昆虫炸开的声音噼啪作响。这里的牧民从来没有拴牛的习惯，牛群散落在篝火周围，还有几匹缚着脚绊的马像野兔一样蹦跳。篝火旁边的几个男人就是阿札朋友暗示的武装牧人。阿札沙哑的喉咙里发出了"格嘿嘿——"的冲锋号令，从他的枪口喷出的火花与牧人的篝火划破了夜间宁静的黑暗。刹那间，马的嘶鸣与响鼻声、人的吆喝与呐喊声、踩踏地衣的轰鸣汇集如泛滥的黑色的河流向东流淌。受惊的牛群，摇动着尾巴，碰撞着，颠簸着，偶尔一些恋家的牛像激浪中的漩涡，从盗牛贼的枪口下冲出，以胜利者的姿态带着几个同伴返回故里。当东方的山头露出鱼肚白的时候，浪卡才发现只抢得二十多头牛。浪卡说："等等他们吧。"阿札没有二话，像一个听话的副官，命令两个手下烧茶做饭，空中没有巴掌大的一片云彩，太阳白花花地直射下来，地气把远处的山悬在空中，四个盗牛贼抱着各自的马鞍睡在拴马的木橛下面。傍晚的景色非常迷人，卧了一天的野兔出来觅食，紧紧张张地度过白天的藏野驴、黄羊等野生动物们开始放心地食草。边地以胜利者的口吻说："你朋友说得对，他们手中的家伙就等于是木棍，一枪没有放出来。"浪卡斜眼瞅了一眼边地，以不屑一顾的语气说："还不到时候。我们走吧。"好像他就是他们当中的头儿。不过就这么一次行动，浪卡变得异常地冷静，像是多次经历过盗牛的老"猎手"。边地早就看不惯这个傲兮兮的小毛贼，这下他气得脸上的疤痕都绽开了花，他把枪口对准了浪卡的胸口，说："你一个小小毛贼，竟敢对老子用这样的口气说话！"

"他说得对。我们走吧。"阿札说。这座山的形状有些古怪，五条山梁像老人的手背，壑中藏匿了太多的故事。浪卡悄悄地跟在三人后面，当他们绕过一个山弯时，前面响起了枪声，这是阿札意料之中的事情。阿札和浪卡随即各自占领了一个理想的地形，阿札努努嘴，让边地跟在浪卡后面。浪卡躲在岩石后面，笑嘻嘻地擦拭着弹头，说："我这里可不大安全，藏好你的坐骑。"听起来丝毫没有要还击的意思。边地听到阿札苏式步枪冷冰冰的几声枪响，再也沉不住气了，他从两块石头缝隙中伸出枪，向对方扫射一阵，回头看看浪卡，浪卡那顶宽边毡帽放在一块石头上，被密集的子弹射了几个洞。他身边的另一个场面，使他差点失去了理智，他坐骑的后腰椎中了弹，身子垮下去一半，两条前腿颤巍巍地支撑着高大的前身。气急败坏的边地站起来，大喊："浪卡，你这个小毛贼在哪里？"又一阵枪声使他不得不藏起来，突然间，他感到左边袖子里湿漉漉的，才发现自己的左臂中弹了。"格嘿嘿——"对面发起了冲锋令，浪卡和阿札从两面向山坳里冲来的牧人们发起攻击。冲在最前面的马翻倒了，紧随其后的两个人应声栽下马来，另外两个人勒住马，似乎有些不知东西南北。阿札跨上白马像一道闪电冲了过去，大吼："投降还是留下尸首？"阿札的朋友从死马下面爬起来，说："侠布，你赢了，随你吧。"浪卡这才从山上不慌不忙地下来，对阿札的朋友说："你的地方不错。你让我们的副官挂了彩，还打死了他的坐骑。"阿札说："我们只要一匹马。那几头牛一半算是我的战利品，一半作为你的战果，你在部队中也好有个交代。不过这不能都怪我，要不是你提醒我在你的牧场上有几根棍子等着我，我也不会贪婪到对'侠布'家的牛下手啊。'侠布'之间不该发生这样的事情，你说呢？"说完向放牛的马夫打了一个手势，让他生火烧茶。开战的双方围着篝火坐下来喝茶吃肉，像是邂逅的朋友。他们的话题转到古老的神话故事上——还好，虽然双方伤势轻重不一，但总算没有死人。

翌日，九个敌对的人分成两拨向相反的方向行进，阿札和他的朋友分手时还行了脸贴脸的古老礼节。

阿札掂了掂干瘪的褡裢，闯进一个牧民家中，杀了羊子，要了糌粑、酥油这类食品。晚上，浪卡被一个女人的惨叫声惊醒，他发现白天给他们送酥油的那个小姑娘被压在了阿札高大的身躯下泣不成声，边地却像一条等着残渣碎骨的饿狗一样游荡在阿札的周围。浪卡想制止这种恶劣行径，没有想到马夫的枪口对准了他的脑门。从此，浪卡就成了一个多余的人。浪卡冷冰冰地说："偷盗这种不光彩的行为，不应该是大侠你所为吧。"他崇拜的大侠可不是这种偷偷摸摸的夜行者，他处处看不惯阿札等人的行为，看来一场同室操戈不可避免了。"看来你是不想要这些牛了。"阿札说。

浪卡到家之后，索保·多尔吉对此并不感兴趣，他说："四个人十头牛，值得为此浪费子弹吗？不，重要的不在这里，重要的是，你结识了一个大人物。以后他们会送来比这多十倍的牛马。俗话说'君子报仇十年不晚'，等着瞧吧。"

他又听到了叮当作响的马铃声。铃声是他的过去，也许还包含着未来。

浪卡与杂玛阿札分手以后，在他心中再也没有偶像了，反而多了一些追随者。但他都是独来独往，从不相信别人，每次行动都能大获全胜，被誉为草原"雕"。可是马也有失蹄的时候，他在巴果部落劫获牛群归来时，被部落的兵丁给了一个措手不及的迎头重击，抢了他的枪，还说："我们头人是个仁慈的老爷。老爷让我们给你留下臀部和坐骑。"在他的臀部以上抽了五十下马鞭。人们把他的绰号改为"留下臀部的雕"。这对浪卡来说比被杀了他两次还要难堪。他发誓要对巴果部落实施报复。他从家佣中挑选了五名男仆，出其不意地洗劫了巴果部落头人的牧场，抢走近百头牛。打劫后的第二天，他在一片开阔的草原上等了三天三夜，可是没有等到追兵。过了几天，当他们赶着牛群刚翻这一道山坡，部落的兵丁十多人冲杀过来。这座光秃秃的山坡，没有藏身之处。浪卡就像"荒野上的棕熊"完全暴露在众人的枪口之下。浪卡只好就地与对方展开拼杀。这是浪卡最难忘、最惨烈的一次战斗，对方的枪声像炒豌豆一般密集，浪卡只好用多年相依为命的坐骑“黑色闪电”做掩护，进行还击。经过一个时辰的激战，最后以巴果部落带兵官等四人的死亡结束了战斗。浪卡的肩膀上也开了口子，“黑色闪电”中了十多发子弹，死于巴果部落兵丁的枪口之下。一个自称强盗大侠的人，在抢劫中失去了自己心爱的坐骑，成为一个不大不小的笑柄。尽管浪卡付出了失去坐骑的代价，但他仍是胜利者。当他凯旋时，萨迦部落头人噶欠那让的带兵官，在不知不觉中用枪顶住了他的脑门，问他留下牛群还是留下尸首，还说：“留下尸首怕脏了我们的草场。”经过一场唇枪舌剑，浪卡同意把劫获的牛留下一半作为买路钱，白白地送给噶欠那让，临别时带兵官挽着印度麻纱衫宽大的袖口，传达了噶欠那让的指示，说：“你将来还会有麻烦。如果待不下去了就到萨迦来吧。”

杂玛阿札和往常一样出没于西部牧场，而每次出征都要经过桑雄，未曾留下过半只羊肉的买路钱。浪卡就看不惯他的那种傲气，想择机杀杀他的威风，但每次都被他父亲制止住了。

干旱的年份，到处都是一幅凄凉的景象。沿着河水是一溜枯瘦的杂草，河流干涸的时候有很多鱼浮出水面，鱼鹰在河床的上空飞舞。萋萋的牧草刚刚从干裂的地表上钻出来，就被太阳烘烧成枯草，一种枯焦的气味散布于空气当中，有些牧家已空无一人几个月了，畜圈内外死畜的残骸上落满数不清的乌鸦，谁也说不清从哪儿飞来这么多的乌鸦。阿札等人又出发了。这是他们家“野狗”报来的消息。索保·多尔吉说：“拴好马，喂好马。时候到了。”索保家除了马厩里的七匹马，别的牲畜全部转移到南方去了。虽说南方也遭受了大灾，毕竟要比北方好一些。过了几天，杂玛阿札赶着八九十头牛和数十匹马在桑雄河边扎下营，炊烟升起来了。索保·多尔吉对儿子说：“该出发了。”于是索保父子俩吩咐男仆们，把阿札赶来的牛和马聚拢到门前。他们俩带着一个男仆径直向阿札的营地走去。当父子俩来到与阿札只有一程的距离时，阿札端起他的上了银叉的苏式步枪对准了浪卡。浪卡父子俩从马背上跳下的同时，枪管上的准心瞄在了阿札胸口上的位置。浪卡在扣动枪机的同时向左一翻身，当他再次瞄准的时候，营地上已乱成一团。父子俩跨上坐骑，“格嘿嘿——”，他们喜欢发出这样的冲锋号。这大概是从他们的祖先那里流传下来的声音，只要听到这个声音，他们的人都不会考虑自己的安危。英国人入侵西藏时，藏人深夜突袭夜宿乃宁寺的英国远征队，在靠近远征队营地的一刹那，发出了“格嘿嘿”的冲锋号令，给了英国人充分的时间做准备。浪卡的那一枪正打在阿札的胸前，打碎了和护身符一起挂在脖子上的九眼天珠。他捡起那些碎石，放在他的噶乌里，让边地交给他的儿子，让他记住打碎这颗九眼天珠的人——索保·浪卡。阿札到底是一个大侠，当他死去的时候，脸上是心满意足的表情，微微张开的嘴仿佛想对浪卡说点什么。其实，这事有些蹊跷，浪卡并不希望是这样的结果。他只想对阿札说说关于这些牛和马的事情，没有想到阿札偏偏对他端起了苏式步枪，结果展开了一场射击比赛，造成了这样的后果。边地收拾好阿札的噶乌和九眼天珠，准备扒下阿札身上的羊羔袍子。多尔吉从腰上抽出那根长长的烟杆儿，冷漠的目光乜斜着边地，说：“你总不会让我们收尸吧。”他点上烟，“如果你还不想死的话，就应该把阿札的尸首送到他家里，要不他会想家的。”第二天，萨迦部落前来追捕的人马赶到桑雄。这次噶欠那让亲自带队来的，噶欠那让作为浪卡的侠布，营地就扎在离索保家不远的地方。索保·多尔吉对儿子的侠布以酒肉款待，还用哈达引导客人到家中做客。当噶欠那让准备回去的时候，索保·多尔吉拈着那几根山羊胡子，说：“我这儿子可不争气啊，他没有什么能耐，就是长得还算一表人才。这下倒好，耳朵上留下阿札的弹孔，你说这人的耳朵到底值多少牛羊？”噶欠那让做了多年的头人，但的确还没有给人的耳朵估过价，多尔吉给他测深浅，敲竹杠，他只有认了。最后，以两匹马和十头牛的代价圆了场。

浪卡从此金盆洗手，发誓不再杀生。

西藏，系在皮绳结上的魂

◎ 扎西达娃

现在很少能听见那首唱得很迟钝、淳朴的秘鲁民歌《山鹰之歌》。我在自己的录音带里保存了下来。每次播放出来，我眼前便看见高原的山谷，乱石缝里窜出的羊群，山脚下被分割成小块的田地，稀疏的庄稼，溪水边的水磨房，石头砌成的低矮的农舍，负重的山民，系在牛颈上的铜铃，寂寞的小旋风，耀眼的阳光。

这些景致并非在秘鲁安第斯山脉下的中部高原，而是在西藏南部的帕布乃冈山区。我记不清是梦中见过还是亲身去过。记不清了。我去过的地方太多。

直到后来某一天我真正来到帕布乃冈山区，才知道存留在我记忆中的帕布乃冈只是一幅康斯太勃尔笔下的十九世纪优美的田园风景画。

虽然还是宁静的山区，但这里的人们正悄悄享受着现代化的生活。这里有座小型民航站，每星期有五班直升机定期开往城里。附近有一座太阳能发电站。在哲鲁村口自动加油站旁的一家小餐厅里，与我同桌的是一位喋喋不休的大胡子，他是城里一家名气很大的“喜马拉雅运输公司”的董事长，在全西藏第一个拥有德国进口的大型集装箱车队。我去访问当地一家地毯厂时，里面的设计人员正使用电脑程序设计图案。地面卫星接收站播放着五个频道，每天向观众提供三十八小时的电视节目。

不管现代的物质文明怎样迫使人们从传统的观念意识中解放出来，帕布乃冈山区的人们自身总还残留着某种古老的表达方式：获得农业博士学位的村长与我交谈时，嘴里不时抽着冷气，用舌头弹出

“罗罗”的谦卑的应声。人们有事相求时，照样竖起拇指摇晃着，一连吐出七八个“咕叽咕叽”的哀求。一些老人对待远方的城里人，仍旧脱下帽子捧在怀中站到一旁表示真诚的敬意。虽然多年前国家早已统一了计量法，这里的人们表示长度时还是伸直一条胳膊，另一只手掌横砍在胳膊的手腕、前臂、肘部直到肩膀上。

“桑杰达普活佛快要死了，他是扎妥寺的第二十三位转世活佛。高龄九十八岁。在他之后，将不再会有转世继位。我想为此写篇专题报道。我和他以前有过交道。全世界最深奥和玄秘之一的西藏藏传佛教（包括各教派）在没有了转世继位制度从而不再有大大小小的宗教领袖以后，也许便走向了它的末日。形式在一定程度上也支配着意识。”我说。

扎妥·桑杰达普活佛摇摇头，表示否认我的观点。他的瞳孔正慢慢扩散。

“香巴拉，”他嚅动嘴唇，“战争已经开始。”

根据古老的经书记载，北方有个“人间净土”的理想国——香巴拉。据说天上瑜伽密教起源于此，第一个国王索查德那普在这里受过释迦的教诲，后来弘传密教《时轮金刚法》。上面记载说，在某一天，香巴拉这个雪山环抱的国家将要发生一场大战。“你率领十二天师，在天兵神将中，你永不回头，骑马驰骋。你把长矛掷向哈鲁太蒙的前胸，掷向那反对香巴拉的群魔之首，魔鬼也随之全部除净。”这是《香巴拉誓言》中对最后一位国王神武轮王赞美的描写。扎妥·桑杰达普有一次跟我说起过这场战争。他说经过数百年的恶战，妖魔被消灭后，甘丹寺里的宗喀巴墓会自动打开，再次传布释迦的教义，将进行一千年。随后，就发生风灾、火灾，最后洪水淹没整个世界。在世界末日到达时，总会有一些幸存的人被神祇救出天宫。于是当世界再次形成时，宗教又随之兴起。

扎妥·桑杰达普躺在床上，他进入幻觉状态，跟眼前看不见的什么人在说话：“当你翻过喀隆雪山，站在莲花生大师的掌纹中间，不要追求，不要寻找。在祈祷中领悟，在领悟中获得幻象。在纵横交错的掌纹里，只有一条是通往人间净土的生存之路。”

我恍惚看见莲花生离开人世时，天上飞来了一辆战车，他在两位仙女的陪伴下登上战车，向遥远的南方凌空驶去。

“两个康巴地区的年轻人，他们去找通往香巴拉的路了。”活佛说。

我疲惫地看着他。

“你要说的是——在 1984 年，这里来了两个康巴人，一男一女？”我问。

他点点头。

“男的在这里受了伤？”我又问。

“你也知道这件事。”活佛说。

扎妥·桑杰达普活佛闭上眼，断断续续回忆起当年那两个年轻人来到帕布乃冈山区的事，他讲起那两个人告诉他一路上的经历。我听出扎妥活佛是在背诵我虚构的一篇小说。这篇小说我谁都没有给看过，写完锁进了箱里。他几乎是在逐字逐句地背诵，地点是一路上直到帕布乃冈一个叫甲的村庄。时间是 1984 年。人物一男一女。这篇小说没给别人看的原因就是到最后我也不知道主人公要去什么地方。经活佛点明我现在才清楚。唯一不同的一点是结尾时主人公是坐在酒店里有一位老人指路。我没写老人指的是什么路，当时连我自己也不知道。而扎妥活佛说是在他的房子里给那两人指的路，但这里还有一个巧合，即老人与活佛都谈起过关于莲花生的掌纹。

最后，其他人进屋来围在活佛身边，活佛眼睛半睁，渐渐进入了失去知觉和思想的状态。

有人开始准备后事了。扎妥活佛将被火葬，我知道有人想拾到活佛的舍利作为永久的收藏和纪念。

与扎妥·桑杰达普诀别后，在回家的路上，我边走边考虑着有关文学创作的动机问题……

回到家，我打开贴有“可爱的弃儿”题词的箱子盖。里面整齐地排列着上百只牛皮纸袋，我所有不被发表或我不愿发表的作品都存在这儿。我取出一个编码是840720的纸袋，里面是一个短篇小说，记录着两个康巴人来到帕布乃冈的经过，还没有题目。下面是这篇小说的原文：

琼赶着她的二十几只羊下山的时候，站在半山腰。她看见山脚底下那一条宽阔蜿蜒、砾石累累的枯干的河床有个蚂蚁般的小黑点在缓缓移动。她辨认出那是一个男人，正朝她家的方向走来。琼挥挥羊鞭，匆匆把羊往山下赶。

她粗略算了算，那人得走到天黑时才能到这儿。周围荒野只有这隆起的小山岗上有几间鹅卵石垒起的矮房，房后是羊圈，一共两户人家：琼和她的爸爸，还有一个五十多岁的哑女人。爸爸是个说《格萨尔》的艺人，常常被几十里远的外村人请去说唱，有时还被请到更远的镇里。短则几天，长则数月。来人骑马，还牵匹空马来到小山岗，把身背长柄六弦琴的爸爸请上马。随后马蹄伴着铜铃声有节奏地久久敲响着荒野里的寂静。琼站在岗上，一手抚摩坐立在她裙边的大黑狗，一直望到两匹马拐过前面的山弯。

琼从小就在马蹄和铜铃单调的节奏声中长大，每当放羊坐在石头上，在孤独中冥思时，那声音就变成一支从遥远的山谷中飘过的无字的歌，歌中蕴含着荒野中不息的生命和寂寞中透出的一丝苍凉的渴望。

哑女人整天织氆氇，每天一早晨站在小山岗上，向空中撒出一把豌豆糌粑。然后手摇一柄浸满油污的经轮筒，朝东方喃喃祈祷。偶尔在半夜时分，爸爸爬起身去女人房里，天蒙蒙亮时头顶蒙着长长的袍子又钻进自己的羊皮垫里。早晨琼起来挤完奶打好茶，喝糌粑糊。然后背上装了一天口粮的小羊皮口袋，背一只小黑锅，去房后拉开羊圈栅栏，软鞭一挥，赶着羊群上山。生活就是这样。

琼把食物和热茶准备好，趴在毯子上等待来客。室外的狗叫了，她冲出门，月亮刚刚升起。她拉住狗链，不见四周有人，一会儿，从她前面的坡下冒出个脑袋。

“来吧，不要紧，我抓住狗的。”琼说。

来人是一位顶天立地的汉子。

“辛苦，大哥。”琼说。她把汉子领进了房里，他礼帽下的额边垂着一绺鲜红的丝穗。爸爸不在家，去说《格萨尔》了。隔壁传来哑女人织氆氇时木锤砸下的梆梆声。这个疲惫的汉子吃过饭道完谢后便倒在琼的爸爸床上睡了。

琼在门外站了一会儿，天空繁星点点，周围沉寂得没有一点儿大自然的声音，眼前空旷的峡谷地带在月光下泛着青白色。大黑狗被铁链拴着在原地转圈，琼过去蹲下身搂着它的脖子。想起自己在这寂寞简朴的小山岗上度过的童年和少年时代，想起每次来接爸爸上马的都是些沉闷不语的人，想到屋里那位从远方来明天又要去远方的酣睡的旅人。她哭了，跪在地上捧着脸，默默祈求爸爸的宽恕，然后将眼泪在黑狗的皮毛上蹭擦干，起身回屋。

黑暗中，她像发疟疾似的浑身打颤，一声不响地钻进了汉子的羊毛毯里。

当东方的启明星刚刚升起，在摇曳的酥油灯下，琼把自己的薄毯裹成一个卷，在一只布袋里塞了些牛肉干、揉糌粑的皮口袋、粗盐和一块酥油，又背上天天放羊时在山上熬茶用的小黑锅，一个姑娘该带的都在她背上了。她最后巡视一眼昏暗的小屋。

“好了。”她说。

汉子吸完最后一撮鼻烟，拍拍巴掌上的烟末，起身。摸她头顶。搂住她肩膀，两人低头钻出小屋，向黑魆魆的西方走去。琼全身负重，身上的东西一路上叮当作响。她根本不想去打听汉子会把她带向何处，她只知道她要永远离开这片毫无生气的土地了。汉子手中只提着一串檀香木佛珠，他昂首阔步，似乎对前方漫漫的旅途充满了信心。

“你腰上挂条皮绳干什么？像只没人牵的小狗。”塔贝问。

“用它来计算天数，你没见上面打了五个结吗！”琼告诉他，“我离开家有五天了。”

“五天算什么，我生来没有家。”

她跟着塔贝徒步行走，一路上，有时在村庄的麦场上过夜，有时住羊圈里，有时卧在寺庙废墟的墙角下，有时住山洞，运气好时，能在农人外屋借宿，或是在牧人的帐篷里。

每进一个寺庙，他俩便逐一在每个菩萨像的座台前伸出额头触碰几下，膜拜顶礼。在寺庙外，道路旁，江河边，山口上，只要看见玛尼堆，都少不了拾几块小白石放在上面。一路上还有些磕等身长头的佛教徒，他们一步一磕，系着厚帆布围裙，胸部和膝部磨穿了，又补了几层厚补丁。他们脸上突出的地方全是灰，额头上磕了一个鸡蛋大的肉瘤，血和土粘在一起。手掌上钉铁皮的木板护套在他们身体俯卧的两边地上印出两道深深的擦痕。塔贝和琼没有磕长头，他俩是走路，于是超过了他们。

西藏高原群山绵延，重重叠叠，一路上人烟稀少。走上几天看不到一个人影，更没有村庄。山谷里刮来呼呼的凉风。对着蓝色的天空仰望片刻，就会感到身体在飘忽上升，要离开脚下的大地。烈日烤炙，大地灼烫。在白昼下沉睡的高原山脉，永恒与无极般宁静。塔贝的身体矫健灵活，上山时脚尖踩着一块块滑动的石头步步上蹿，他径直攀上一块圆石，回头看见琼被甩下好长一截，便坐下来等她。他们在赶路时总是默默无言，琼有时在难以忍受的沉默中突然爆发出她的歌声，像山谷里的一只母兽在仰天吼叫。塔贝并不转过头看她一眼，只顾行路。琼过一会儿不唱了，周围又是死一般沉寂。琼低头跟在他身后，只有坐下来小憩时才说说话。

“不流血了吧？”

“它现在一点儿也不疼。”

“我看看。”

“你去给我捉几只蜘蛛来，我捏碎了涂在上面就会好得快。”

“这儿没有蜘蛛。”

“去找找，石头缝里，你扒开石块会有的。”

琼在四周扒开一块块半掩在土中的石块，认真地寻找蜘蛛。一会儿她就捉了五六只，握在掌中，走过来扳开塔贝的手掌放在上面。他一只只捏碎后涂在小腿的伤口上。

“那条狗好凶，我跑跑跑跑，背上的锅老碰我的后脑勺，碰得我眼睛都花了。”

“当初我该拔出刀宰了它。”

“那女人给我们这个。”她模仿着做了个最污辱人的下流动作，“真吓人。”

塔贝又抓起一把土撒在伤口上，让太阳晒着。

“她钱放在哪儿的？”

“在酒店的屋柜子里，有这么厚一沓。”他亮亮巴掌，“我只拿了十几张。”

“你用它想买什么呢？”

“我要买什么？前面山下有个次古寺，我给菩萨送去。我还要留一点。”

好的。你现在好点了吗？不疼了吧？”

“不疼了。我说，我口干得要冒烟。”

“你没见我把锅已经架上了吗？我就去捡点干刺枝。”

塔贝懒洋洋地躺在石头上，将宽礼帽拉在眼睛上挡住阳光，嘴里嚼着干草，琼趴在三块白石垒成的灶前，脸贴着地，鼓起腮帮吹火熬茶。火苗“嘭”地燃烧起来。她跳起身，揉揉被烟熏得灼辣的眼，拉下前额的头发看看，已经被火舌燎焦了。

远处高山顶上有两个黑影，大约是牧羊人，一高一矮，像是盘踞在山顶岩石上的黑鹰。他们一动也不动。

琼也看见了他们，挥起右手在空中画圈向他们招呼，上面的人晃动起来，也画起圈向她致意。距离太远，扯破嗓子喊互相也听不见。

“我还以为这里只有我们两个人。”琼对塔贝说。

"我在等你的茶。"他闭上眼。

琼忽然想起了什么，她从怀里掏出一本书，很得意地向塔贝展示自己的猎物，那是昨晚上在村里投宿时从一个往她耳里灌满了甜言蜜语、行为并不太规矩的小伙子屁股兜里偷来的。塔贝接过一看，他不认识这种文字和一些机械图，封面印的是一台拖拉机。

"这玩意儿没一点用处。"他扔给琼。

琼很沮丧，下一次烧茶时她一页页撕下来用作引火的燃料了。

走到黄昏，站在山弯远远看见前面一个被绿树环抱的村庄时，琼的精神重新振奋起来，又唱起歌了，她抡起拄棍在地边的马兰草堆里乱舞，又端起棍子小心翼翼地戳戳塔贝的胳肢窝和腰下想逗他发痒。塔贝不耐烦地抓住棍梢往外一甩，拽得她趔趄几下跌倒在地。

进了村，塔贝自己一个人去喝酒或者干别的什么去了。他俩约好在村里小学校边一幢刚刚盖好还没有安装门窗的空房子里住宿。村里的广场晚上演电影，有人在木杆上挂银幕。琼在一片林子里拾柴火时被一群小孩围住，孩子们趴在墙头朝她扔石头。有一颗打在她肩上，她没有回头，直到一个戴黄帽子的年轻人把孩子们轰走。

"他们扔了八颗石头，有一颗打中你了。"黄帽子笑眯眯地说，他把手中握着的一只电子计算器摊在琼跟前，显示屏显出一个阿拉伯数字"8"，"你从哪儿来？"

琼看着他。

"你记不记得你走了多少天？"

"我不记得。"琼撩起皮绳说，"我数数看。你帮我数数。"

"这一个结算一天吗？"他跪在她跟前，"有意思……九十二天。"

"真的！"

"你没数过吗？"

琼摇摇头。

"九十二天，一天按二十公里计算。"他戳戳计算器上的数字键码，"一千八百四十公里。"

琼没有数字概念。

“我是这儿的会计。”小伙子说，“我遇到什么问题，都用它来帮我解答。”

“这是什么？”琼问。

“是电子计算器，好玩极了。它知道你今年多大。”他按出一个数字给琼看。

“多大？”

“十九岁。”

“我今年十九岁吗？”

“那你说。”

“我不知道。”

“我们藏族以前从不计算自己的年龄。但它却知道。看，上面写的是十九吧。”

“不像。”

“是吗？我看看。哦，刚开始看有些不习惯，它的数字有点怪。”

“它能知道我名字吗？”

“当然。”

“叫什么。”

他一连按出八位数，把显示屏显得满满的。

“怎么样？它知道吧。”

“叫什么？”

“你连自己的名字还看不出来？笨蛋。”

“怎么看？”

“你这样看。”他竖着给她看。

“这是叫琼吗？”

“当然叫琼，洽霞布久曲呵琼。”

“嘿！”她兴奋地叫道。

“嘿什么，人家外国人早用了。我在想一个问题，以前我们没日没夜地干活，用经济学的解释是输出的劳动力应该和创造的价值成正比。”他信口开河起来，把工分值、劳动值以及商品值和年月日加减乘除乱说一通。又显出数字：“你看看，计算出来倒成了负数。结果到年终我们还要吃返销粮，向国家伸手要粮，这是违反经济规律的……你瞪我干什么？想吃掉我？”

“如果你没晚饭吃，就在这儿吃好了，我拾了柴就烧菜。”

“他妈的。你是从中世纪走来的吗？或者你是……是叫什么外星人。”

“我从很远的地方来，走了……”她又撩起皮绳，“刚才你数了多少？”

“我想想，八十五天。”

“走了八十五天。不对，你刚才说九十二天，你骗我。”琼咯咯笑起来。

“啊啧啧！菩萨哟，我快醉了。”他闭眼喃喃道。

“你在这儿吃吗？我还有点肉干。”

“姑娘，我带你去一个地方好吧？有快活的年轻人，有音乐、啤酒，还有迪斯科。把你手上那些烂树枝扔掉吧！”

塔贝从黑压压一片看电影的人群中挤出来。他没被酒灌醉，倒被那银幕上五光十色、晃来晃去、时大时小的景物和人物弄得昏头涨脑、疲惫不堪，只好拖着脚步回到那幢空房里。小黑锅架在石头上，石头是冰凉的。琼的东西都放在角落边。他端起锅喝了几口凉水，便背靠墙壁对着天空冥思苦想。越往后走，所投宿的村庄越来越失去了大自然夜晚的恬静，越来越嘈杂、喧嚣。机器声，歌声，叫喊声。他要走的决不是一条通往更嘈杂和各种音响混合声的大都市，他要走的是……

琼撞撞跌跌回来，她靠着没有门框的土坯墙，隔着一段距离塔贝就闻到她身上发出的酒气，比他喷出的酒气要香一些。

“真好玩，他们真快活，”琼似哭非笑地说，“他们像神仙一样快活。大哥，我们后……大后天再走。”

“不行。”他从不在一个村里住两个晚上。

“我累了，我很疲倦。”琼晃着沉甸甸的脑袋。

“你才不懂什么叫累，瞧你那粗腿，比牦牛还健壮。你生来就不懂什么叫累。”

“不，我说的不是身体。”她戳戳自己的心窝。

“你醉了，睡觉。”他扳住琼的肩头将她按倒在满是灰土的地上。最后替她在皮绳上系了个结。

琼越来越疲倦了，每次在途中小憩时，她躺下就不想继续往前走。

“起来，别像贪睡的野狗一样赖着。”塔贝说。

“大哥，我不想走了。”她躺在阳光下，眯起眼望着他。

“你想什么？”

“你一人走吧，我不愿再天天跟着你走啊走啊走啊走。连你都不知道该去什么地方，所以永远在流浪。”

“女人，你什么都不懂。”但是他知道该往哪个方向走。

“是，我不懂。”她闭上眼，蜷缩成一团。

“滚起来。”他在琼屁股上踹了两脚，高高扬起巴掌，做出砍来的样子，“要不，我揍你。”

“你是个魔鬼！”琼哼哼唧唧爬起身。塔贝先走了，她拄着棍子跟在后面。

琼在一个她认为适当的机会逃跑了。他俩睡在山洞里，半夜时她爬起身，没忘记背上她的小黑锅，借着星光和月光朝山下往回跑。她觉得自己像出笼的小鸟一样自由。到第二天中午，在一边是深谷的岩边休息时，从对面山脊出现了一个黑点，就像那天她放羊回家时所看见的一样。塔贝截住了她，走来。她气得发抖，抡起小黑锅向他头上死命砸去，那其大无比的力量足以使一头野公牛头脑浆飞迸出来。塔贝惊骇机智地闪过，抬手一拨，黑锅从她手中飞脱，叮叮当当滚下深谷里。他俩互相看看，听见那声音响了好一阵。最后琼只得呜呜咽咽攀下深谷，几个时辰后才把锅捡上来。锅身碰满了大大小小的凹坑。

“你赔我的锅。”琼说。

“我看看，”他接过来。两人仔细检查了一阵，“只有一条小缝，我能补好。”

塔贝走了，琼垂头丧气地跟着。

“哎——”她用大得出奇的声音唱起一首歌，把整个山谷震得嗡嗡响。

大概有那么一天，塔贝对琼也厌倦了，他想：只因我前世积了福德和智慧资粮，弃恶从善，才没有投到地狱，生在邪门外道，成为饿鬼痴呆，而生于中土，善得人身。然而在走向解脱苦难终结的道路上，女人和钱财都是身外之物，是道路中的绊脚石。

不久，他俩来到名叫“甲”的村庄。这个时候，琼的腰间那根皮绳已系了一串密密麻麻的结。没想到甲村的人们会敲锣打鼓站在村口迎接他俩。民兵组成仪仗队背着半自动步枪站在两旁，为了保险起见，枪口都塞了红布卷。两头由四个村民装扮的牦牛在夹道中跳着舞。村长和几个姑娘捧着哈达和壶嘴上沾着酥油花的银壶在最前面迎接。原来这里一直大旱。前不久有人打了卦，今天黄昏时会有两个从东边来的人进村，他们将带来一场琼浆般吉祥的雨水，使久旱的庄稼得到好收成。他俩果然出现了，人们认为这是个好兆头。欢天喜地将塔贝和琼扶上挂满哈达的铁牛拖拉机簇拥着进了村。男女老少都穿着新衣，家家户户的屋顶都换了新的五色经幡布。有人从琼的音容、谈吐和体态上看出了她有转世下凡的白度母的特征，于是塔贝被撇在了一边。但是塔贝知道琼决不是白度母的化身。因为在琼睡熟的时候，他发现她的睡相丑陋不堪，脸上皮肉松弛，半张的嘴角流出一股股口涎。

他一人闷闷不乐地去酒店喝酒，他想惹点事，最好有人讨厌他，跟他过不去，他就有事干了。打上一场，那人敢跟他拼刀子更好。

酒店只有一个老头在喝酒，苍蝇在他头顶飞来飞去。塔贝进去后，带着挑衅的神气坐在他对面。一个包花头巾的农家姑娘取一只玻璃杯放在他桌前，斟满酒。

“这酒像马尿。”他喝了一口大声说。

没有人回答。

“你说像不像？”他问老头。

“要说马尿，我年轻时喝过。那真正是用嘴对着公马底下那玩意儿喝的。”

塔贝得意地笑起来。

“为了把我的牛羊从阿米丽尔大盗手中夺回来，我从格则一直追到塔克拉玛干沙漠。”

“阿米丽尔是谁？”

“嘿，那是几十年前从新疆那边来的一支强盗的女首领，是哈萨克人，在阿里和藏北一带赫赫有名。一个万户数不清的牛羊群在一夜之间就被从草原上带走，第二天从帐篷出来一看，白茫茫一片，留下的只有数不清的蹄印，连噶厦政府派出的藏兵也制不了她。”

“后来？”

“刚才你说马尿。是啊，我背着叉子枪，骑马追我的牛羊，在那大沙漠里，就是那几口马尿救了我的命。”

“再后来？”

“再后来，女首领要留我，留我给她当……”

“丈夫？”

“羊倌。我是万户的儿子啊！他娘的长得真漂亮，她简直是太阳，谁都不敢对直看她一眼，我逃了回来。你说说，我除了地狱和天堂，还有什么地方没去过？”

“我要去的地方你就没去过。”塔贝说。

“你准备去哪儿？”老头问。

“我，不知道。”塔贝第一次对前方的目标感到迷惘，他不知道该继续朝前面什么地方去。老头明白他的心思。

老头指着他身后的一座山说："谁也没有往那边去过。我们甲村以前是驿站，通四面八方，可就是没人往那边去。1964 年的时候，"他回忆起来，"这里开始办人民公社，大家都讲走共产主义道路，那时没有几个人讲得清楚共产主义是什么，反正它是一座天堂。在哪儿，不知道。问卫藏的来人说，没有。问阿里的来人说，没有。康藏的人也说没看见。那只有喀隆雪山没人去过。村里就有几个人变卖了家产，背着糌粑口袋，他们说去共产主义，翻越喀隆雪山，从此没回来。后来，村里人没一个再去那边，哪怕日子过得再苦。"

塔贝用牙咬住玻璃杯口，翻起眼看他。

"但是我知道有关喀隆雪山下的一点秘密。"老头眨眨眼。

"说吧。"

"你准备去那边吗？"

"也许。"

"爬到山顶，你会听见一种奇怪的哭声，像一个被遗弃的私生子的哭声，不要紧，那是从一个石缝里吹来的风声。爬完七天，到山顶时刚好天亮，不要急着下山。太阳下，雪的反光会刺瞎你的眼，等天黑后再下山。"

"这不是秘密。"塔贝说。

"对，这不是秘密。我要说的是，下山走两天，能看见山脚时，那底下有数不清的深深浅浅的沟壑。它们向四面八方伸展，弯弯曲曲。你走进沟底就算是进了迷宫。对，这也不是什么秘密，别打断我的话，你知道山脚为什么有比别的山脚多得多的沟壑吗？那是莲花生大师右手的掌纹。当年他与一个叫喜巴美如的妖魔在那里混战一百零八天不分胜负，大师施出种种法力未能降伏喜巴美如。当妖魔变成一只小小的虱子想使对手看不见时，莲花生举起了神奇的右手，口中高声念诵着咒经，一巴掌盖向大地，把喜巴美如镇到了地狱中，从此在那里留下了自己的掌纹。凡人只要走到那里面就会迷失方向。据说在这数不清的沟壑中只有一条能走出去，剩下的全是死路。那条生路没有任何标记。”

塔贝神情严肃地看着老头。

“这是一个传说，我也不知道走出去以后前面是个什么世界。”老头摇摇头，咕噜道。

塔贝准备去那边了。老头后来向他提出要求，请他将琼留下。他家有个儿子，最近刚买了一台拖拉机。现在家家都想买拖拉机。大清早，隆隆的机器声掩盖了千百年雄鸡的打鸣声。道路上的马车和毛驴被挤到了边上。人们喝着从雪山流下的纯洁透明的溪水时，也嗅到一股淡淡的柴油气味。老头自己经营着一座电机磨房，老伴耕种着十几亩田地。前不久，老头还去大城市出席了一个“治穷致富先进代表大会”，领到奖状和奖品，报纸上也登过他的四寸大照片。他们世世代代没像现在这么富裕过，也世世代代没像现在这么忙碌过。需要一个操持家务的媳妇。说话的时候，他儿子进来了，掏出一沓花花绿绿的钞票，想在外乡人面前炫耀。儿子戴着电子表，腰间挂着小巧的放声机，头上戴着耳机，他随着别人听不见的音乐节奏扭着舞步，真是把城里公子哥儿的派头学到家了。塔贝对此无动于衷，只是门外停着的那辆没熄火的手扶拖拉机的突突声牵动了一下他的心弦。他起身走向拖拉机旁，摸摸扶手。

“好的，琼留给你了。”塔贝说。

小伙子大概刚从琼那里得到了一点什么，笑眼蒙眬。

“我能坐坐你这玩意儿吗？”塔贝问。

“当然，半个小时保你会开。”小伙子上前教他操作常识，教他怎样控制油门，教他怎样换挡、离合器怎样配合、怎样起步和刹车。

塔贝慢慢开动了拖拉机，行驶在黄昏的乡村土道上。琼在一旁看着他。她要留下来了。她愉快地流着眼泪。这时后面开来一辆速度很快的带拖斗的铁牛拖拉机，塔贝不知道怎么办。旁边是条浅沟，小伙子在后面高声喊他开进沟里。塔贝从驾驶座跳到了路中间，手扶拖拉机自己慢慢溜进了沟里。他被来不及刹车的“铁牛”后面的拖斗撞倒在地。大家全围上前。塔贝爬起身，拍拍土。他的腰部被撞了，他说没什么，一点儿事也没有。大家松了口气。

塔贝要走了，他第一次摆弄机器就被它咬了一口。他抱住琼，跟她行了个碰头礼，往喀隆雪山那边去了。到夜晚时，果然下了场雨，村里人高高兴兴唱起歌。塔贝离开甲村，一人进了山。在半路上，他吐了一口血，他的内脏受了伤。

小说到此结束。

我决定回到帕布乃冈，翻过喀隆雪山，去莲花生的掌纹地寻找我的主人公。

从甲村翻过喀隆雪山到掌纹地的路途比我预料的要遥远得多。雇的一匹骡子在途中累倒了。它卧在地上，口中流着白沫，用临死前那样一种眼光看着我。我只得卸下它驮的包囊背在自己身上，在它嘴边放了几块捏碎的压缩面包。一翻过喀隆雪山，首先听见海啸般轰轰的巨响，山下的雪堆像云朵般上下翻卷，脚下的雪粒像急流的河水。但是我的整个身体一点儿没感到风的吹动，空气就像无风的冬夜一样寒冷而静谧。我戴着防护镜，所以用不着等到天黑才下山。整个山面是被厚雪覆盖的一片平滑的大斜坡，看上去没什么凸凹障碍，我背着包囊走“Z”形缓慢下山。沉重的囊包从背上慢慢坠到腰间，就在我收腹挺胸耸肩想把包囊提起来时，由于猛烈的失重，脚下站立不稳，一个跟头朝前跌倒。我知道已经无法再站起来，身体正快速往下滑动，于是手脚抱成一团，接着天旋地转向山下滚去。

万幸的是，还没掉进雪窝里去。等我醒来，已躺在平整松软的雪地上，我已到了山脚，向上望去，在雪坡中一道深深的条痕通到高处雪雾缥缈的空间。

在山顶时我看了一次表，时间是九点四十六分，此刻再次看表时，指针却指向八点零三分。走下雪线便进入草苔地带，再往下是草地，高寒灌木丛，小树林，接着是一片大森林。穿出森林，树木植物又渐渐稀少，呈现出光秃秃的荒凉的山石、空坝。整个途中，我不时地看表，把心里估计的时间和表上的时间不断加以对照，计算一番后得出了结论：翻过喀隆雪山以后，时间开始出现倒流现象，右手腕上这块精工牌全自动太阳能电子表从月份数字到星期日历全向后翻，指针向逆方向运转，速度快于平常的五倍。

越往前走，映入视觉中的自然景象也越来越产生了形的异变：一株株长着卵形叶子、枝干黄白的菩提树，根部像生长在输送带上一样整整齐齐从我眼前缓缓移过。旁边有座古代寺庙的废墟。在一片广阔的大坝上走来一只长着天梯般长脚的大象。它使我想起了萨尔瓦多·达利的《圣安东尼的诱惑》，我小心翼翼避开这一切，加快脚步，并不回头再望一眼。一直走到蒸腾着热气的温泉边才歇息一会儿。我实在太累了，但不敢睡，我知道一旦合上眼皮，将永远长眠不醒了。透过温泉的热气，前面有些不知哪个时代遗弃在这里的金马鞍、弓箭、铁矛、盔甲、转经筒和法号，还有破成布条的黄旗，这里很像是一个古战场。如果我不那么累的话，我会走过去仔细看看，也许能考证出《格萨尔》史诗中所描写的某一战场是在这里。现在我只能坐在一旁远远地观看。这些金属被温泉长时间的高温熔化了，软绵绵摊在那里，失去了视觉上的硬度感，有的已无法辨认出它本身的形状，变成稀释的物质四处流溢，颇有规律地排列组合成像玛雅文字一样难解的符号。起先我怀疑眼前这一切物象是由于患上了孤独症而错误地感知外界客体产生形的变异，但马上又排斥了这个想法，因为我大脑的思维是有逻辑性的，记忆力和分析能力都良好。太阳自始至终由东向西，宇宙不管怎样还是在按照自身的规律存在和运动。虽然白昼和黑夜交替出现，但由于手表上的指针继续向反时针方向做快速运行，日历和星期月份牌不断向后翻，这使我心理上产生一种体内生物钟的紊乱，甚至身体出现失重现象。

等我从一个黎明醒来，发现自己睡在一块高大无比的红色巨石下面：我是在一个呈放射形向前延伸的数不清沟壑的汇聚点上。一定是这又凉又潮的寒意把我冻醒了，加上从四处沟底吹来的风更冷得我牙齿打战。我急忙攀上眼前一面乱石突出的沟壁，探头一看，前面是一望无际的地平线，我已经到了掌纹地。数不清的黑沟像魔爪一样四处伸展，沟壑像是干旱千百年所形成的无法弥合的龟裂地缝，有的沟深不见底。竟然找不到一棵树，一根草。一片蛮荒，它使我想起一部描写核战争电影的最后一个广角镜头，在世界末日的焦土上，一东一西两个男女主人公慢慢抬起头，费力地向对方爬去，最后这两个世界上唯二的幸存者终于爬到一起，拥抱。苦难的眼光。定格。他们将成为又一对亚当和夏娃。

扎妥·桑杰达普的躯体早已被火葬，大概有人在烫手的灰烬中拣到了几块珍宝般的舍利。我的主人公却没有在眼前出现。

"塔——贝！你——在——哪——儿？"我放开声音喊叫，我觉得他走不出这块地方。声音传得很远，却没有一点儿回音。

不一会儿，我便看见了奇迹：一两公里外的前面出现了一个黑点。我沿着垄沟朝前飞跑，一面喊着我的主人公的名字。等我看清时，惊讶地站住了：是琼！这是我万万没预料到的。

"塔贝要死了。"她哭哭啼啼走过来说。

"他在哪儿？"

琼把我带到她身边的沟底下。塔贝躺在地上，他脸色苍白、憔悴，沉重地呼吸着。沟边长着苔藓的石缝里滴着水，在地上积成个小水洼，琼不停地用腰带蘸一点水，滴在他半张的嘴里。

"先知，我在等待，在领悟，神会启示我的。"塔贝睁眼看着我说。

"他腰上的伤很严重，需要不停地喝水。"琼在我耳边低语。

"你为什么没留在甲村？"我问。

"我为什么要留在甲村呢？"她反问。

"我根本没这样想过，他从来没答应我留在什么地方。他把我的心摘去系在自己腰上，离开他我准活不了。"

"不见得。"我说。

"他一直想知道那是什么。"琼指着我身后，我回过头，从沟底往回望去，这是一条笔直的深沟，一直可见到头，前面那座红色巨石正是我昨晚过夜的地方。现在才看清，红色的巨石上刻着一个雪白的“弓”。站在红石下仰起头是无法看见的。“弓”通常是喇嘛念“唵嘛呢叭咪吽”六字真言一百遍时要喊出的一个音节。它刻在红石上。据我所知，要么，就是此地是神灵鬼怪出没的地方，要么，这里曾埋葬过一位伟人的英灵，在从江孜到帕里的一个名叫曲米新古河边的一块岩石上也刻着这样一个“弓”，那是为纪念1904年为抵抗英国人的侵略在那里献身的藏军首领二代本拉丁而刻的。但这一切我觉得没有对塔贝再解释的必要。

此时此刻，我才发现一个为时过晚的真理，我那些“可爱的弃儿”原来都是被赋予了生命和意志的。我让塔贝和琼从编码的牛皮纸袋里走出来，显然是犯了一个不可弥补的错误。为什么我至今还没塑造出一个“新人”的形象来？这更是一个错误。对人物的塑造完成后，他们的一举一动即成客观事实，如果有人责问我在今天这个伟大的时代为什么还允许他们的存在，我将作何回答呢？

怀着最后的一丝侥幸心理，我俯在塔贝耳边，轻声细语地用各种他似乎能理解的道理说服他，使他相信他要寻找的地方是不存在的，就像托马斯·莫尔著作的《乌托邦》，就那么一回事。

晚了，在他生命的最后一刻要让他放弃多少年形成的信仰是不可能了。他翻了个身，将脑袋贴在地面。

“塔贝，”我说，“你会好起来的，你等我一会儿，我的东西全放在那边，里面还有些急救药……”“嘘！”塔贝制止住我，耳朵贴紧冰凉潮湿的地面，“你听！听！”

好半天，我只听见自己心律跳动中出现的一点微弱的杂音。

“扶我上去！我要到上面去！”塔贝坐起身，挥舞着手喊道。

我只得扶起他。琼先爬到沟上面，我在下面托住塔贝，他身体居然很沉。我扛着他，一只手小心护着他腰，另一只手扭住锋利突出的岩石块，一点点把他往上托。两只脚踩在外凸的石块上。攀石的那只手被划了一下，先是麻木，接着灼痛，热乎乎的血流了出来，顺着胳膊流到衣袖里。琼趴在上面，伸下两只手夹住了塔贝的胳肢窝。一个在上面拽，一个在下面托，费好大的劲才把他抬上沟来。太阳正要从地平线上升起，东边辉映着一片耀眼的光芒。他贪婪地吸了一口早晨的空气，眼睛警觉地四处搜寻，想要发现什么。

“它说的是什么，先知？我听不懂，快告诉我，你一定听懂了，求求你。”他转过身匍匐在我脚下。

他耳朵里接收的信号比我早几分钟，随后我和琼都听见了一种从天上传来的非常真实的声音。我们注意聆听。

“是寺庙屋顶的铜铃声。”琼喊道。

“是教堂的钟声。”我纠正道。

“山崩了，好吓人。”琼说。

“不，这是气势庞大的鼓号乐和千万人的合唱。”我再次纠正道。琼困惑地看我一眼。

“神开始说话了。”塔贝严肃地说。

这次我没敢纠正。是一个男人用英语从扩音器里传来的声音。我怎么也不能告诉他，这是在美国洛杉矶举行的第 23 届奥林匹克运动会的开幕式，电视和广播正通过太空向地球上的每一个角落报送着这一盛会的实况。我终于获得了时间感。手表上的指针和日历全停止了，整个显出的数字告诉我：现在是公元一千九百八十四年七月，北京时间二十九日上午七时三十分。

“这不是神的启示，是人向世界挑战的钟声、号声，还有合唱声，我的孩子。”我只能对他这样讲。

不知他听见没有，或者他什么都明白了。他好像很冷似的蜷缩起身子，闭上眼，跟睡着了一样。

我放下塔贝，跪在他身边，为他整理着破烂的衣衫，将他的身体摆成一个弓形，由于我右手上的血沾在了他衣衫上，这使我感到很内疚。是我害了他，也许，这以前我曾不止一次地将我其他的主人公引向死亡的路。是该好好内省一番了。

“现在，只剩下我一个人了。”琼可怜巴巴地说。

“你不会死。琼，你已经经历了苦难的历程，我会慢慢地把你塑造成一个新人的。”我仰面望着她说，我从她纯真的神情中看见了她的希望。

她腰间的皮绳在我鼻子前晃荡。我抓住皮绳，想知道她离家的日子，便顺着顶端第一个结认真地往下数：“五……八……二十五……五十七……九十六……”

数到最后一个结是一百零八个，正好与塔贝手腕上盒珠的颗数相吻合。

这时候，太阳以它气度雍容的仪态冉冉升起，把天空和大地辉映得黄金一般灿烂。

我代替了塔贝，琼跟在我后面，我们一起往回走。时间又从头算起。

叠纸鹞的三种方法

◎ 马原

一

藏历新年是三月三日。这天早上被来拜年的同事灌了几杯青稞酒，头昏沉沉的，中午就睡下了，一觉睡到天黑，起身后用冷水擦了脸，发现右嘴角生了疖，这是件小事。

半星期后这个疖无限膨胀，并且流出叫人恶心的脓血；脓血不断流出，在嘴角结了核桃大的疖，半张脸开始变形，肿得一塌糊涂。这个部位民间叫危险三角区，说是疮毒可以从这里的血管直接进入大脑。这我不知道。不过，不怕你们听了笑话，我的确给疼哭了，而且哭了不止一次。这已经不再是件小事。

我开始跑医院。

在拉萨藏历年是个大节日，要大大热闹一番。朋友们一定都在热闹，我一个人冷清地趴在宿舍床上看小说。单身男人像我这样就比较难过，不会行乐消遣。这样的人，生活里注定有无限的寂寞，其实我不甘寂寞，我有我的排遣方式，读小说就是其中一种。再比如：

日落时一个人走出去，看看街上人们丢弃的破烂瓦罐陶钵；看看长毛狗追逐玩耍；也可以在甜茶馆坐上一小时，把身上仅有的五角钱喝光。再不就绕到药王山南面，看看朝佛的人们在这块圣地留下了什么，小泥佛？有释迦牟尼像经幡？镂刻着经文的石板？？

或者我可以拉拢窗帘。

（用我另一条单人床单代用的，是你们熟悉的白底蓝格的那条）

关闭房门，扭亮台灯坐到三屉桌前，给你们杜撰故事；

（当然是有趣的故事——我的愿望）

这种时候我的想象力特别活络，我会想起发生过和未发生过的一切事情。我在写一个故事之前，总要为写什么怎么写这类老问题伤脑筋。要不是小格桑来了，又提起他的刑警队，还不知道我的想象会驰骋到什么地方去呢。

他先问我是否还记得那个卖松耳石的人。我当然记得。他去年转到公安的，是个名副其实的新手，这个案子叫他有点紧张。我让他解开风纪扣，把大檐帽摘下来轻松一下，并且给他倒了杯茶。

说说八角街吧。八角街环绕著名的大昭寺，街巷纵横交错。全世界各民族的人，在这里几乎都可以看到。据有人估计，每天来这里买卖和朝佛的人不下三万，星期天这个数目至少要翻一番。八角街是个大市场，商品种类之多可以轻而易举超出你的想象。这里有目前中国最大的古董珠宝市场，每天在这里成交的款项成千上万，有许多沉着的不辨民族的面孔，从袖筒里对着外国游客偷偷展示藏品，露出不卑不亢的微笑，用手势讨价还价。

我就是在这里认识了名闻遐迩的猫眼儿宝石。我在第二个拐角处的地摊上，买了一块质感相当好的翠绿色松耳石。它有大颗带壳的双粒花生那么大，重量五十二克。我不懂宝石成色。只凭造型和色彩可意，我决定买它了。他开始要价六十元，我以三十元还价。他在这个位置经年不变，他的年龄无从揣度，说三十五岁或七十岁都可以。我偶尔来八角街一趟，想必彼此早就眼熟。我从脸型断定他是南亚人种。尼泊尔？也许是印度或者巴基斯坦。他的汉话还算清楚明白，我们以三十八元拍板，这是去年8月12日的事，我的台历上有清楚记载。

二

你当然知道八角街西南面那条便路。

（说老实话我不知道，一到八角街我总是搞不清东南西北）

最近那条路修混凝土预制块路面。你肯定记得那条路到了夏天就淤满泥浆。

（点头。不是表示记得，表示在听）

现在这条路已经重新修建过了。

（还是不明白）

这条路现在比原来要宽一些。重修的时候原来路边的院子向里面收缩，城建局拆了住户的院墙又给重新修好。拆墙时在一个独居老太太院墙下掘出一具男尸，尸身还没有完全腐烂。对了，就是那个人。你大概没注意到，第二个拐角上换了另一个卖毛皮的康巴女人。

（我不想告诉你我注意到了，我不想打断你的话）

老太太没有牙齿，两腮深深凹下去。她说她不知道这件事也不了解这个人。她没有儿女也没有固定职业，以在街市上贩旧衣裤为生计。老太太吸鼻烟，没有别的嗜好。居委会介绍，她早年的身世不详，住到八角街是平叛以后，算来也有二十年了。八角街地区来往流动的人太多，情况复杂，即使为邻多年，彼此也很少了解。我们开始找她谈时，她一口咬定不认识，后来我们吓了她一下，她便和盘托出了。

三

她使我想到另一个独居的老太太，她也住在八角街地区，她的主顾里有一个是我同事。她做私酒，她的酒不酸，生意一直不错。我喝不来青稞酒，多是生水。在大格桑家里，他是一定要我按规矩干三杯的，我拿出病情诊断书，告诉他我在患肠胃炎。他一口咬定她的酒是凉开水做的，喝了绝不会泻肚。我推不过只好喝了，也因此知道有这么个做私酒的老太太。

大格桑再去买酒的时候，我也一道去了，我想看看青稞酒是怎么做的，也想知道她做酒为什么不同于别人。别人都用生水。

她胖胖的，手又肥又厚，人相当和气。我心里想的卖私酒的老太太一定是干瘦的，不苟言笑，皱纹里藏着无数秘密。她不一样。我知道我想错了，她不会是我小说里的人物。说心里话我有点失望。不过我们还是来听听小格桑的关于老太太的故事。

四

她说他是她的相好，他的东西都寄放在她这里。她什么都卖。她说他有一颗九眼猫眼儿石。一颗五眼的优质猫眼儿石价值千元以上。他把它当作宝贝，不离身地挂在脖子上。她说，她向他要过几次他不肯给，他只给她几颗她不稀罕的松耳石。她因此把他用白酒灌醉了，找来两个做流动生意的康巴汉子帮忙，用绳子勒死他埋了。她说结果她并没有得到那颗宝石，让那两个汉子抢了去，她拿他们没办法，到头来吃亏的只是她这个老太婆。她还说她父亲是回族，她自己曾经做过珠宝生意。

我们问她两个康巴汉子的相貌特征，她三次说三样，又说他们出事后就走了。问她他们是什么地方的人，叫什么；她说生意人是不能探问对方底细的，也不问商品的来源、去向。不过她又说听他们的口气是去四川。她这话可信不可信。她在这里二十年了，居然没人知道她的身世。她没有牙的嘴瘪瘪的，一副受难者形象。我看她这些话没几句是真的。

（后来呢？）

我们分析了她的供词。估计她可能为了混淆视听，故意杜撰出两个康巴汉子。你想，在八角街做各种生意的康巴人有几千，在没有相貌特征的情况下寻访案犯谈何容易？又何况她说他们已离开八角街，离开拉萨了！不过我们还是准备派两个人到她说的区域查访一下。

五

小格桑就是派去四川追踪的两个人之一。他说三五天内就要动身。我让他回来时把结果告诉我，他笑笑，问我是不是又要写小说，我不置可否，单凭他提供的故事，素材是单薄了些，不过谁知道案情发展到后来可能有些什么变化？我寄希望于他此行的结论。

我突然想到另一个问题，我问小格桑，老太太是否信佛？他说她家里有几个铜佛和一些法器，但不知道她用来侍奉佛主还是倒卖赚钱的。关于小格桑的故事到这里就结束了。

相信你们会原谅我，我不能把这个故事讲完。我累了，累了时我喜欢点燃一支烟，平时我不吸烟。我靠在叠起的被上闭了眼。我在想为什么所有那些与阴谋有关的老太婆都那么干瘪；为什么听了杀人老太婆的故事时，我不自觉地想起卖私酒的老太太形象，竟和这个杀人老太婆完全吻合。

六

敲门声。

“马原，马原！”

是新建。

“一个人在家？天哪，你是怎么啦？”

“生疖。准是做坏事了，报应。”

“准是做坏事了。没吃饭？”

“有压缩干粮，有罐头。”

“到我那儿去吧，到我那儿住几天。”

新建是画家，展览馆的总体设计。于是我暂时住到展览馆。

他的住处还算宽敞。我进来时一眼看到他工作台上摆着几只纸鹤。他也是前年进藏的，原来学工艺美术。他的壁画、雕塑、油画作品都拍成了彩照。我看过这些照片。

两个光棍汉在一起，日子好过多了。他的住处比我的干净，原因是有一位姑娘偶尔要来这儿。姑娘很美，笑起来露出白白的牙齿。名叫尼姆，十九岁。她喜欢到拉萨河洗衣服。

新建也喜欢拉萨河，他是去写生，为创作寻找和积累灵感。夏日的拉萨河是诱人的，他被诱惑了，下河游泳了，结果脚心给碎玻璃剐了二寸长半寸深的伤口。他抱住脚鬼哭狼嚎，引来了远处洗衣的尼姆。

之后是一连串可以想象的过程：她找来自行车护送他去医院，然后是探望。

她发现他是个画家，发现他把胡子剃光其实很年轻（他不过二十九岁），发现他的住处是一间凌乱到极点的工作室，她成了他的学生。她自幼对美术就有兴趣，现在他们有时整天整天地切磋画艺，他为她塑了个抽象造型的半身像。看得出，他们对即将到来的时间抱了太多的浪漫想法。我比较实际一些，尽管吃住在这里，她来了我便走了，我正好利用这段时间去转一转八角街。

我长时间伫立在大昭寺门前。我对所有这些磕长头的人完全不能理解，但是能看到的是热情和专一。我在正殿里意外地发现了她——她的侧影也是胖胖的和气的。她不会记得我，可我看到她把四张十元钱认真地贴到有酥油的佛龛上。我想起那次在大格桑家里喝她做的酒，的确没有再泻肚。

春天是放纸鹞的季节，纸鹞又叫风筝。

拉萨的纸鹞也许不是最有特色的，但是纸鹞的背景是天空。拉萨的天空敢说独一无二！在这块地球上最蓝最蓝的天空放纸鹞，不，就是看别人放纸鹞也是惬意的。这时拉萨的天空正有三只漂亮的纸鹞在飞，和另外三只飞隼遥相呼应。尼姆也许已经走了。我该回去了。

回去的时候尼姆不在，有另外两位客人。庄小小是新建同学，不用介绍。

“这位是中新社的刘雨。”

“这位是电台的马原。”

我们彼此点头。刘雨告诉我，北京的一位朋友托他给我带来一本书，让我抽时间到他的住所去取一下。那个朋友是位作家，他带来的书里夹着一封信。信上说刘雨也是位作家。

庄小小的一幅出色的肖像画展出时，被人说这画歪曲藏族形象。庄小小为此牢骚甚大。巧了，这画的原型是住在那曲牧区的尼姆的奶奶。尼姆通过新建认识了庄小小，她在庄小小的工作室里看到这幅画时，简直呆了。老人脸上深刻的皱纹像皲裂的老榆树下的树疤。老人疲倦了一生，时间在这张脸上留下了痕迹。这幅画的题目叫《岁月》。

尼姆问庄小小怎么认识了她奶奶。庄小小告诉她，他在那曲写生时就住在她奶奶家里。老人每天给他挤新鲜牦牛奶做奶茶，给他讲草原上的传奇故事。当他提出要为老人画像时，老人答应了。开始老人有说有笑，后来由于他专心作画，两个人没再交谈。老人很有耐心，但她显然惦记着羊和牛，她坐在那里，心却离开了。这时他看到她表情里那种潜在的疲倦。他抓住了这个时间里凝结的一切。

尼姆告诉庄小小，她阿爸几次去接奶奶到拉萨来，奶奶都推托要照顾牲畜回绝了。奶奶七十多岁了，她曾对尼姆说过，她活不多久了，她不想死在别的地方，她要留在草原。她习惯了草原，习惯了羊、牦牛和褐鹰。

庄小小准备送这幅肖像参加今年10月在沈阳举办的全国美展油画展。新建准备画什么呢？尼姆参加了新建的草图构想。

七

刘雨来新建处闲聊天，我顺势插进小说这个话题。刘雨对这个话题兴趣不是很大。

刘雨对庄小小的《岁月》发表了一些技术性看法，他不喜欢这幅画的表现手法。他喜欢谈北京的一些青年画家。北京人都喜欢谈论北京，正如上海人都希望回上海一样。

后来刘雨问到新建的草图，问为什么选择圣母题材，新建告诉他，全世界的古往今来的画家都在画圣母，那么他新建要画也就不存在为什么了。圣母是基督教题材，也是母亲或母爱题材，即使是二十世纪的中国人，拉斐尔的圣母也可以唤起同样神圣的感情。新建的草图画的是一位带孩子的妇女，她眼睑下垂；两个孩子倚她而立，另有一个在脚前匍匐。看得出这是一个藏族母亲和她的三个孩子，背景要虚化得多，隐约看得出雪山、布达拉宫、长城和羊群。他竟然把羊群画到天幕上，使我有一阵分辨不出是羊还是云朵。

我问刘雨到了西藏是否准备写点什么。他们来拍新闻片，要在西藏停留几个月。他说，准备在近期写一篇小说，是关于一个住在布达拉宫下的老太太的故事。

八

听说前两年拉萨打狗。拉萨的狗实在太多了。听说以前还要多得多。听说拉萨狗是名贵品种，在伦敦要卖很高的价钱。

那个老太太已经死了，她活着的时候就住在布达拉宫下面，离你们广播电台不远。听说她死了几年了，不过我还是想到她原来住的地方去看一看。

她是个虔诚的佛教徒，一辈子独身一人，她从年轻时候就开始每天围着布达拉宫外墙转经三圈。你们知道，绕布达拉宫外墙一周有将近两千米。她每天转经三圈。常来这里转经的人都知道她。她靠做泥佛片为生。

白天，她坐在八角街某个向阳的台级上，用从远郊弄来的细黄泥和几个佛像铜印模，细心地做出体积不大的泥佛。

来朝拜的农区和牧区的人们，走过她身边时总要蹲下身，选几个泥佛，在她装钱的纸里留下一元两元。也有来自异邦的旅游者，他们常要在拉萨买些纪念品带回去，他们也是她的顾客。他们问她价钱，她不回答，于是他们就学着朝佛的人，照猫画虎地拿上几个佛像，留下一张外汇券。这种时候她看也不看，仍旧埋头从她的印模中倒出一个新的释迦牟尼像。

下雨天她一般从不躲避，呆呆地看着商贩们急匆匆地收拾商品摊；看着人们杂乱拥撞着找地方躲雨；看着雨水冲刷着她从远郊弄来的黄泥巴，浊黄的泥水从她脚下流向洼处。

她的收入大概不少，她把钱全都捐给了菩萨。她定期到大昭寺、小昭寺、色拉寺、哲蚌寺和布达拉宫朝佛。她捐的钱里有外汇券，有侨汇券，有各种面值的人民币，有已经废弃不用的旧藏币。每次去，她都倾尽所有，她对菩萨可谓一心一意了。她没有一件新一点的衣服。

这不是我要讲的故事。

九

这个故事听来不像真的，不过我相信它是真的。它使我思考很多问题。我到这里半个月时间，已经有两个人给我讲过这个故事了。

刚才我说，前几年拉萨狗多，那时候你们也都没进藏。狗在商店、饭店等许多公共场所里随意出入，当时可以称作狗患了。你们知道藏族喜欢养狗，藏族决不会打狗，可是当时拉萨的狗实在太多啦，同时也发现了几例狂犬病病例，而且有几种传染病据分析有可能是带菌的狗传播的。另外拉萨的居民仅十万左右，太多的狗造成比例失调，食物来源成问题，狗群时常发生恶斗，使居住环境受到很大干扰。

为此拉萨市政府号召打狗，并成立了业余打狗队，企事业单位职工不准养狗。

多数人打狗下不了手，就把自家的狗逐到外面。这些家养的狗就加入了街头巷尾的野狗群，那段时间街上的狗比原来更多了。一些青年人提着猎枪和小口径步枪追打狗群。

这个老太太开始养狗，把那些受过枪击惊吓的狗引到家里，喂它们食。使它们能在不受惊扰的情况下懒卧着晒太阳。

想必是狗也有自己的语言，它们把自己的好运气告诉同伴，于是有更多的狗到她的荫庇下。新来的往往混在老住户当中，畏畏缩缩地进入院门，一边用久有的提防的眼睛注意她的一举一动。如果碰巧她手里拿着一根木棍，新来的肯定回身就跑，而且把尾巴夹紧。狗的眼里，木棍和枪是没有很大区别的，特别在这段特别的日子里更是如此。

于是这个小院子成了狗类的世外桃源。她每天照样出去，照样绕布达拉宫转三圈，照样在八角街造佛像，不过她去朝佛的次数少了，有时带走泥佛的人留的钱少了她不再没有表示，她用忧郁的目光看着对方，摇一摇头，等着对方再拿出一些钱来。

那只矮腿长毛的黄狗又生崽了，小狗崽金黄金黄。她出去转经时把小狗揣在怀里；狗妈妈则跟在她身后，随着转经筒有节奏地摇动，脚步一颠一颠的。

熟悉她的人们都看得出她瘦了，腮塌下去了，眼窝塌下去了，颧骨和鼻梁高起来了。她开始每天买牛奶。

卖奶的孩子知道她不讲价钱，市价四角一瓶的不掺水的原奶，孩子们掺水以后卖给她五角一瓶，她每天要买四五瓶牛奶，有时还要多些。据她的邻居说，这些奶都喂了狗崽，她一口也不喝，她从不喝牛奶羊奶什么的，现在她这里已经有四只狗崽了。

二十几条狗住在这个小院里，进进出出，整个巷子都显得阴森森的。这个巷很窄，两人对过刚好容得下，这个小院在巷子深处。每天傍黑时分，狗群鱼贯溜出院门，在巷子里一字排开向外移动。这个场面如果用长变焦镜头从高处拍，我想效果肯定很特别。

（我笑他又犯了职业病。不过平心而论，刘雨的摄影作品就是不错，我喜欢他谈关于摄影作品的构想）

这事首先引起邻居的不满。这么多狗在一起群居，难免撕咬吠闹，结果搅得四邻不安。当邻居说长道短时，她不多说什么，只是为难地笑一下。我想那肯定是苦笑，于是她拿出更多的时间和它们在一起，和它们熟悉，使它们能够听她的话，不再撕咬吠闹，不再搅扰左邻右舍。它们的确驯顺了些，不过她到八角街的时间更少了。

她喜欢的还是那只毛色金黄的小狗，只有它是生在这院子里的，她待它像自己的孩子一样。它已经大一些了，她转经时不再把它揣在怀里，她在它脖颈拴上了条细绳，它就跟在她身后，像它妈妈以前那样，随着转经筒有节奏的摇动，脚步一颠一颠的。晚上睡觉时，它会悄悄爬上卡垫，偎在她胸前安详入睡。

那一段时间，她经常出现在粮食市场，拉萨是高消费城市，西藏全区粮食又不够自给，因此市场高价粮食很贵。她是城市居民，粮食定量有限，而喂养二十几条狗是需要很多食物的。她能怎么样呢？人们能看到的只是她越来越虚弱了。她时而推着四轮小车，推回满满两只面袋。看得出她是强撑着才没有摔倒，她推动小车，也是小车的横把支撑她，她其实是靠了扶持小车在路上行走的。

她自己不再打酥油茶，甚至连糌粑也很少吃。糌粑比小麦要贵。可是她居然开始喝起青稞酒了。我忘了刚才是否说过她不喝酒，也不吸鼻烟。每天中午，她都要坐进路边的围帐，痛痛快快地喝上两杯，然后醉眼惺忪地看看卧在脚边的小黄狗，也许还要喃喃地和它讲几句只有她和它才明白的体己话。她差不多彻底垮掉了，但是她每天出去，从布达拉宫转经，到八角街塑造泥佛。你看新建已经睡了。我们太打扰了，有时间我们接着谈。

十

那一段时间我们常去拉萨河。拉萨河拉萨一段有一个很大的河心岛，前不久我还写了个关于河心岛的故事，叫《拉萨河女神》。

我说我们，是说新建、罗浩和我。罗浩是专业摄影人员，也是小兄弟，他只有十九岁。我们到拉萨河是新建的主意，到河边去洗衣服。我敢肯定他是想追寻那段美好的记忆，就是在河心岛洗衣时他讲了他和尼姆的故事。

我随便谈起刘雨的故事，并告诉新建故事没讲完时他就睡了。新建居然又打了一个哈欠，说小罗早就讲过了。罗浩从小在拉萨，关于拉萨的一些传闻知道得自然多些。

那一次我们带了大批脏衣，而且包括各自的床单被单。同时我们也带了大批给养，罐头和其他吃的。罗浩把弟养的一只来克亨白公鸡杀了，做成美味的辣子凉拌鸡，我们还带了啤酒。在西藏最奢侈的就是子鸡和啤酒。

和我们邻近洗衣服的是两个藏族姑娘。

大概是我和小罗不期待奇遇的缘故，开始很长一段时间我们和她们各干各的。拉萨河水清澈见底。先把衣服放在水流里，上端用卵石压好；这样浸泡一段时间后捞起一件，平摊在卵石滩上，用肥皂粉均匀地薄撒，之后揉搓，也可以用脚来回踩。之后是第二件，第三件。

先是她们笑了，笑得肆无忌惮。她们在笑我们，一定是我们男人洗衣的动作笨拙得好笑吧。这样想着，连我们自己也笑了。

我们站在水流中清洗肥皂沫。齐膝深的河水凉得刺骨，水波在卵石河床上闪烁跳跃。把衣服用两手扯开放下去，急湍的清水马上涤净了，而且发出好听的声响。最有趣的是清洗被单床单，平铺在波面的方格子单子很有装饰性，有节奏的抖动像抽搐，可以给人带来莫名其妙的联想，罗浩来了灵感退到不远处支好三脚架，然后按下自拍快门，踏着水花向我们跟前急跑。他刚好来得及像我们这样扬起被单，快门响了。三个男子汉在拉萨河洗被单的留影照，背景是布达拉宫。

罗浩的第二次灵感来自解开粗发辫洗头的她们。她们准是两姐妹，她们的头发又黑又密。当妹妹的头发浸到水里，她又扭转脸来跟姐姐说什么的时候，小罗不失时机地抓拍到这个难得的镜头。他就是送这张照片参加日本举办的“水与生活”专题影展。

她们并不躲闪，我和新建用汉语请她们配合拍了几张不同角度的照片。她们显然很高兴，而且汉话说得很好。她们留下了地址和名字，希望我们能把照片送她们一张。她们长得粗壮结实，我记住了她们开朗的谈笑。

看看她们，我不知为什么又想起了刘雨的故事，想起了那群有了家的狗和那个老太婆。我奇怪我总在想这个故事。她们端来了青稞酒邀我们一道喝，我们都怕泻肚又不好明说，婉谢的同时也回邀了她们。凉拌鸡显然使她们兴奋，而我们在喝过啤酒后也有一大壶温热的酥油茶喝。

还是那个妹妹首先发现了挂在灌木丛上的纸鹞，她张着嘴，惊诧和赞叹溢于言表。在征得新建同意后，她熟悉地放飞了。

她说她家里早有两个纸鹞，是她阿爸叠的。她阿爸叠的纸鹞可好呢。许多邻人到了春天都找她阿爸，求叠纸鹞。他可以叠出两种完全不同的纸鹞呢。这时候我想起刚才姐姐留地址时说的，她家就住在布达拉宫下面。我想起该问问关于那个养狗的老太婆的故事。她是本地人，又住在附近，也许她们能知道得详细一些。

很可惜，她们不知道。倒是罗浩知道得更多一点。他说她养狗并不是近几年的事，她多年来一直在养狗，她养的狗的确不下二十只。她不是个做泥佛的，她没有什么亲人，而且她早死了。死了几年了，甚至连住在附近的两个姑娘都没听说过她。她每每把口粮省下来给它们吃，她瘦得叫人很难想象。前些年拉萨很多人都知道她，有些人出于怜悯送给她一些粮食，这也没用。她很固执，别人说话她根本不理会。听说她是饿死的，也有的说是病死的。反正她一个人生活，跟邻里没有来往，人们发现她死，又因为太瘦，就风传她是饿死的。谁也搞不清楚。也许她是整天和在外面游逛的狗群在一起，染上传染病不治而死的呢。

妹妹的心思全放在纸鹞上，我偶然发现姐姐扭过脸时匆忙用手背抹一把眼睛。我捅捅罗浩，罗浩不再讲下去了，新建最后把纸鹞送给了那个爱玩的小姑娘。

姐姐怎么啦？也许……

十一

刘雨在离开拉萨以前讲完了那个故事。当时我没有插话。我知道罗浩的故事也许更真实，但刘雨的故事无疑更多一些思辨意味。他要写一篇小说，他的故事作为原始素材当然更多一点弹性，罗浩的那个就太限制发挥和想象。

可以推测，刘雨更多着眼于佛教及其内在的影响，浮掠地讲一下这个故事不是他的兴致所在。我这时发现了自己是很希望看到刘雨这篇小说的，我想知道这个故事在另一个作家的心里触发了什么。触发——是我们兴致所在。

刘雨走的第三天，我按地址找到了那对姐妹的家。我发现这个小巷子又窄又深。巧了，妹妹不在。我问了一句，姐姐告诉我：

“她去放纸鹞了。”

没上油彩的画布

◎ 刘伟

新野很舒服地伸个懒腰，推推鼻梁上的眼镜，撕块报纸把油笔揩净，然后扔进画箱里。咖啡壶咕嘟咕嘟冒着热气。

加措眼睛眨巴着，撇一下嘴："这是什么玩意儿？"

"靠，喇嘛呀。黑脸因为他与众不同，青眼睛嘛是他有灵气。"新野端着咖啡杯，眼镜片上有蒙蒙雾气。

加措用藏语叽咕几句什么，收拾画笔画箱。

新野来到平台上，阳光照得他眯起眼。蓝蓝的天空下，脸上的毛孔都张开了，他往地上吐咖啡渣。

这是一个楼房四合院，楼下坑坑洼洼的石块地，院落中央有一个水井，铁皮包木的井栏闪闪发亮。一条长毛老狗躺在井边，亮着肚皮晒太阳，向新野的影子摇一下尾巴。加措家住在楼下。

"加措，转街去。"

新野脚踏在板凳上擦亮了皮鞋，皮鞋底钉了三次铁掌，该钉第四次了。加措对着镜子梳头发，背后西装一耸一耸，后衩开合像乌鸦在扑腾。圆镜子旁边钉着一张印制精美的油画，两个骑马的男人在抢抱两个光屁股女人。

出了大门，旁边是水泥抹的巨瓮，下面开了方口，善男信女往里投香草，烧得青烟缭绕。街对面是一排白布棚小摊，靠墙根蹲着几个康巴汉子，在卖金银首饰和珠宝。一串小手指尖大的念珠，卖八元，新野买过一串。

太阳晒得人膨胀了许多，尿臊气和羊皮袄膻味直往鼻孔里钻。一个小摊后面，头上盘辫子的小姑娘在嚼口香糖，笑着向新野吐爆一个白泡，新野打给她一个响指。新野在摊上买过一条苹果牌牛仔裤，二十元，他知道是冒牌货。紧紧兜着的屁股热烘烘的。

新野穿了一件日本西服，撩开衣襟，白丝线绣着“新野”两个字，和他名字一模一样。内地有家报纸登过一条消息，说自由市场出售的半新不旧外国西服，是日本、英国等捐给东南亚难民营的。商人收购以后，转卖到国内市场。据说穿这种西装有失国格。新野进的那家尼泊尔商店，铺面很小，一个臃肿的老妇人摊开一件西装在柜台上，就像是专门给新野做的，不大不小。可惜衣袖上污了一块红迹，那就卖二十元吧。新野晚上用棉花球浸汽油擦衣袖，棉花球成绛红色，用温水洗，像流血一样。

“买这个。”加措从一个摊上抓一件铜坐佛。

“不买。”新野摇摇头。

大昭寺门前灰尘满天，有几栋藏式楼房拆了，辉煌的寺庙前面瓦砾遍地，风吹动遮掩寺门廊的幔帷，扑嗒扑嗒。台阶上一个衣衫褴褛的汉子在拍打吃饱的肚子。拐过八角东街街角，靠墙根盘腿坐着一个生着山羊胡子的念经人，他身穿红氆氇袍，闭眼念经化缘，膝上摊着黄布，上面是一小沓经纸。念经人身旁不远的墙根上雕着冬苏拉姆的神像，女神贪吃，满嘴抹的是酥油，有的化了流在下巴上。加措走过去在念经人膝上放一个五分硬币。

“买这个怎么样？”加措从一个货摊围布下摸出一个铜壶。白铜镶边闪过一道光。

新野往上抬起眼镜：“嗯，不买。”

星期三下午，新野从邮局寄信回来，大门口卧着一头小花牛，牛头旁边堆着些干草。小花牛瘫了。新野拽着牛尾巴把它拖离门口，旁边的人直目看他。加措的阿爸转经走过来，忙把草抱到牛的嘴边，老头儿两眼凹成坑，嘴里喃喃念叨着俯身看它。

推门进到屋里，墙上的喇嘛冷森森地盯着新野，他心里直乱跳。

转过头去，书架顶上又一双眼睛瞪着他，两个黑洞。这具带角的羊头骨是从厨房后面柴堆里拾来的，光光滑滑白得瘆人。放在书架上面，平时来客人，都称赞两只角弯得漂亮。

新野两只手腻得慌，忙倒点温水在盆里洗手，在鼻子上闻一下，又打上香皂满手搓。

天上几团云，软绵绵的，没有风。新野伸了个长长的懒腰，搬出画架绷上一块新画布。画什么呢？当然不再是喇嘛，画个灵魂升天，下面是天葬台。死魂灵注视褐色的山峦，氤氲人间。西藏的圣母带一些凄凉向蓝天升脱而去。

对面屋顶上，有一个少妇在洗头，上半身赤裸，浅褐色的皮肤油亮，鼓鼓的奶子活泼地抖动，她搓着头发，斜眼看过来，新野喉咙发紧。

把画架搬进屋里，画架脚碰翻了咖啡壶，没有水，只是渣子。桌子上是妹妹从重庆邮来的信。昨天妹妹寄来一个包裹，里面是一卷天鹅绒的织毯，加措买来铺他家的卡垫。加措抖着装包裹的棉白布，说是可以练习画油画。

新野的床头上方挂着一个骷髅铜饰，做工非常精巧，达珍给新野拿来时，新野两只眼睛在镜片后面闪闪发光。达珍是新野的女朋友。骷髅铜饰衬垫着一块红丝绒，骷髅咧着没有嘴皮的嘴，一排牙齿锃亮，齿缝里是多年积下来的污垢，仔细看凹进的眼坑，里面还刻有一些藏文字。达珍说是护法神的咒语。

屋里苍蝇很少，远远地在屋角盘旋，和新野一起听收音机里的气象预报。

新野有几个朋友。海塬是个络腮胡，藏币收藏家。他和新野原本在学院里学的都是油画，来拉萨以后，最感兴趣的是转八角街，那里的商人小贩一多半认识海大胡子。他每月的工资都花在买藏币上，什么“噶玛”“卡康”，食指弹着铜币说得头头是道，画箱和一把画笔换了加措两个桑康银币。前不久，他在文艺咖啡座举办了藏币展览。有个来参观的日本旅游者，是东京藏学研究院的博士，当即邀请海塬去东京举办西藏货币展览。这几天没见海塬来串门，正忙着办出国护照。新野注意到佛像泥片有收藏价值，小泥片在转经路上、玛尼堆上、寺庙旁边比比皆是，新野四处搜罗了一些来。有一次在小庄那里，小庄搬给他看几匣小泥片，分门别类，产地年代都有登记。新野干脆把自己的收藏品捐给小庄，小庄说，都是街头路边现拓现做的，没有价值。还有那个鬼精灵的姚亮，他第一次转八角街，走到街口，看见一个小摊上摆着一些瓷器，一对瓷瓶小巧玲珑，就用三十元买了下来。对阳光一看，薄胎裂纹瓷，半透明，翻过底来赫然见“成化之年”四个惊心动魄的字。新野那一次只买了两个笨拙的铜壶。

有一天晚上，达珍拿来一个骷髅形铜饰，说是像新野吃饭的样子。后来，新野就专门收藏骷髅形宗教饰物。

“嘿！”

门开了，达珍带着阳光走了进来。新野看看表，早上九点半。伸一个懒腰，从被窝里坐起来。

“煮咖啡。”

达珍伸手到新野鼻尖下，又是一个骷髅铜饰，不过是白铜的。

“你不是要吗？两个新野在一起吃饭。嘻嘻。”

新野费劲地扣着牛仔裤铜扣，吩咐达珍：

“合上闸看看有没有电，煮咖啡。”

“阿妈给你带来的。这是奶糖，这是给你吃的肉罐头。你们汉族爱吃猪肉。”

拉开窗帘，阳光从画布上折射出柔和的光，弯弯角的羊头骨像玉雕似的，温润可爱。

去年新野休假回来，几个朋友前来小聚，喝完啤酒，小青拿出一张纸，要新野在上面写的词后面填个短语。新野填了，小庄用勺子敲着铝盆：“听着，这是新野君生活观、爱情观、金钱观的自白。”新野咧着嘴笑，一排白晃晃的牙。原来纸上写的大海就是表示生活，填什么词语就是对生活的看法。咖啡表示爱情。新野对咖啡感兴趣，他写：咖啡，巴西咖啡加上古巴的方糖提神又解渴。小蔡说新野追求的是异民族的爱情。果然，后来新野找了达珍。达珍只有一半血统是藏族。达珍阿妈十三岁时生下她，那个人是从印度巴加尔普尔来的，是个皮货商，走了以后再也没有回来。跟达珍认识不久，新野提出要结婚，达珍答应了，当晚她就睡进了新野的被窝。新野不知所措。达珍说："看我能不能给你生下个小孩儿，能生小孩儿，我们就结婚好了。"

"新野，你看。"达珍把挂在墙上的牦牛尾巴卷成扇子形状，用削下的青苹果皮做了两个眼圈，红苹果皮做成嘴唇。新野看着这个怪物，突然产生敬畏的心情。招比拉洞里供的护法神像给人的印象也不过如此。白白的墙衬着黑脸皮，青眼圈，红红涂成圈的嘴唇。

"达珍，你带了多少苍蝇啊？"天花板上落满了苍蝇，空中无声无息穿来穿去的小精灵。新野用硬纸板做过五个苍蝇拍，都被达珍扔了。达珍不在时，新野就拼命抽赶苍蝇，那时苍蝇倒也不来烦人；达珍一来，苍蝇放肆地从门窗飞进来，来来去去还直往新野脸上撞。羊头骨黑黑的眼洞里也钻出苍蝇。

加措无精打采地来了。他坐在卡垫上，捧着咖啡杯发呆，对面墙上是《劫夺吕西普的女儿》，瘦骨伶仃站在一边的画架也在发呆。新野知道，昨天加措去帐篷区了。帐篷区在北郊公路旁，过柏油路是奶白色的电信大楼，刚修好一年，楼的墙面就裂开了一条大缝。一些乡下人从遥远的地方赶来拉萨朝佛，零乱地搭几顶牛毛帐篷住，附近是一堆堆垃圾。

有一天，新野和加措到帐篷区写生，面前是一顶低矮的黑牛毛帐篷，门边盘腿坐着一个妇人，张着嘴笑，牙齿雪白，一个藏北汉子在烧茶水，三块石头支着一个平盖铝锅，清茶飘香。帐篷区旁边停着一台拖拉机，拖拉机手在追逐几个女子。那男人像公牛一样吼着，绕过那棵孤零零的柳树，抱住一个女人压在身下，手伸到皮袍里狠命地抓捏。女人尖叫，笑得喘不过气来。那女人躺在地上正好和加措目光对上，披头散发，是个五官端正、脸蛋红扑扑的姑娘，顶多十五岁。后来在一次转八角街的时候，新野和加措又碰上了这个女子。那姑娘正磕完一个长头爬起来，脑门和鼻尖上印着两团灰迹。目不斜视，两唇翕动，双掌合十又磕长头下去。

她叫德吉。加措偷偷摸摸去找过她三次。每次德吉的阿妈都坐在帐篷门边，嘶哑着嗓门儿向着灰暗的天弯唱悠悠的牧歌。昨晚，加措终于进到了德吉家的帐篷，德吉面朝里睡了。加措好像进入一个超凡的世界，一个温柔的声音在黑暗中呼唤他，双脚像离开了坚实的土地，身子飘浮着，想转身去到凉风习习的野外，但又被拽向前去。加措摸索着把德吉掀过来，两对眼睛莹莹发光。手忙脚乱揭开她暖烘烘的皮袍，奶子松弛，肚皮干瘪。加措愣一下神，还是做了他渴望做的事。灰暗的酥油灯光不知在什么时候照亮了帐篷，加措尴尬万分地看到，那个结实的藏北汉子，盘腿坐在帐篷门边，挂在腰间的刀子垂在地上，大拇指堵在鼻孔，响亮地吸鼻烟，头发蓬乱，看不见眼睛。加措惶恐起来，转头再一看，那躺着的分明是德吉的阿妈。

“我，我，德吉……”

怯生生挪步到门口，那汉子却递给他一串奶渣，地道的藏北货。凉风掀开一边帐篷门布，外面的天是酱紫色。

早晨，加措昏头昏脑跑出帐篷区，那是一些陌生的帐篷，一棵粗糙的柳树旁拴着几头牦牛，旁边是个乌黑的烂泥塘。一些帐篷里三三两两钻出些蓬头垢面的男女，忙忙碌碌，有的人摇着经筒沿柏油路向南走去。

现在，加措还坐着发呆，对面墙的下方各种油彩溅得斑斑点点。

“加措，想什么？”

“毕加索，呸！”

加措拿了两本画册，到阳光下的平台上画画，脚蹬在石墙上，翘着软皮铁椅，用炭心铅笔在速写本上胡乱涂些线条。屋里新野弹吉他，达珍东一句西一句地唱歌。

星期四晚上，电视台不播放电视节目，新野和加措去大昭寺临摹壁画。

走到街上，那条小花牛死了，肚子浑圆，四蹄僵直伸开，几个转经的老阿妈还在给它旁边放些糌粑团。西边半个天空一片红光，远处的山峦切出沉甸甸的剪影，那边该是天的尽头，燃着炼狱的火焰。

转过街角，又是那个念经人。他低着头不停地嘀咕经文，转经的人熙熙攘攘。加措给他膝上放一个五分硬币。

这个念经人是从藏南来的，名字叫仁增班丹，加措吃过他的苦头。

藏历年初一的时候，加措早早来敲门，新野和达珍敛声闭气不开门，加措唱着酒歌等在门外。无奈何新野开了门，结果喝了三大杯冰凉的青稞酒。下午，新野和达珍从阿妈家回来，达珍蹲在一个青海人的小摊边上挑小钢精勺，喝咖啡要用。新野东张西望，一下看见加措扭动着胯往墙角小便，新野喊他一声，加措酒气熏人地过来，嬉笑着吐一下舌，指指地上，一条便溺像羊肚子里流出的肠子，直滑到念经人袍下。盘腿坐着的仁增班丹，闭着眼，嘀咕他的经文，膝上的经纸堆着亮晶晶的硬币。

回到屋里，加措和新野开心地笑，门外传来达珍一字一板的声音：

“他会诅咒你的，加措。”

天还没黑的时候，加措到井台打水，提着水桶刚到家门口，踉跄一个跟头，水桶摔了出去，屁股上跌满了泥浆，一只皮鞋，带子松开不知怎么飞了出去。达珍在屋顶哈哈大笑，身旁的干树枝上挂着好几条经幡，在风中啪啪摆动。加措拎着水桶又到井台重新打水，水桶从井下提升到一半，咚的一声，水桶掉进井里。加措气恼地踢了井栏一脚，井栏后转出长毛狗，向前一窜，长毛团中发出威慑的哼哼。加措一下跳开，破口大骂。加措的阿爸掀起门帘布，在矮矮的挡门板后面呵斥长毛老狗。达珍在屋顶冷冷地说：“明天等着摔三个跟头吧。”

新野从一个记者朋友那里知道，仁增班丹做过沙贡拉山丹达庙的堪布，熟读佛经，精通梵文。有一次文物办的一个专家转八角街，听到他念经，经纸上书写的是梵文。第二天文物办用“上海”车把仁增班丹接去了。文物办专门从北京请来一位研究梵文的副教授，副教授出了三张纸的考题，仁增班丹口笔不停，边念边写，还没有写完一张纸，副教授忙说不考了不考了，这老头儿可以做我的老师。后来听说仁增班丹做了文物办的临时工。谁知过了一个半月，仁增班丹又坐在街角的墙根下念经化缘了。

新野在南殿堂细心临摹壁画，头上仅有一只六十瓦的灯泡，眼睛吃力，画纸上辨不准色。新野让加措去找值殿喇嘛，请他给换个大灯泡。加措转过阴暗的殿堂柱子，来到点着酥油灯的供桌旁，一个喇嘛弓身在挑酥油灯碗里的灯芯，南大殿里传来喇嘛们咿咿呜呜唱经的声音。加措恭敬地请他给换个大灯泡。喇嘛转身，昏暗的酥油灯光映在他脸上，加措惊愕地看到，喇嘛黑黑的脸，眼睛里发出青光。加措赶忙回到新野身边：“喇嘛说，没有大灯泡。”说着直盯着新野眼睛看。

晚上，新野看书看得头昏脑涨，把藤椅搬到平台上，用达珍买的三倍儿童望远镜看月亮。青灰色的天空，星星都躲到遥远的地方去了，月亮却很明亮。月亮慢慢移来，越来越大，像小花牛青白相间的眼球，走进去看看，走到眼睛里去。身后传来呛着嗓子的咳嗽声，转身看去，咦，是加措的阿爸。身影蒙着清冷的月光，眉目浑浊。

“爸拉，您的病好啦？加措呢？”

“我走得太累了，要歇歇脚。”

“是啊，爸拉每天转经走路太多。”

“孩子，你也带加措来看看月亮。佛说，六根清净才能归一，禅心无尘才能似月。”

“爸拉，您……”

“那个地方一片雪白，我喜欢那里。我走遍了八角街每一块地方，我知道要去的。糌粑不要磨得太细，酥油少放一点，至于青稞酒给带一壶来，塑料桶装的不要，有一种怪味，加措他知道，铜壶在柜子里。”

这时，不知从哪里传来一声鸡啼，接着鸡啼之声此起彼伏，狗在黑暗中爆发出一阵怪声怪气的长吠。

加措阿爸不能下楼去了。屋顶上一片幽静，空气很凉，新野打了一个寒战："这怪老头。"

第二天中午，新野在屋里给达珍画肖像。绷着画布的画架孤独地站在一边，做了反光板。加措阿爸得了恶性痢疾，加措去照顾阿爸，有四天没有来画画了。

新野斜着画夹用炭条抹头像的发型，加措紧绷着脸进来了。

"新野君，我阿爸死了，昨天晚上。"

新野啊呀一声，转过头，看着加措。

三天以后的清早，天还没有亮，新野来到加措家。上次还是藏历年初五来过，加措阿爸不停地捧上青稞酒杯。屋里电灯昏暗，点着十几盏酥油灯，亮晶晶装净水的碗。地上盘腿坐着两个喇嘛，是从大昭寺请来的，念经超度死者的灵魂。加措的阿妈、在藏医院工作的舅舅、还在念小学的表妹、达珍和她阿妈，大家坐在卡垫上，女人们在低声抽泣。新野坐到靠里墙角的卡垫上，背后有一个白布包裹，于是就靠在上面，背上觉得有只手在轻轻挠他的脊梁沟，痒酥酥的。满屋子人都转过头看他。新野在想昨晚的事，他不知该说不该说。

天蒙蒙亮，加措一家人去天葬台，新野才知道，那白布包裹里包着加措阿爸。包裹那样小，跟重庆寄来的包裹一样大。

"加措，不该用塑料桶装酒。"

"为什么？"加措看看手中的塑料酒桶。

"爸拉说的，要用铜壶装酒。"

"什么？"加措惊诧地盯着新野灰亮的镜片，"你说用铜壶装酒？阿爸说的？"

"这……噢，没什么，走吧。"

下午四点钟，新野在大门口看见小花牛又活了，卧在那里吃草，眼里的神色安详、舒适，背上盖上了麻袋，最上面是一块白布，钢笔字迹"新野收"在牛背上一耸一耸地蠕动。

就在当天晚上十点钟，满院子的居民都听到一声尖厉的惊叫，令人毛骨悚然。

新野到平台上去，往铁皮漏水筒里小便，他抬头看去，满天星斗，唯独没有月亮。灯火星星点点的拉萨城，布达拉宫要是挂满彩灯，该有多壮观。新野懒洋洋转身回屋去，只见屋顶上一个白布包裹向自己滚落下来。

加措和院里的两个小伙打着手电来敲新野的门。

“新野君，刚才有一个女人在惊叫，晚上街上有醉鬼，出去看看。”

新野撕一块报纸擦他的油笔，坐在绷着画布的画架前。转过头，两片镜子幽幽闪光。

“哦，那去看看。”

圆形日子

◎ 色波

"妈妈。"女孩儿喊道。

没有色泽和质感的阳光，像是从玻璃镜中反射出来的一般，平板而又耀眼地撒落在圆形广场的石板地上。广场前有几株树身扭曲的古柳，叶条的绿色已由浅变深，而且抽筋般挛缩，在风中抖动。一些戴着花格头巾的郊区农妇，在寺庙的左侧坐成一排兜售松枝，路过的人大都买一把，再一股脑儿塞进巨大的桑烟灶，扑出团团灰烬和烟雾。浓稠的桑烟在广场上空翻滚涌动。相比之下，那些参差不齐的碉楼投影倒给人一种绝对的、亘古不变的静止感了，仿佛什巴创世的时候就给安排在那里，跟太阳无关，正如我们的屁股或大腿可能会有胎记，跟疥疮和牛皮癣一样。

女孩儿手搭凉棚张望着，给她发育了的胸脯顶得朝着前下方倾斜的中学校徽，将迎面照来的阳光折射到一片飘落的黄色经幡上。在她的身侧，一个上了年纪的乡下女人坐在巷口的墙根下。她穿着一件油腻的羊皮袍露出来的右臂上，红布衫的袖口肮脏不堪。她面前倒放着一顶帽子，刚从巷子里出来转经的驼背老头从袍襟里抽出一瓶烈性白酒美滋滋地喝几口，每次喝完，必定要涎着脸伸出舌头，用关节突出的指头在上面抓拨几下。

巷子里响起一阵轰鸣声，一辆红光闪闪的摩托车驰出来，骑车的年轻人受不了耀眼的阳光，停住把挂在领口的墨镜戴上。

"哥哥旺钦，玩呢？"

"星期天没事。"年轻人闷声闷气地说，"你呢？"

“今天我要去做一件顶重要的事情。”女孩儿说，“不过先要陪妈妈去尼达寺送点东西。”

“你妈妈真不赖，她供养的那个活佛怕是吃得肥头大耳了。”

“不知道，那人我没见过。”

“去见见，说不定他就是你的父亲呢？”

女孩儿悲哀地叹了口气，年轻人给摩托车加了油门，空气轻微地颤动起来。

“这就走啊，旺钦哥哥？”

“走。”

“什么时候？求求你啦，也带我去玩玩什么的。”

“你还小。”

“我什么地方还小？”女孩儿说，张开两只手臂。

年轻人把她从头到脚打量了一番，古怪地挤了挤眼睛，继续朝前驰去。他的衣服后背上，用铜丝绣着一只造型矫健凶猛的鹰。

女孩儿噘起了嘴。她身后的巷子十分狭小，好像不多远就往左或往右拐了，又好像是笔直的，只是视线给桑烟遮拦了，看不大真切。她回过头去倾听了一会儿，那里面一点儿响动也没有，就走进了大街。

太阳刚给河谷两侧夹持着的山峰喷吐出来，像一颗晶亮的玻璃弹子。女孩儿走着走着，就要回过头来寻找一下母亲。斜射的阳光在宽阔的路面上投下许许多多怪模怪样的阴影，与明亮地带形成强烈反差，看上去迷迷离离，不能了然。一家首饰店的楼窗打开了，是左侧的一扇，一首电子琴伴奏的歌曲传出来，音量不大，但十分清晰。窗户下端的石墙上，用马钉固定了一块木板，摆着几盆花。一只丰腴白净的手臂拎着带莲蓬头的绿色塑料壶伸出来，晃荡几下，挨个儿把左边的几盆花浇了，然后缩回手去，关上窗户，歌声没了。一会儿，右侧的那扇窗户又打开了，几乎是把刚才发生的一切重复了一遍，只是这次伸出来的手上戴着两枚戒指和一个臂环。从花盆漏眼里流出来的水清亮透彻，一点儿也不浑浊，顺着木板的边沿滴答在人行道的水泥花砖上，那里布满了小小的坑洞。女孩儿在走进首饰店之前，张开手掌去接了一个，立刻又触电般地缩了回去。

首饰店里光线昏暗，弥漫着浓烈的尼泊尔焚香味。撩起门帘的里屋有一个楼角，一柱不知从何处照射进来的阳光，给飞扬的微粒和缭绕的香烟弄成白色，与陡直的楼梯垂直交叉，十分醒目。那首歌曲从楼道口传下来，由于空间的曲折和环境的幽暗，显得异常宛转和空灵。一个人也没有，女孩儿正要离开，一只软绵绵的手扳住了她的肩膀。

“我从这里路过，”她说，“今天我要去做一件顶重要的事情。”

这时，楼梯上响起一阵脚步声。

“上来呀。”一个女人喊道。

店主踮起脚，从悬挂在柜台上方的首饰中取下一个胸坠戴在她的脖子上，桃形坠子刚好垂在两个乳峰之间。

“你又不认识我。”她说。

脚步声停止了，一只健壮的大腿搭上楼梯的木扶手，把那白色的阳光截断。悬空的小腿随着宗教歌曲的节奏晃来晃去，脚趾上钩着一只后跟足有半尺高的拖鞋。店主回头看了看，走过去把门帘放下。

“上来上来上来。”那女人嚷道。

店主摆了摆脑袋。

“你认识我吗？”

“没错。”

“什么叫没错？”

“近来，时常有人谈起你。”

“在哪里？”

“甜茶馆，还有酒店。”

“知道啦。”女孩儿丧气地说，“他们拿我闲聊。”

脚步声又响了起来，很急促。到了门帘后面，那女人站住，一面哑着嗓子唱歌，一面用指尖顶着门帘画一些莫名其妙的线条。

“对吧，”女孩儿说，“拿我闲聊。”

“不是。”

“就是。要不，我都这么大了，还没有人来邀我去玩玩什么的。”

“你看，”那女人高兴地叫道，嘴给什么东西捂住了，声音含混，“嘿嘿，看哪。”

女孩儿蓦地瞪大了眼睛。

“别理她。”店主说。

把自己裹在门帘里的女人得意地笑了。

“滚开，你这个罗刹女！”店主吼道。

“滚就滚。”她说，踢过来一只拖鞋。“滚就滚。”她又说，又踢过来一只拖鞋。

店主的腿上挨了两下，气得摇头晃脑，拾起拖鞋狠狠地扔了回去。第一只打在她的屁股上，毫无反弹地垂落下来。她说：“好。”把它套在脚上。第二只打在她的胸脯上，仍然是毫无反弹地垂直落下来。她说：“好。”把它套在另一只脚上。接着她就乱呼乱叫乱扭乱摆一通。继续用门帘把自己的身体往紧里裹，直到那撩人情欲的曲线完全呈现出来。她镇定了一会儿，然后颠动颠动身子，那对高耸的奶子像受了惊的小马驹一样，很有劲地弹跳起来。

“怎么样？”她问。

女孩儿的眼睛越瞪越大，鼻翼剧烈地翕动着，发出风哨般奇特的声音。最后，她拖着瑟瑟发抖的双腿走出首饰店，躲在一个石墙的折角里伤心地哭了。

尼达寺坐落在一个三角形慢坡上，两面是光秃秃的褐色山峰。一条土黄色小路笔直地铺设上去，像一根脐带，把寺庙和公路连接起来。慢坡的左侧有一棵年轮不大的杨树，右侧立着一株枯死的柳树桩，一只秃鹫栖息在发黑的截面上。

“你顶好是在杨树下待着。”母亲说。

“为什么我又顶好是待在那个地方？”女孩儿说，“该不是想叫我跟那只丑八怪一样，在太阳底下打瞌睡吧？”

“那里太阳给遮住了。”

“那里太阳没给遮住。”

“朗萨！”母亲呵斥道。

女孩儿垂下头，用脚尖踢着草根。

“我要去寺庙看看。”她说。

“不行。”

“我只是去看看，又不是去管他们谁叫爸爸。长这么大，我管谁叫过爸爸啦？”

“朗萨！”母亲似乎要说点什么，但停了一会儿却说：“你只能在那里待着。”

女孩儿悻悻地朝着杨树走去。

母亲长长地嘘了一口气，然后仰起头来，一动不动地凝视着寺庙。她的脸庞黝黑发亮，沁着一层汗水，像雨后的柏油路面。她的身上横拴着一个包袱，现在她把它解下来，又斜拴在肩上，活动几下胳膊，开始磕长头。

公路上响起一阵密集的项铃声，两个草原汉子吆喝着把几十头牦牛赶往拉萨屠宰。牛群后面，一个骑马女人突然扯长脖子，唱起了《朗萨姑娘》：“我不言语，她说我是傻子；我说了两句，她说我是疯子；我到外面走走，她说我是荡妇；我待在家里坐坐，她说我是瞎子。妈妈也……”骑马女人唱到这里，就像羊皮鼓风袋漏了气，直到绕过山嘴，再也打不起精神。公路下面的河滩上，一群羊子正在很有耐心地啃吃草根。河面很宽，平静得像湖水，还像湖水一样蓝。对岸是一线褐色沙滩，再远处又是山了，连绵起伏的山。

女孩儿坐在树荫下，大概是感到无聊，她从衣兜里掏出一个纸团，在膝盖上展平后正要写点什么，对岸沙滩上骤然刮起了龙卷风。它先是低矮的、急剧旋转着的一团，然后迅速升高成圆锥体，贴着河面移动过来，在山嘴后面待了一阵子，再钻出来，最后像被吸尘器给吸走了似的，倏地消失了。黑色公路上，残留下几道褐色沙迹，一个蓬头垢面的黄头发美国佬出现在那里。他年纪很轻，一身西藏女人的穿着打扮。他晃了晃脑袋，又朝四周看看，像是没有回过神来，然后顺着小路往上爬，一架装着长焦镜头的照相机在他胸前甩来甩去。

他在女孩儿与秃鹫之间停下来，举起照相机，先是对准秃鹫“咔嗒”了几下，又转过来对准女孩儿“咔嗒”了几下。然后，他昂起头，由东往西那么一摇，样子十分夸张。

“天气真不错。”他说。

女孩儿和秃鹫也跟着侧起头来，用差不多的姿势也乜斜了一下天空。

黑色的太阳嵌在红色的天空正中，像圆心。

美国佬走到树下，一只手支撑在树干上喘息，瘦削的肩膀在肥大的衬衣里一耸一耸的。

“你是谁？”

“弗兰克。”

“这是姓还是名字？”

“名字。我姓亨克，”美国佬说，“亨克。”

女孩儿想了想，往笔尖上哈哈气，写道：

亲爱的亨克·弗兰克：

你在哪里？

“你是魔鬼吗？”女孩儿问。

“什么？”美国佬眨着灰眼睛。

“我亲眼看见你从河那边过来。”女孩儿说，“只有魔鬼才不好好读书，成天驾着龙卷风到处闲逛。”

“不不，”美国佬明白了，“我是人。不信？那好，我站到太阳下面去，你看看有没有影子。”

他走出树荫，阳光并没有把他的影子投在地上。他左顾右盼地寻找，仍然没有。他慌了神，叽哩哇啦地吼叫起来，在那里转圈。后来，他想起了什么，弯起一只脚，影子就在他的脚下。

“这里。”他高兴地叫道，一挂口涎从嘴角流出来，他“咝”地吸了回去，“影子！”

女孩儿揩了揩自己的嘴巴。

“刚才，”美国佬一颠一颠地回到树荫下，有点不好意思地说，“我把自己的影子挡住了，刚才。”

女孩儿接着在纸上写道：我报名参加了健美训练班。

“还有体温，”美国佬说，膝盖叉开跪在女孩儿的大腿旁，用脑门贴着她的脑门，“有吗？”

女孩儿没回答。美国佬大概是想让嘴唇也贴在一起，嘴巴一噘一噘的，但鼻子太高，总也挨不着。女孩儿的鼻孔给他的胡须刷了几下，很响地打了一个喷嚏。他挪开身子，在女孩儿身旁坐了下来。

有个从外国来的黄毛小子，是个摄影师，他一天到晚老是给我照相，我的房子都快挂不下了。

他是在打我的主意，我知道。我什么都知道。没有我不知道的事情。打我主意的小伙子真是太多太多了，美国的、德国的、意大利的，还有外星球的，他们都给我寄照片来。

“你在写什么？”美国佬问。

“写信。”

“给谁写，情人？”

“就是。”

“他在哪里？”

“哪里都行。”

“OK！”美国佬叫道。

太阳在天空的中心驻留了片刻之后，开始往西偏移。河那边，披着黛绿色地衣的山腰上，一辆拖拉机斜曳着长长的沙尘在行驶，马达声听上去懒洋洋的。

妈妈今天要给我买健美服，是三角领的，领口开得好低。

啧啧，真不该告诉你这个，太不好意思啦。我倒是可以跟你讲讲什么叫健美，这样：

一辆从拉萨方向驶来的高级越野车倏地刹住，车里钻出两个头戴太阳帽、身穿袈裟的年轻喇嘛。他们向司机扬扬手，然后顺着小路爬上来，挂着耳机的那个，一路上跟着袖珍录音机哝哝呀呀地唱个不停。这个时候，母亲正站在寺庙的石阶上。她身体挺直，神态安详，眼睛里闪耀着虚无的光。包袱已经空了，她将它一把抓在手中，悬垂在膝旁的布角给习习的河风刮得飘起来，落下去，又再飘起来。在她身后，寺庙给蛋清色的山岚笼罩了，那些贴着红墙匆匆走过的喇嘛，看上去就像冥冥之中游移而去的幽灵。

女孩儿把手中的纸重新揉成一团塞给美国佬，飞一般朝小路奔去。

“朗萨！”母亲喊道。

“妈妈！”女孩儿喊道。

“棒针衫多少钱一件？”一个从汉地来的姑娘问。

“什么颜色？”

“红的。”

“四十四元四角四。”售货员答道。

柜台里挂着各式各样的服装，还挂着一张奖状，评语上写着四个醒目的大字：一丝不苟。

那个乞丐又拍响了巴掌，他坐在那里堵住半个门，母亲给了些钱，然后和女孩儿侧着身子走进来。

“黑的呢？”

“四十四元四角四。”

母亲在柜台前停下，女孩儿站在她的身后。

“我来买健美服。”母亲说。

“卖完了。”

“什么？我们不是说好今天来买吗？”

售货员打量着她。

“黄的黄的。”

“四十四元四角四。”

“那天我说留一件到星期天行吗，你说行。”母亲说。

“我说行，你就星期天来吧。”售货员说，“我一直等到今天中午才把它挂出来，后来给一个乡下老太太买走了。她走进来，摘下帽子往柜台上一扣，全是零钱。”

“那件呢？”汉地姑娘又问，“那件多少钱？”

“什么颜色？”

“红、黑、黄三种颜色都有，上面还有‘OK’。”

“四十四元四角四。”售货员一丝不苟地答道。

“我们谁也没说只能留到中午。”母亲说，转过身来。

女孩儿已经不在了。这时，从商场的那边过来不少顾客，空气中有一股呛人的泥灰味。

“嘿！”汉地姑娘用拳头狠狠地捶了一下脑袋。“我发现你这里棒针衫的价钱都一样，”她大声说，脸颊潮红，得意非常，“都是四十四元四角四。”

商场外，女孩儿正趴在花圃的铁栏上哭泣，母亲站在一旁等待着，显得很有耐心。对面人行道上，一只脊背涂红的放生羊从地摊上叼走了一束塑料草，戴着无檐白帽子的“回回”摊主在后面紧跟不舍，时而跺跺脚，嘴里说："吐，吐。"像是威胁，又像是劝导，就是不敢去抢。放生羊对此毫不理会，跟平时一样在人群中不紧不慢地走着，不时停下来咀嚼咀嚼，津津有味的样子。

"我们回家。"母亲说，前面走了。

太阳快给河谷两侧夹持着的山峰吞没了，像一颗浑浊的玻璃弹子。母亲走着走着，就要回过头来寻找一下女孩儿。斜射的阳光在宽阔的路面上投下许许多多惨淡模糊的阴影，与明亮地带比较，没有什么视觉上的不适，艺术馆的铁围栏上，立着一块巨大的现代舞会广告，画上的男性肩和女性臀给夸张到了无以复加的程度。广告牌下坐着两个康巴人，那男人的手在那女人的胸脯上不停地揉着圆，十分动情，而那女人却东张西望，学着拉萨姑娘的派头"叭叭"地嚼口香糖，离他们不远，坐着一个脸颊黑黑的藏北女人，她隔不了多久就要从鼓囊囊的袍襟里摸出一个婴儿的头颅来逗逗乐，然后按回去，那婴儿在抱襟里蠕动几下。母亲停下来，扶在铁栏上歇息，一只手捶打着腰。

一阵轰鸣，旺钦骑着摩托车冲到售票处。他买了几张舞会票，又一溜烟地走了。

艺术馆与铁栏之间有一条环形水泥甬道，一些手摇经轮的老人在环形道上围着艺术馆转经，从舞会售票处传来的圆舞曲，给他们旋转的经轮搅得更圆了

驼背老头突然离开环形道，像是从漩涡里甩出来的一颗水滴。他寻找了一下，走到铁栏的水泥柱后面气喘吁吁地撒了尿，然后钻出来与母亲面对面站着，从金丝眼镜的上方打量她。她微笑着直冲他点头，他就从铁栏里伸出手来，把她的耳朵拿到自己的嘴前。

"有些时候，"他悄声说，"我就不大乐意去天界。"

说完，他把她的耳朵送回去，走开了。在回到环形道之前，他又转过身来看着她，擎在手中的经轮转动着。

"知道为什么吗？"他问。

母亲摇摇头。

他朝四周看看，走回来，再次把她的耳朵拿到嘴前。

“那里没地方撒尿。”他甩掉耳朵就跑。

母亲揉了揉耳朵，然后拐进圆形广场。

桑烟灶旁高高地垒着一个灰堆，风一吹，便有团团灰烬在空中飞舞。乳白色枝形路灯还没放亮，就有不少人围聚在下面，一个西装革履的年轻人肩上挂着吉他在人群中说唱《格萨尔》。

一座碉楼的楼顶上开着咖啡馆，巨大的太阳伞下坐满了男女青年。他们喝几口，就要打量一下广场上那些给人踢来踢去的空饮料盒，给风刮来刮去的纸屑，给狗叼来叼去的骨头……

一个畸形人用没有指头的手吃力地撑着滑轮小木车从广场穿过。他相貌怪诞，身材奇小，两只细腿横着僵硬在腹前。在下石阶的时候，他从小木车上滚了下来，仰面朝天，细小的肢体在空中徒劳地划拉着，像一只翻不过身来的甲虫。母亲走过去，两只手插进他的胳肢窝，毫不费力地把他提起来放回到小木车上。

“大姐，”他说，发音不大准确，“我前世犯下了罪，把一个云游的高僧从马车上赶了下去。我不知道他是什么人，更不知道他有一条腿受了伤。就这样，他把我弄成这副样子，叫我今生今世都坐在车上。”

他继续朝前撑行，一路上不停地说着：“不知道，我真的什么也不知道。”

那个上了年纪的乡下女人还在巷口的墙根下坐着。她把羊皮袍压在腰间，露出整个上身。在她的头上，石墙缝里插着一根树枝，上面晾晒着她的红布衬衣。她现在穿的是一件健美服，从太大的三角领里，能够看见两只完全萎瘪了的乳房，其实就是两处皮肤的重叠，重叠成一个“八”字。她那多皱的前胸上，有许多细碎发亮的平面，在夕阳下放着黄颜色的光，像含着金属的沙漠。她的面前仍然倒放着那顶帽子，母亲把衣兜里的钱全部掏出来，一股脑儿扔进去，然后朝着广场张望。

“朗萨！”母亲喊道。

永恒的山

◎ 金志国

土灶里的火慢慢熄灭了。靠灶门睡下的牧羊人那张被火光映成橘红色的圆脸，隐进了令人难以捉摸的黑暗中。帐篷里弥漫着香甜的奶味，因为寂静，这种香甜的气味让人感到越发浓郁。

“听见了吗？有一种声音……”穷达睡下以后，已经第三次这么问了。他和穷达头挨头挤在一床藏毯下，半天没搭腔，仿佛睡着了。忽然，他用毫无睡意的腔调一字一句地说：“我什么也没听见。你真怪。”

“我怪？我想知道，你到底是干吗的？”

沉默。

起风了。山风的脚步使树木发出一阵阵沉重的喘息声。帐篷外面，从一伙席地围着篝火躺下的朝圣者中间，传来了喃喃的诵经声。

“外面很冷，他们受得了？”他更紧地贴着穷达。

“他们不在乎这个……你这人心倒不坏。”

“明早和他们一起上山吗？”

“当然。这样有好处。睡吧……你在看什么？”

他的眼睛一眨也不眨地望着帐篷，上面有个破洞，刚好可以看见一颗很亮的星星。

他们起来晚了。牧羊人睡觉的地方只有一张仿佛散发着余温的破羊皮。帐篷外面，阳光照耀着朝圣者们留下的一堆灰烬。四周全是明暗交错的山，人仿佛被埋进了山的海洋，山顶被阳光照亮的部分，犹如涌起的浪峰。

他们喝过牧羊人为他们暖在灶上的酥油茶，收拾行装准备上路。

当穷达把仿鹿皮猎装往身上套时，他的眼光落在穷达的胸前：一条红丝线挂着一个翡翠色绒布小包在脖颈下晃荡。

“里面是什么？”他问穷达。

“情人的祝福。”

“分别几年啦？”

“五年，不，六年。”

“你只上了四年大学。”

“是，还在拉萨上了两年中学。”

“你那时谈情说爱？大概小了点。”

“她也小，不过会唱情歌了。”

“是在跳舞的时候？”

“跳舞的时候她可不敢，别人会笑的。”

“那她偷偷对你唱？”

“是这样。她每天要背水，小河就在我家房前。”

“有意思。不过她干吗送你个这玩意儿，而不送……”

“这样说话我要生气的。我在上海上学的时候，经常被一些人气得肚子疼，他们老问些稀奇古怪的话。”

“有些事本来就稀奇古怪。”

“那是不懂……我看你也稀奇古怪。走吧，稀奇古怪的人。”

走了几步，穷达像忽然想起了什么，停了一下，从横在背上的旅行包里抽出一件衣服，掀开帐篷帘子放了进去。

“给好客的牧羊人表达一点我们的心意。”穷达对满面疑惑的他解释说。

依稀可辨的山路上横满了干枯的树枝，脚下不时响起爽脆的断裂声。一边是缓缓延伸下来的乔木林，一边是隐伏在光亮巨石间的清冽溪水。水流很细，无声无息。当他们走出一身大汗的时候，看见了在前面蹒跚移动的朝圣者。

“他们走得不快。你能看清他们有多少人吗？”穷达站住脚，正了正背上的包问。

“五……六……八个。”他眯缝着眼，一手叉腰数着。

“九个。有五个女人，最前面是个女的。”

“你的眼睛真好，穷达。不过没必要那么仔细。”

“闭上你的嘴，快走吧。”

“歇会儿，我有点走不动了。”

“你走不动？”穷达略感惊奇地看了看他。他脸上现出红晕，汗湿的皮肤被烈日烤得皱皱巴巴。

“好吧，算我倒霉，把你的包给我。”

“用不着。怎么这样寂静，像洪荒时代。”

“你没听见，有一种声音？”

他发现，穷达讲这话的时候眼里有种奇异的光彩。

“没听见，我想听音乐。”

“说起音乐，我想起在上海，有次我和同学去听音乐会，当演奏德彪西的交响素描《大海》……

“德彪西，我很喜欢。”

“为什么？”

“音乐的色彩、透明度和大海一样变幻无常，它诱使你设计海的形状。”

“你怎么设计的？”

“一片铺天盖地的血水，风犹如征服者的挽歌……”

“可怕。我可没这么想。我当时只觉得痒。”

“什么？”

“演奏正在进行时，我忽然感到喉咙发痒，想咳嗽，又不敢，只好拼命忍住。演奏完毕，人们爆发出的是一阵掌声，我爆发的是一阵咳嗽。”

“够幽默的，你这头蠢猪……”

“小心我敲掉你的牙齿。把你的鞋带系好，你瞧，他们又走出好远了。”

树木渐渐稀少，眼前是爬地松。山道上尽是风化的砂石，除了前面朝圣者们踩翻的石头底部显出一点黑色的潮迹外，难以看出人迹。无所谓路，前人踩出的便道而已。除了蓝天里的那颗太阳，前后左右全是雄浑而又苍凉的山包，整个世界一览无余。远处的朝圣者中不时有人回过头来，望望身后这两个显然和他们不同的人。

“穷达，你好像说过，翻过山就到你家。”

“就是，家里有我母亲……”

“还有你的小情人。”

“现在大了。她会远远地看着我，不走近。”

“这我理解。那他们呢？”

“谁？”

“前面的人，谁在等他们？”

“天堂。”

“笑话。”

“笑话？你不懂。”穷达沉吟一下，“那什么在等你呢。”

“……山。”

穷达不解地看着他。

“我们应该赶上他们。我看清了，走在他们最前面的确实是个女人。”

“要赶上还得出身汗，别看不远。”

他们自以为加快了速度，其实还是一步一挪，由于心急意切，反而显慢了。朝圣者们像知道了他们的心境似的，停下来坐在路边。有几个女人走开去弄柴，一个男人搬了几块石头支起一个灶，上面架着一个布满坑坑洼洼、烧黑了的汉阳锅。

他俩喘息着来到这群人面前，大家默默地互相对视。

烧茶的男人咧开嘴笑了，对着他们说了句什么。

穷达走过去，解下背上的包，席地坐在男人旁边，从包里摸出几块干粮放在男人面前，然后把手伸进那男人的糌粑口袋，说：

穷达和那男人交谈起来。

干枯的柴草和牛粪在简易的灶膛下哔啵燃起。

他坐在一块被太阳晒得发烫的石头上，眼睛望着淡蓝的炊烟，等着汉阳锅里的水开。

一个穿着皮袍的小姑娘走到他面前，一双明亮的眼睛仿佛蒙上了什么，对他摊开手。

他疑惑地把眼光转向穷达。

“她请你把食物拿出来。”

“我一点儿也不想吃东西。”

“不想吃也得拿出来。”穷达的声音在他听起来显得过分安详。

烧茶的男人像什么也没看见、什么也没听见一样，专心致志地往锅里放茶叶，其他人漠然地干着自己的事。一个女人一边奶孩子，一边伸着脖子找什么似的看着前面的路，几个女人互相用手扒着头发，年纪大点的闭着眼嚅动着嘴唇诵经。

他望望穷达，又望望面前的小女孩儿，忽然像明白了什么，但马上又感到什么也不明白。女孩儿分明不是向他乞讨，她神情自然，像是督促别人做一件该做的事一样。他忽然强烈地感到一种挤迫的不安。灰蓝的天空、漠然的太阳、僵硬的山脉，以及穷达的目光、小女孩儿的表情和这群不说话的人……全都构成了这种感觉的支架。他似乎和眼前的一切隔着千山万水，他说不清自己是不是孤单，他觉得憋闷。慌乱中，他把包里的东西全部倾在地上。

小女孩儿天真地笑了起来，跑回那群女人中间。

茶开了。

小女孩儿拿起他面前的水杯，倒上深褐色的茶水放在他面前。

烧茶的男人递给他一块干肉。

奶孩子的女人拖着皮袍呼隆隆地过来，给了他两块奶渣。

穷达笑吟吟地喝着茶，满意地顺着嘴。他觉得穷达眼里有一丝嘲讽的意味。

没听人招呼，也没看到谁打什么手势，朝圣者们默默地收拾起东西起身了，对他和穷达，谁也没说一句话，仿佛他们不存在似的。他们面前原封不动地摆着自己的东西。

“我们是不是也该走啦？”他懒懒地问穷达。

“走吧……越歇越没劲儿。”

穷达把剩余的茶泼向土灶里的余烬，腾起一蓬灰烟。

山势似乎越来越平缓。可以任意行走，没有路的束缚，但也失去了路的引导。小山包连绵不断，登上一个，视野中又出现一个，仿佛无穷无尽。这种魔幻似的情景，使人的精神和体力一次又一次地松弛，一次又一次地绷紧。他们已经不止一次地各自在心里说，恐怕前面就是顶点了。但好不容易上去之后，心头袭上的总是沮丧，这种沮丧谁也不流露出来，只是暗暗地咬咬牙或在心里骂一句脏话，又重新从精神到肉体进行一次总动员，向横在前面的山包进发，只是步履越来越沉重，偶尔步态也要踉跄一下。

“他妈的……怎么还……没到……”当他们又一次站在荒丘般的坡顶上，眼前又出现一座和脚下的山没什么区别的山包，穷达忍不住骂出了声。他背上的包歪了，衣服扣子也不知什么时候全都扯开，衣领垮在肩上。

“你……好像……没……走过……这……条路……”他喘得厉害，嘴唇有些发紫。

“没有。”穷达喘息了一阵，“小时候，老看大人们走，我也很想跟他们爬这座山，但母亲总不带我，终究没走成。”

“那你怎么出去的？”

“村前有河，坐牛皮船。”

“这山到底有多高？”

“谁知道。这是朝圣者之路。从我们村看得到雪峰，有人上去采过雪莲。”

“怎么这儿看不到？”

“会看到的。你看，走在最前面的还是那个女人，她好像知道路。”

“他们好像没我们这么累。”

“当然。不过潘多登上珠穆朗玛峰可能有仙女帮忙。”

“看你这模样，有仙女也不会帮你。”

“那还用说，有你做伴……”

“哼，我倒要看看。”

“那就看吧……听说一个美国人征服了世界六大高峰，那小子真行。”

“是挪威人，只征服了五座，准备明年登第六座。”

“你干吗老跟我过不去？！”

“据说三千米后，每上升一千米，人的思维紊乱程度也要加深。”

“你说我？”

“我是说科学。”

“那你就该滚到山下休息一会儿！”

四条胳膊猛地绞在一起，但很快便无力地松弛下来，可是仍互相紧抓住对方，两双眼睛互相厌恶地盯着对方，砂石在他们脚下稀里哗啦地翻滚着。

一双粗大的手揪住他俩的脑袋，轻易地把他俩分开了。

那个烧茶的男人站在他们面前，蓬乱的额发下汗水淋淋，多皱的脸上露出怜悯的神情。

“你干什么？”他俩几乎异口同声地喊出来，喘着粗气，对烧茶的男人虎视眈眈。

男人脸上的怜悯消失了，他无动于衷地看着他俩，低低地咕哝了一句，转身走了。

“他说什么？”他手足无措地转向穷达问。

“他说‘山神不喜欢尸体’。”

天的蓝色越来越淡，离太阳近的地方更是显得发白。这种清淡的色调下起伏着淡褐色的山脊。偶尔一缕松散的云丝从山脉的突出部分游过，像是把它们衔接在了一起。它们默默地用苍凉而又神圣的眼光对视着，同时以一种冥顽的自信力，将蕴藏任人观测、任人触摸。虽然这对于人来说，是一个早已陈旧而又永远新奇的谜。

他们倚着斜坡，休息了好大一阵，慢慢往下走。

“喂……我还不知道你叫什么。你干吗要来爬这座山？”

“你不是说有一个美国人征服了六座世界高峰吗？”

“你在嘲笑我？”

“一点儿也不。”

“和他有什么关系？”

“登山。”

“你可不是一个登山健将。”

“怎么？”

“这看得出来。”

“是。头一次。”

“不会是来采雪莲吧？小心别回不去。”

“算了。说这些没意思。”

“别说‘没意思’，我一听这话，腿都软了。”

“这可不行，我们要赶上他们，要不会迷路的。”

“不用担心，前面走着的那个女人还看得见。”

他们加快了脚步。太阳把他俩的身影投在前面泛白的风化石上。

“怎么脚好像被什么给拽住了？”穷达的步子慢下来。

“又在登一座山头了。”

“怎么看不出来？”

“有些东西只能感觉。”

“但愿这是最后一座山头，我还有点力气，能到达山口就好了。”

“我也这样想。”

“到家我要躺三天。”

“那不把你憋死？”

“不会的。我母亲会絮叨个没完，还有……”

“小情人唱歌。”

“我给你说过，她已经长大了，不会再在我面前张着嘴巴叫唤，只会站在一边看着我，看着我你懂吗？”

“我不懂。”

“你是个傻瓜！”

“我们俩差不多……冷起来了！”

“真是，汗跑哪儿去了？”

“最好把你衣服扣上。”

“那小女孩儿好像走不动了。”

“那个男人背她了……他会生我们的气吗？”

“你怎么这样想？他是一个真正的男人，我知道他们。”

“你真该自豪。喜欢他们吗？”

“嗯……我敬佩他们。但他们有些东西我也不喜欢。”

“为什么？”

“不知道，有些事不好下结论。”

“你知道主人是什么意思？”

“主人不一定对家里的事都知道。有句俗话‘再亮的灯，光有限’。”

“你真不该上大学，要么再去读四年。”

“你少来教训我。你还不如我。”

“倒也是。你看，他们怎么站下了，是不是又要烧茶？”

“不。恐怕是等我们。”

朝圣者们无声无息地站在现出冰雪痕迹的洼地。他们凝神仰望着前面，谁也没注意后面的两个人摇摇晃晃地走近。

“啊！山口！快到家啦！”

穷达的欢呼空荡荡地消失在天地的怀抱里。所有的目光都投向了前面的山口。那里耸立着一个巨大的玛尼堆，上面插满了经幡。五颜六色、印满经文的布条在猎猎的冷风中瑟瑟发抖。

山口的侧面，静悄悄地挺立着一座山峰。那上面积满了雪。

他觉得腿好像不是自己的了，如果说还在挪动着双脚，那只是一种机械动作而已。穷达、朝圣者们和他自己全部弓着腰，大张着嘴急剧地喘息着。谁都不说一句话，生命力全部体现在走两步，站一下，又走两步，又站一下……这一木然的重复动作中。冰冷的汗珠滴落在冻得发僵的碎石上，寒风向后扫着他们的头发和衣服，但由血肉构成的躯体仍在向上蠕动。

他和烧茶的男人并肩走着。伏在男人背上的小女孩儿用清澈的目光看着他，这种目光令他惶惑不安，他希望她对他笑一笑，在这所有的人中，她是最轻松的，而她的笑容，肯定会成为一种无形的力量传到他身上，但她没有笑，总是那么望着他。在短暂的歇息中，他困难地扭转头寻找穷达，见他远远地落在后面，他想喊，但只是无声地张了张嘴。他想摆脱小女孩儿的目光，几次拼命想超越他们，赶上最前面距他只有三五步之遥的那个女人，但没有成功。

他和烧茶的男人同时到达山口。

前面再没有使人既绝望又生出希望的山头了。向下的慢坡一览无余，天和地忽然间像是拉开了距离，视野空阔，令人陡然生起一种不充实的茫然感。顺着波浪般向下延伸的山脊望去，看得见一条细帛一样的河流，闪着很不真实的光亮，恍恍惚惚、断断续续地缠绕在山脚，零星的村落像土块一样散布在狭小的河谷，河谷里的田野被日光映得绿中泛白。在起伏的山包之间，隐现出一座寺庙辉煌的金顶。

人们陆续上来了。

朝圣者们喘息未定，便纷纷扑下磕头。然后捡起石块贴在前额，嘴里喃喃地念诵着，小心翼翼地把承载着祈求的石块放在玛尼堆上。

他在他们脸上发现了令他惊异的生动神情。

“你也应该向山神报到，祈求平安。”穷达最后一个上来，走到他面前说。

“你呢？”

“我？当然……”穷达弯身捡起一块石头，在额头上碰了碰，随随便便地扔向玛尼堆。

“你不虔诚……从这儿看得见你家吗？”

“就是那靠河的村子……六年了……”

“去吧。他们也开始下山了。”

“你呢？”穷达问。

他转过脸。望着侧面冰清玉洁的雪峰。据说，山顶上的雪是要化的，但谁也没见它消失过，在孤独和永恒中，显示着它永恒的存在。

“明白了。”穷达解下水壶和全部干粮放在他面前。

烧茶的男人牵着小女孩儿走过来。他从那男人走过他身旁时对他深深的一瞥中，看到了心与心碰撞的火花。一会儿，他们的身影和山体难以区别了。

“再见，无名无姓的朋友。”穷达开始下山，“但愿你听见那声音。”他没有跟着朝圣者下山，他走的是另一条路。

而他，再一次把眼光投向侧面的雪峰……

卍字的边缘

◎ 央珍

“诸位！诸位！”婚礼主持人班丹大叔笑眯眯地进来，“和新郎新娘见面仪式开始了。现在，大家请跟我来。”

“哗！”屋里顿时沸腾起来了。

女宾们忙放下手中的瓜子、卡色[①]、奶渣，纷纷站起来，往座位后面寻找自己的提包。手忙脚乱中，一条条洁白的哈达、一个个色彩缤纷的礼品，已在女宾们手中。

“急啥？急啥？新郎、新娘跑不了！”男人们最沉得住气。“咕咚、咕咚”把杯中最后几口青稞酒饮尽，“嗖、嗖”把指尖剩下的一层薄薄的鼻烟吸完，“我开了！”把最后一圈麻将打完，这才一个个不慌不忙地从衣兜中掏出信封似的红纸包和哈达，慢慢地站起来。

对面的过道，身着新装、手拿哈达的人组成了一股长长的五颜六色的人流。班丹大叔站在队前，左手提起绣有“玉”字的门帘，这股人流便慢慢地拥进新房。

“你瞧，来了两个乡巴佬。”卓玛朝天井努努嘴。

一个长方形的天井把两个过道隔开，天井的一角是大门，进了大门，上楼梯便是对面的过道。卓玛家是典型的藏式大院。今天因为她哥哥办婚事，天井中用白石灰铺了一个大而醒目的吉祥符号“卍”。

一男一女，正站在天井中说着什么，他们的脚刚好踩在字的一端。

“不像乡巴佬。”从他们的举止，我大概估计着说。

---

① 卡色：藏族传统节日食品，由面粉、牛奶、白糖制成，入油炸成面点。

“那么，来参加婚礼也不把自己的民族服装穿上，却穿包工队似的衣服。”

那一男一女的脚，正好踩在“卐”字的一端，破坏了这个吉祥图的完整。有的是地方，他们干吗不往别处站？

“卓玛，我们进去吧，客人已经回屋了。”这是院中唯一朝东南开着落地窗的屋子。白天明朗、爽快，早晚保温、暖和。因此班丹大叔特意将这屋子用来接待年长的客人，让我和卓玛招待他们。

“一口、二口、三口，好，再让我斟满，这最后一杯，您得把它喝干。”

“快点呀，大叔，后面的客人还在叫口渴呢。”

敬酒、敬烟、倒茶、端卡色。

推让声、歌声、洗麻将声、烟雾、茶气。

屋里又沸腾起来了。

“二位客人，请进这屋吧！”卓玛掀开门帘，大声说。

“罗[1]，罗。”先前那一男一女，边点头边慢慢走进来。表情是那样地冷漠、茫然。

“干吗把他们请到这屋？这里都是老人，而且已没座了。”

“没关系。墙角那儿有个空座，就让他们坐那儿。他们的举止多像老寿星，别屋里的人和他们坐在一起会扫兴的。”卓玛低声说完，便去给他们敬酒。

白色的脚印，凄然而又倔强地留在门槛边，我意识到这是那一男一女带进来的。

“干吗不在外面跺跺脚？我又该去拿拖布了。”

烟雾从一个个男人的嘴中吐出，像飘舞的丝带，像冲天的波浪，像拉萨河 8 月的漩涡，慢慢地升腾，最后融合为一片雾海。笑声、歌声、说话声从录音机里传出，从来宾的口中吐出，嘹亮的、沙哑的、

① 罗：藏语“是”的敬语。

委婉的、明快的，很快汇成一股声潮。

透过这一片雾海，掠过这一股声潮，我看见墙角一对时隐时现、神情麻木、呆滞的脸……

一股莫名的惆怅从我心底升起。

舞会开始了。

红灯，绿灯，黄灯，各色的灯忽明忽暗。

腾跃，旋转，飞奔，青年人不停地变换着舞姿。

《热情的沙漠》《迪斯科皇后》，即便是节奏较缓慢的《鸽子》，青年人永远是青年人，总是变个样，仍坚持把它跳成西藏式的迪斯科——“追斯”。

在人流旋转的缝隙中，在灯光忽明的一刹那，我突然看见对面角落里有一张熟悉的脸，但那神情已不再麻木、呆滞，而是喜悦、激动。几乎同时，我看见另一张熟悉的脸从我跟前闪过，从那微微摇动的脑袋，不难想象出，她此时是极兴奋的。

舞跳得越来越狂了，天越来越黑了，人越来越少了。在忽明忽暗的灯光下，我看见那男人仍然一动不动地坐在角落里，随着灯光时隐时现。

“您怎么不跳舞呢？”我走过去问。

“哦，我……我不会跳。”他说，仿佛突然从梦中惊醒，不甘心，又继续去寻觅他的美梦。

三步，四步，那女人不停地和别人跳着这两种舞。从她那微微眯起的美丽而又衰老的眼睛，从她那娴熟的舞步，不难判断，年轻时，她在舞场上，一领风骚。

三步，四步，旧得发了霉的舞，重复得单调、厌倦，她难道不觉得吗？

“跳得太好了，咱们走吧。”舞会结束了，那男人亲昵地把手递给向他走来的那女人。他俩脸上带着满意、兴奋的微笑，几乎是搀扶着走出去的。

“哟，还差点没拥抱呢。那对‘老寿星’，到底是中年人，还是老年人？”卓玛问我。我怎么知道呢？

这里是一片茂密的森林。遮天蔽日的绿树吝啬地只给地面留下一丝细缝。低矮、蓬乱的灌木到处丛生。空气中弥漫着一股苦涩的苔藓味。一条弯弯曲曲的小道在我眼前时隐时现。若不是不时传来各种鸟叫声，不时受到一个个淘气、任性的小蜜蜂的亲吻，我会因这里可怕的寂静而落泪。

“从拉萨到这里跑了几天的马？”终于向导老头开口了。虽然他的话我听起来很费力，但能听懂。

“我是乘车来的，两天。骑马我就不知道要走几天了。”“你是医生吧？会治麻风病吧？”

“麻风病？”我一听到这词顿时感到毛骨悚然，“不，不，我不是医生，我是护士学校的学生，来这里实习。”

“哦。”老头悟出什么道理似的，点点头，接着又像什么也没听懂似的，摇摇头。之后又不同我说话了。

欢快的清水在不停地流动，大地被洗涤得一片洁净。我听说，清流上的衣服、彩色的扎秀[①]若任凭漂流，它会被河水载着朝远处跑去，并嬉笑地和拐角躲闪着玩，以后就再也见不着了。

“阿佳拉[②]，这河水流到哪儿？”我边洗衣服边问一个来背水的大姐。

“……”一双惊疑的眼睛，一动不动地盯着我。

“这河水流到哪儿？”她可能没听清我刚才的话，我不得不极慢地重复一遍。

“不知道。”她低下头，毫无表情地回答我。

“这河水真美，它叫什么？”

---

① 扎秀：藏语，头绳。

② 阿佳：藏语，姐姐的意思，阿佳拉，系尊称。

她把水勺往水桶上一放，背起水便走了。

“阿佳，你在和谁说话呢？”房东的小女孩儿拉嘎从石堆后面跳出来。

“同那阿佳。”我指着那妇女远去的背影。

“骗人，她才不会和你说话。”

“为什么？她又不是哑巴。”

“我不知道。哦，对了，她也是你们拉萨人。”

“她是拉萨人？那她怎么在你们这里呢？”

“她在这里已经很多很多年了，是这儿的老师。”

“就她一个人？”

“还有她的男人。他在这水里。”拉嘎指着我跟前的水说。

河水发出碧蓝、诱人、深邃的光。

“他怎么会在水里呢？”这里还有许多美丽的传说，说不定拉嘎也能讲一个动听的故事呢。

“很久很久以前，她的男人忽然失踪了，听人们说是被鬼给拽走了。忽然有一天那男人又出现了。他长得很吓人，没有眉毛。没有几根头发，手像鸟爪。他很少说话，也很少出家门。有一天，他说想吃鱼，就带着他的儿子来到这河边，他们在河边站了很久很久。黄昏时，他告诉儿子：‘爸爸在这里炸鱼，你到前边的滩上去捡鱼，捡完鱼你就回家，千万不要等我，爸爸在这边收拾了东西就回去。’”

“后来呢？”

“后来那人就不见了，听说是被鬼给拽走了。那女人也就从此不说话了。”

“这个故事编得可不好，我不想听了。”

“你不信，回去问奶奶好了。她的故事可多哩，她从来不会骗人。”

“吱——吱——”，肉被火烤得发出响声，冒出油星。房东奶奶用她那裂开的干树枝似的手，不停地把松枝往火里扔。她穿着一件黑色的氆氇坎肩，没了牙的嘴仿佛在不停地嚼着什么，眼睛一动不动地望着火，右手不停地转动着佛珠。看见她，我便想起这里传说中的老鬼。

“奶奶，我刚才在河边看见一个阿佳，拉嘎说她是拉萨人。”

“可怜的人哪，可怜的人。”奶奶依然望着火。

“听说她的男人在水里，是吗？”

“罪孽，罪孽，杀生的报应。”手中的珠子捋得更快了。

“你别听这些，那女人和她的丈夫都是好人。”奶奶的儿子嘎玛大叔卷着烟，凑到火边，“那女人叫白玛。听说1959年以前她和她的丈夫在北京学习，1962年他们被人民政府派到这里来工作。她的丈夫是我们这里的第一任区长，对百姓特别好，好人命苦啊！后来他患了麻风病，被送到山后的医院，一待就是八年。白玛是这里学校的校长。后来她的丈夫病好了，回到了家。可是人们都躲着他，连从拉萨捎带回来的东西也不敢送到他家。真可怜，后来老区长就没了。”大叔用劲地吸着烟，说不下去了。

屋里弥漫着烤焦的肉腥味和一股难闻的烟味，火渐渐地减弱了，最后只剩下温热的灰。我觉得胸口有点闷。

“有一天，我看见旺扎的妈妈在打他，说他鬼迷心窍，不该进白玛老师的家门。我看见白玛捂着脸跑进了家，鬼干吗要把她的丈夫带走呢？”拉嘎也凑到火边极认真地说。

“旺扎的母亲是谁？”“区委书记的老婆。小孩子家，不懂事，以后少胡说。”大叔回答我后，转过脸瞪了拉嘎一眼。

天不知啥时黑了下来，拉嘎从屋里端出一根蜡烛。在微弱的烛光下，我忽然看见粗糙、斑驳的灰黑色墙下有一个白色的“卐”，一端可能是随着墙皮而脱落。不完整的“卐”字，我好面熟。

“那么，干部里没有一个和他们来往吗？”

“只有一对。那是山背后那座医院的院长和他的妻子。”

“他们都是一起来这儿的吧？”

“不，他们比白玛他们晚到几年，听说也是从内地学习回来的。当时，这里的人都说，从拉萨来了一个仙女似的姑娘和一个王子似的小伙子。我们都跑去看，果然不错。那时这里的青年人常常爱说：要找妻子就找‘仙女’那样的女人，要找丈夫就找‘王子’那样的男人。后来他们去了山后的那座医院，人们仍然忘不了他们。他们两三个月来看白玛他们一次。因为他们是在那个医院工作，人们也就不和他们来往了。其实，他俩也是一对好人，只是从来没有遇到好运，命苦啊！大前年，那院长的独生女害了重病，院长工作忙，走不开，孩子的母亲便哭着带她去拉萨看病。后来听说那孩子死了，孩子的母亲也就再没有回来。”

我不知道，这一切到底是现实还是传说。窒息感消失了，但我的心好像被灶中的灰给蒙住了。

两个月后，我带着对那一片绿色土地的父老乡亲的怀恋，带着一颗迷蒙的心，带着一首古老而悲怆的歌，又走过那条时隐时现的小道。这回我真为这条道的可怕的寂静伤感得落了泪。

“唵嘛呢叭咪吽，唵嘛呢叭咪吽……”一阵善男信女们转经的祈祷声和急促的脚步声，把我从睡梦中吵醒。阳光从金黄色的窗外透射进来，室内的一切都蒙上了一层神秘、柔和的光。

出门，邻居们都站在院中低声交谈着什么，神情是那样地惊诧、茫然。

“这叫定数到了。”

“我昨天下午还看见她。”

“怎么啦？”我走过去，问拉珍大姐。

“哦，起来啦。知道吗？邻院的那个老处女昨晚死了。”

“啊？”一个迈着懒散而无力的步子，穿着长长的拖到地的藏装，打扮高贵典雅、神情恍惚的中年妇女，从我脑海中飘然而去，“这是真的吗？”

“姑娘，这种事还会开玩笑吗？”扎桑奶奶不满地看了我一眼。

“您瞧，她要是有个孩子，这回就不至于这样悄然死去。”

“子孙后代为前世注定。”

“格桑老爹，您一大早就醉了吗？她根本就没结过婚，还谈什么子孙后代。”

“听说，她小时候家里给她定了亲。就是她家对面那家铺子的。

“那么，后来那普[①]死了吗？”

“哪里的话。那普长大以后去内地学习，回来的时候，身边带着一个仙女似的姑娘，为此家里和他闹翻了。后来听说普和那姑娘去了一个很远的地方工作。”

“听她的奶奶说，那普是个俊俏儿郎，他像持光佛子一样，不管哪个姑娘见了，心都会被化掉。”拉珍大姐脸上的茫然、惊诧消失了。

“是啊，我也见过他，他体态健美，衣着华丽。她总是笑眯眯、喜洋洋地把普迎进家。”扎桑奶奶好像是边回忆边说。

“缘分，前世的业缘真是无法抗拒呀。挺般配的一对儿，却没有缘分。”

“既然普和别的女人好了，她干吗不另嫁人，干吗一个人孤零零地过一辈子？”

“听她的奶奶说，那件事伤透了她的心，她发誓一辈子不嫁人。此后就一心扑在转经、祈祷、行善、看铺子上。”

“是呀，行善，拜求佛祖，会使痛苦、忧愁消失掉。”

“可是，我听她的奶奶说，她常常长吁短叹，泪珠串串。”拉珍大姐说。

“其实，她完全可以把普从那‘仙女’身边夺回来，或者重新找一个！”

“女人应该安分，懂吗？尤其是像她这样有身份的女人。”奶奶又不满地瞪了我一眼。

“安分？”我好像又看到她带着恓惶、呆滞的神情坐在铺中。

“是啊，她真是一个安分、老实的好女人，说话低声低气，待人

① 普：藏语，男孩儿的意思。

彬彬有礼。”格桑老爹若有所思地说。

好女人？送顾客时，她总是微微弯着腰，稍稍低着头，纤纤十指并拢，像莲花瓣似的合掌当胸。手上刺的“卐”字在阳光下隐约显出。

“记得吗？她手上有一个挺好看的‘卐’字。”

“那不是为了好看，那是为了吉祥如意。”

“她并没有得到吉祥，没能使她如意的那普现在还在吗？”

“听她的奶奶说，那普和‘仙女’一直都住在很远很远的地方。去年奶奶在一次婚礼上看到他们，不过很难辨认得出来，他们变得像对乡巴佬。”

“如果是我呀，就是在拉萨的大街上乞讨，我也不会去那么远、那么穷的地方。他们在那儿干吗呢？”

“听说是医生，还……”拉珍大姐显然为自己的消息灵通而得意。

“啊啧啧！天不早啦，我该去转经啦。”随着扎桑奶奶走出大院，大伙儿也各自回了家。

我一个人站在院中，忽然觉得这里寂静得可怕。我向往起清脆的鸟声、淘气的蜜蜂的吻、欢快的溪流和绿色来了。

晚上我做了一个奇怪的梦。

天，蓝得仿佛要滴出汁来，蓝得仿佛在呼唤人们进入无垠。地，非常开阔、平坦、灰黄，仿佛无边无际的大冰场。一个极大的白色的永恒和吉祥的符号“卐”铺在地上，呈现出伟大的沉寂。突然，沉寂被打破了，“卐”字的一端出现了两个人。虽然，我看不清他们的面孔，但我能意识到那是一男一女，意识到他们表情的变换，但我无法意识到：他们为什么要站在“卐”字的边缘？为什么要往“卐”字中间挪动脚步？为什么步履迈得那么艰难？

刀

◎ 班丹

一把由刺刀改制的藏刀，一肘见长，一如冰锥，寒光闪闪，看上去十分精致，像是下了很大的功夫打制的。

你在买那把刀时，我正在我家阳台暖棚里睡觉。等我醒来时，你已经出现在我面前。你俨然凯旋的英雄，得意而自豪地把那把明晃晃的刀举在我面前，眯起眼睛，露出微笑说："我终于有了一把好刀。"我点了点头，啥也没说，因为我还没有完全睡醒。过了几分钟，你又补充了一句："我买了一把刀，你瞧瞧，漂亮吧？可我不知道派什么用场。"我揉一揉惺忪的睡眼，随口扔给你一句："吃肉用呗。"你嘿嘿笑，连连点头，把刀郑重地挂在腰间，拍了拍。

我分明记得那是个天空阴沉、灰暗、刮着冷风的下午。你买了刀，直奔我家来，跟我大谈买刀的过程。你不厌其烦地说，那把刀子是从八廓街的哪个角落悄悄买来的，只花了五百元，那个卖刀子的中年汉子是个大傻瓜……

在买回刀子的头一个月内，你几乎每天都到甜茶馆喝两小时茶，跟你认识的和不认识的人谈论的全是你那把刀，仿佛那把刀是你的传家宝或者在某个战场上获得的战利品。我听你老婆说，你根本不顾忌我们民族的忌讳，晚上睡觉时，总是把刀子压在枕头下面，像是怕被人抢了去。你那么做，令我们记起小时候过年时，除夕晚上我们把新衣服、新鞋子等所有过年时能够派上用场的东西都放在枕边睡觉的情景。

一个无聊的下午，你又到一家你平时很少光顾的甜茶馆，坐在显眼的地方，喝着茶，不时地从腰间的刀鞘里拔出那把你并不知道买来到底要派什么用场的刀，像把玩一件稀世古玩十分得意地欣赏起来。你还希望有人跟你一起欣赏它，给予它以令你心花怒放的评价。然而，你却大失所望，没有一个人向你和你的刀子投去友善的钦慕的欣赏的目光。扫兴之余，你收起脸上可人的笑意，很不情愿地把它插进了和刀子一样漂亮的刀鞘里。你知道其实用白银雕成的刀鞘比刀子本身更漂亮，那刻着青龙的花纹精细得无懈可击。可是你只是把刀子奉作稀世珍宝，却忽略了刀鞘的存在，就像茶客们压根儿就没有把你和你的刀放在眼里一样。

你百无聊赖地窝在软塌塌的沙发里，直勾勾地盯着在你的头顶和茶杯周围悠然盘旋的小苍蝇，恨不能拔出那把心仪已久而终于到手的刀子，把那些像不听话的小孩儿一样淘气的苍蝇一刀一刀劈在桌上，剁成肉酱，喂给那些在茶馆四处和外面的垃圾堆里窜来窜去，寻找食物的耗子。

时间随着你的呼吸一秒秒地逝去。你用左手托起下巴颏儿，蔫蔫儿地朝茶馆外面的街市望了望。街面承受着烈日的烤炙。往日行色匆匆的人们这时慵懒地向各自锁定的方向挪步。五花八门的时髦衣装在阳光下飘舞。手机铃声此起彼落。奇丑无比却十分得宠的狗们在店铺门口打盹。你无心欣赏茶馆外面的风景。你唯一感兴趣的是观察别人是否也拥有跟你那把一模一样的刀。你发现十几个保安排成纵队，从乱哄哄、脏兮兮的街面穿过。保安的制服使你联想到了警察，又由警察联想到了犯罪，再由犯罪联想到了几年前因犯事儿，被请进高墙大院里的哥哥，弄得你很不舒服，像是不小心把一只肮脏的虫子吃进了肚子。你把眼睛从茶馆外的街市收了回来，毫无顾忌地骂起街，“娘的。耍什么威风？不就是‘糌粑警察’（打工的）嘛。”骂完，你又把刀子拔了出来，歪头歪脑地赏读起来：“这刀子好是好，可是刻在上面的藏文‘蕃（西藏之意）’字歪歪扭扭的，难看死了。”这时离你约一米远的一位退休干部模样的老汉冲你笑了笑：“小伙子，别让警察把你的漂亮刀子收走哦。”你点点头，谦和而又厌烦地回应道：“凭什么？我又不准备行凶杀人。”说完，你很懊悔，意识到自己太放肆，用几近恶毒的语言回敬一位在人间奔波了好几十年的老人实在有失礼节，便马上改口道：“不过我还是要感谢您的提醒。”

“抱歉。算我多嘴。不过你的刀子确实很漂亮。”老汉仍旧笑着回了你一句。好不容易终于有人跟你搭话，而且夸赞你的刀子是漂亮的，使你的兴致一下子从冰点上升到沸点，特想接住刚刚开始的话茬儿，跟老汉聊一聊，主要是聊你的刀子或者与刀子有关的话题。可是，那位老汉神情漠然地走到收钱的破柜台，把几元钱递给老板娘，戴上一顶跟你的刀子一样漂亮的细呢礼帽，讪讪地离开了茶馆。

老汉一走，你的心凉了一大半。

你把刀子收起来，把嘴噘得高高的，没有好气地看着黑压压地附着在天花板上的小苍蝇，嘟哝了几句。你看到有人要了一碗碱面外加一块馅饼，马上感觉到自己的胃肠里有了明显的反应，似乎听到了出自胃肠里的声响。但是，一想到成群结队的苍蝇满屋子乱飞，特别是密密麻麻地落在厨房里的锅碗瓢盆、菜刀案板和食物上，它们或趴着或匍匐或跳舞，一阵呕吐感直逼你的喉头，把你强烈的食欲一下子扫没了。“与其杀死没有思想的苍蝇，还不如除掉不讲卫生的餐馆老板。”一个念头骤然在你脑中闪现的同时，你紧紧握住刀柄，把刀子从刀鞘里抽出半截，想了想，很快又把它插入了刀鞘。你认为招引无数苍蝇到茶馆里的罪魁祸首是老板，因为他们只顾赚钱，而不考虑客人的健康问题，导致弥漫在空气中的甜茶味和泡菜的酸味引来了苍蝇，使茶馆成了它们逐臭的战场。你像是要报弑父之仇，狠狠地盯了一会儿老板和受雇充当服务员的女孩儿们。可是她们避开你的眼睛，去忙她们该忙的事情了。

你喝一小口茶，把杯子重重地摔在湿乎乎的桌上，闷闷不乐地接受着茶馆里的噪声。没有人知道此时你在想什么。你是不是想起了你考大学落榜后，死硬不跨学校的门槛，用母亲的积蓄在生意场上摸爬滚打的事儿？你做过各种各样的生意，赚过钱，也赔过本，但赚的比赔的多多了。手头有了几十万存款以后，你逢人就说改革开放真好。这话好像没说错。因为没有人对此提出异议。你现在依然很有钱，尽管我不知道你在做什么生意。如果你没有钱，你就不会拿着你那把漂亮得像美男子一般的刀子，东奔西跑，到处闲逛。哦，提到母亲，就不能不顺带地提一下你的父亲。你没有见过你的父亲。听你母亲说，你在她的肚子里的时候，你父亲就带着被白酒浸泡的肝脏去了天堂。不提了，一提他，你就会愤怒地抽泣。你也许在想一些与刀子无关的事情。你每过两三分钟摸一次腰刀的举动，无疑在告诉人们刀子令你烦恼了，或者你要赋予刀子以某种说不清的色彩。其实，连你自己也不知道你在想什么，到底要干点什么。就像你绝不会毫无目的地买一把刀，却不知道派什么用场。

有几个打扮入时的女子走进茶馆，在你正对面找了一张桌子，围成一圈坐了下来，十分张扬地喝茶、吸烟、说话。你想当然地认为她们是些不良女子。你进一步猜想她们是干什么的，还怀疑她们的手提包里藏着药物、安全套、刀子之类的东西。当然，还有化妆品。

在没有男人关注你和你刀子的情况下，你把目光转向那几个女子，希望你和你的刀吸引她们。可是她们只顾着大声说笑，悠然地喷云吐雾，懒得看别人一眼，一副拒人于千里之外的样子。看着她们心高气傲的样子，你心里特别气愤，如同受到了莫大的侮辱。因此，你的脸立马被很重的阴气占据，眼睛里充满了仇恨的光芒。你想用你漂亮如美男子的刀子征服她们，让她们学得文明点儿、规矩点儿。可细心一想，觉得自己没有理由这么做，毕竟人家没有招惹自己，更没有做出什么对不起自己的事儿。

你不是个好色之徒。这点我完全可以证明。可你为了引起女孩儿们对自己和刀的注意，从衣兜里掏出餐巾纸，卷成圆形，朝对面的女孩儿们扔了过去。纸打在一个女子的鼻子上。她用两根指头，把从鼻子上掉落到茶杯旁的纸拈起来，丢到桌子底下的垃圾篓里，朝你瞥一眼，调动眼睛和嘴角勾出了一丝少女般的微笑。

微笑似乎潜藏着巨大的力量。它逼使你低下头，对自己说，我这是干什么？无聊，不要脸。

你确实是很有些无聊，但没有什么恶意。你只不过想跟那些个女子说说话，谈谈你的刀。

一只黄不拉叽、毛茸茸的小狗离开主人，跑到你的桌边，一头钻到你的腿间，舔起你的脚踝来。要不是脖子上系着个跟你的刀一样漂亮的铃铛，它就丑不堪言。你最讨厌像个奴才，整天跟在主人屁股后面到处瞎跑的小狗。为对它表示友好，你趁人不注意，用刀鞘不重不轻地敲了敲它的小脑壳。它在你脚跟前连打几个转，摇摇晃晃地冲门口走去了。你暗笑着，这小东西被我打晕了，找不着主人啦。

此时的茶馆还像那么一回事，喝茶、吃东西的人不算少。可是你依然孤坐一隅，想着你的漂亮刀子。没有人搭理你，更没有人愿意静下心来跟你谈论你心爱的刀子。对此，你很不理解。你连刀子带刀鞘一起从腰上扯下来，在手里掂了掂。可惜，没有人注意你，甚至没有人意识到你的存在，仿佛你仅仅是跟着主人跑进来的一条大煞风景的杂种狗。你扫了一眼茶馆的角角落落。所有人都在用嘴巴忙活着——喝茶、说话、抽烟。你非常在意别人对你的不屑，从骨子里瞧不起你自己以外的所有人，进而从内心深处对周围无辜的茶客们射出一支支鄙夷的利箭。你摇摇头，忖道：“傻瓜，全是傻瓜，对这么好的刀子都不感兴趣。”这句话在你心里重复了无数次。

“我为什么要买这么一把刀？”你在心里轻轻地问自己。

你发现自己的茶杯里只剩一丁点儿茶渣，就朝服务员喊了两声。可惜没人理睬。你又喊了几声，接着拿起杯子在桌面上重重地敲了几下。可还是没有人过来给你续茶。气急之下，你大着嗓门吼了起来。大约过了一两分钟，一个女孩儿提着茶壶走过来，像给要饭的倒茶似的往你的茶杯里倒茶，看都不看你一眼就回厨房里了。女孩儿倒茶过狠，茶从杯口溢出来，淤在粗糙的桌面上，很快自桌身淌了下去，一滴一滴地滴落在你的白色旅游鞋上。你没有注意到鞋子，只是闷闷不乐地用右手食指蘸着茶，在桌上又写又画，把整张桌子弄得个花花绿绿的。你写了很多字儿，其中写的最多最漂亮的是刀子的刀。

时间在你写写画画的当儿从你的指间流逝。你喝了一口滚烫的甜茶，伸手摸了摸你并不在意的漂亮刀鞘，环视了一下茶馆。偌大的茶馆里，除了你，已经没有什么客人了。

你继续喝着茶，把玩起那把你非常中意的刀，宛如你获得了一块价值连城的稀世珍宝。你特别想听到有人夸你的刀："啊呀，多么漂亮的刀啊！"可仍旧没有一个人凑过来问你那把刀。其实，你自己没能留意，茶客中至少会有那么些人注意到了你。只是因为你留着一头不算太长，但也不算短的鬈发，手里又握着你引以骄傲的、明晃晃的、由用来杀人的刺刀改造的，指不准哪天要用来伤害人的刀子。一定是你的那把刀，才使得别人不敢靠近你，而且在你到来之前就已经坐在你周围的人也都匆匆埋单，像躲避地震似的迅速离开了茶馆。

过了好长一段时间，当你发现茶馆里不剩多少人的时候，恰巧也是老板娘和几个女服务员偷偷瞪你，小声嘀咕的时候。可当你的目光与她们相撞时，她们赶快向你挤出一丝勉强的微笑。不知怎么回事，反应一点也不迟钝的你根本就没有注意到在你身边发生了些什么细微的变化。反倒以为茶馆里只剩七八个人是很正常的，说明人家喝好了，该干吗干吗去了；老板娘和服务员递给你微笑是她们尊重你，在向你表示友好。

那一个月里，你最后一次到甜茶馆，照旧怡然自得地喝着茶，欣赏那把在你眼中无与伦比的刀子的时候，终于有三个人从离你三四米远的地方挪到你对面的长条椅子上，嘴角堆出微笑，将三双商人般的眼睛齐刷刷地凑向你，"陪"你赏刀，表现出对刀子很感兴趣的样子。仅凭他们的眼神，就不难看出他们很想接近你那把刀。

"你这把刀很有神。"其中一个人看着你说。

"什么？我这把刀有神？"你没有完全听懂人家说的话。

“他说你这把刀很有神韵。”另一个人向你解释，一副不屑的样子。

你用只有你自己听得清楚的声音说：“神韵？刀能有什么神韵？”转而抬高声音问道：“你指的是刀魂吗？”

“嗯，差不多吧。”那人随意地回答。

那三个人中还没有来得及开口的那个人把手向你伸过去，示意你把刀子拿给他看。你把刀把儿朝对方，恭敬地递到他手上。那人俨然是个行家，他粗略地瞧了瞧刀身，用手摸了摸刀刃，从自己的额际拔一根头发，把它横在刀口，“噗”地一吹，说：“能卖给我吗？”

你摇了摇头。

“我出双倍的价钱。”那人像是真的动了心。

你和和气气地回话：“对不起，我不打算卖掉它。”

那人用几近恳求的口吻表白道：“请把这把刀让给我，我很需要它。不瞒你说，这刀我找了很多年，今天终于找到了。”

你很友好地回了他一句：“这刀我也是找了多年才弄到手。”

“哦。不过我相信这把刀总有一天会到我手里。”那人的表情变得有些冷漠，语气里透着自信和坚毅。

“为什么？”你不解地问。

“这刀有故事。”

你怔住了，压根儿没有想到请他把故事讲出来。

你仔细看了看那人，觉得有点面熟。是我在林芝开酒吧时见过的呢，还是在阿里开舞厅时见过的，不会是我在那曲收购虫草时见过的吧？看样子，这帮人一定认识我。你叩开记忆的小门，琢磨起你并不认识，但似曾相识的汉子们。你怎么也没有想起他们是谁。你笑笑，拉萨城头有的是相像的人，我想得太多了。

这时，很多茶客手里端着茶杯，把你和那三个人围成一团，梗着脖子，把脑袋伸向你，瞪大了眼睛瞧你的刀。

你堆出一脸惬意的笑容，心忖：这刀子我买对了。我谁也不卖。

看着那么多人围拢过来瞧你的刀，那三个汉子显出很不自在、很不舒服、很不耐烦的神情。其中那个说你的刀子是把好刀的人，扭头对身后凑热闹的人瞪了几眼，用鼻子吹着粗气，又将屁股沉沉地搁在了硬邦邦的长条木凳上。可是，围观的人越来越多，叽叽喳喳地议论着，毫不顾忌他的不悦。那三个人互相递了个眼色，拨开人群，猛地抽身，很不情愿地离开了茶馆和你的刀。得意的你目送着失望的他们，十分得意地把那把刀子插进刀鞘里，端起茶杯，悠然地喝起了茶。那三个人一走，围拢你和你的刀子站着的其他人也在你的怒目盯视下散了，一个个都知趣地回到了原来的位置上。

好东西就是好东西，自然会有识货的。这不，三个汉子不是看上我的刀了吗？

后来，你又换了十余家茶馆，目的是想让更多的人赏识你那把刀。可是事与愿违，再也没有遇上三个汉子那样的人。

那天。你离开甜茶馆，迈着慵懒的步子，在炽烈的阳光里游动。

拥堵在马路当中的各类汽车把你拦在斑马线的一头，五颜六色的车辆如同长龙过街。车身闪烁的光焰让你烦躁。你恨不得拔出刀子，劈开一条路来，穿过跟人一样喜欢扎堆的车辆，走到对面的人行道上去。

你乜斜着眼睛瞪瞪没有云丝的天空，摸摸腰间的刀。一想到没有几个人关心你的刀，你就打心底里觉得很没有面子，愤愤然骂起了娘：“妈的，那些茶客是什么意思？好像我这把罕见的刀子是用木头打制的。”突然，一个念头在脑子里一闪，决定不再到甜茶馆里摆弄刀子，而是要换个地方寻找知音。

于是，你不听我们的劝告，天天往酒馆、酒吧和歌舞厅跑，把自己用酒精泡得像只误食了毒草的绵羊似的，连路也走不稳。

那天晚上，有人跑来敲我们家的门。

由于天已黑透，窗外飞起雨丝，我就没有理睬。

“喂，你赶紧起来。”你的叫骂声很大。

我摁亮了电灯。天哪，你喷着酒气出现在我面前。看见你这副醉态，我烦得都快要昏厥。

“喂，你是我的朋友吧？”你蹲在茶几边上，把一只手搭在我大腿上，从腰间拔出那把刀子，在我眼前晃来晃去。

你在我家折腾了大半夜后，倒在地毯上打起了响亮的呼噜。

被你提起酒兴的我，喝着剩下的酒，揣摸起你和你的刀子来。你怎么突然发了疯似的玩上了刀？我想不明白。我差一点儿把你那把漂亮得像美男子一般的刀子从你腰上解下来，藏起来，等到天亮后还给你。可转念一想，你已经喝大了，睡得像死人似的，出不了啥事儿，也就打消了这个念头。

我喝着喝着，不知不觉中，也被酒精拖入了梦乡。

次日，等我从沙发里抬起昏沉沉的头时，我老婆正在客厅里搞卫生。我揉揉眼，干咳两声，“呃呃呃”地清清嗓子，问她你上哪儿去了。她说：“我怎么知道，他又不是我男人。”

我生怕你和你的刀子出点啥事儿，心里特别焦急。担心之余，我径直奔你家去找你。你家的房门紧锁着。

我回头刚想离开，三个年轻汉子已经站在我身后了。我不知道他们是些什么人，是从哪儿冒出来的。

“你们是？”我问。

“哦，我们来‘请’一把刀。你呢？”

我的声音莫名其妙地发起抖来：“我也是来请刀的。”我不知道自己在说什么。

“你能把这家男人的手机号码告诉我们吗？”那三人很有礼貌。

我以为那三个汉子是你新近认识的朋友，就毫不迟疑地拿出手机，翻看通信录，把你的手机号码一字不差地告诉了他们。

一个汉子掏出手机，拨了你的号码。

“电话拨通了。但他不接。”那人对我说，“多谢了。”

那三个汉子朝我扬扬手，一溜烟似的从我眼前消失了。我估计他们可能要去找你。不，我确信他们要去找你。

这天，你弄得我一整天很不安宁，我怕你出点啥事儿。

中午时分，我在家里丢了魂似的来回踱着步，不停地给你和你妈妈打电话的时候，你和你的刀却在西郊湿地旁边那块著名的天然酒吧喝酒、掷骰子。我后悔自己把你的手机号码轻易告诉陌生人。所幸的是，你已关机，那三个找刀子的汉子没法跟你联系了。我老婆发现我打电话找你，就问我是不是今晚又要跟你喝酒熬夜。

急成一团的我随口说了声："难道不行吗？"

从她嘴里蹦出一个字儿："行。"

傍晚，你和你的刀子打的到一家派出所找人。你悄声对你的刀子透露秘密，说，我们要找的是当年逮我哥哥的那个警察。刀子没有做出任何反应。

你在派出所附近的一棵杨树下蹲守。你希望那位警察只身一人打你面前走过，以便收拾他。你没有引起人们的注意，也许他们以为你在散步或者在等什么人。你口渴了，买来两罐啤酒，坐在石头上喝了起来。那三罐啤酒一下肚，自然加重了你的醉意，慢慢地你被瞌睡俘虏了。

在你睡得正酣的时候，天空骤然下起了大雨。雷声穿透浓云滚滚作响，把被雨水浇透了的你从蒙蒙眬眬的睡梦中震醒了。醒后，你的第一个反应是用手摸腰，看看刀子是否还在该在的地方。刀，依旧垂在腰间，随时准备着跟你闯荡。你站起身来走了几步，发现酒也醒了一点儿，脑细胞开始恢复正常工作。你抖抖身上的雨水，心里在说，谢天谢地！我醉躺在离派出所不远的地方，竟然没有被警察发现。否则，我和我的刀就有可能遭罪。

你很明智地打了一辆车，准备回家。然而，半道上你改变主意，叫的哥掉头，开进一条小胡同里，刹车，付钱，用"祝你好运"这么四个字把的哥打发走。然后，你钻进了一家有名的小酒吧。啊呀呀，还真有点好酒不怕巷子深的意思了啊。

很长时间为那把漂亮刀子得不到别人的青睐而苦恼的你，一反常态，找了一个靠墙旮旯的座位坐下，要了十听啤酒，独自一人静静地喝了起来。

当你被雨水淋湿的衣服干得差不多的时候，你也醉得差不多了。恍惚间，你发现那三个要买你刀子的汉子坐在你旁边的座位上。他们时不时地朝你看一看，递个微笑，还轮流提着酒和酒杯到你跟前，给你敬酒。

你深知在拉萨的酒吧里，拒绝生人敬的酒意味着什么，十有八九是要出事的。因此，你在还没有完全失去知觉前，理智地喝了他们的酒，也照礼节回敬了人家。

你可能发现了，他们并没有喝多少酒，主要是以聊天的形式谈论一些事情，聊了很久，聊了很多，聊得最多的是你那把刀。其中一个汉子在讲述你那把刀的故事后，说了这样一句话，不把夺走我阿爸生命的那把刀弄到手，我就不是男子汉。他们好像非常熟悉那把刀，就像熟悉他们自己的手指头。他们一小口一小口地抿着酒，一直待到你喝得天昏地暗，由服务员送出酒吧。

几天后的一个早晨，三个身着警服的人来找过你妻子。他们叫她到什么地方认领你的尸首。你妻子哭了，哭得还够伤心的，只是没有挤出一滴眼泪来。看样子她并不想为你浪费珍贵的眼泪。

我们打破从祖上延续下来的有关死于武器的人没有资格天葬的规矩，把你送到了著名的枳贡梯天葬台。

我们在你身上发现多处刀伤。原来你是被你那把漂亮得像美男子的刀子结束生命的。

你的刀子终于派上用场了。

风筝，岁月和往事

◎ 平措扎西

那天，街上突然刮起了一股旋风，扬起一阵赭色尘埃，行人都不约而同地个个面朝西方避风。不远处，一个放风筝的小男孩儿望着头顶断了线往更高处飘飞的风筝喊道："加列列恰（风筝线断了）。"街上的行人仿佛到这时才发现小孩儿开始放风筝似的，个个都向风筝飞走的方向望去。

人群中一个六十余岁的人气冲冲地嚷嚷开来："现在是藏历六月份，哪有在这个时候放风筝的？纸做的鸟死鸟，如果过早地放飞，就会使雨季提前停止，加速秋季的到来。过去放风筝只能等到麦子入场后由宗东拉开序幕才能放。"

在场的年过八十身着八旬白袍的人咧着嘴；那个四十多岁的人像是在听那个六十余岁的人说话；而那个三十出头的人一听到刚才那番话，就瞅了瞅远处那如同燃烧的蜡烛似的宗府残垣断壁，以奇怪的眼神看着六十余岁的人。没有一个人听完六十余岁的人说的话，这使得他忆起了由他自己刚才说过的那些话引出的往事。

那时一些商人把印度出产的油光纸风筝整箱整箱地用骡马运进西藏来。有上一年放风筝时的快感促使他在下一年放风筝的季节到来之际，从商人提前两个月运来的风筝中偷偷地租一只玩起来。当他玩得开心、尽兴之时，被父亲捉起来揍了一顿说："要是被宗府发现了，我就把你交出去。"还严厉地问道："如果今年不是风调雨顺的话，你该怎么办？"这话使得他在此后几天内处于惶恐的境地。在本应雨水充沛的季节庄稼却被毒辣辣的太阳烤炙成干黄干黄时，心想这就是自己犯下的罪过。致使他提心吊胆，生怕哪天宗府派人来把自己收拾一番。以前他听人说，到了晚上有只老虎一般大的猫从宗府的窗户探出头来，在它出来时人们可以看到它的双眼红得像两盏点燃的大灯笼。于是一到夜间他就把宗府不计其数的窗户看成大猫的眼睛，通红通红的，不敢看下去。

这天宗府果真派来了一个跑腿的。

“宗东老爷叫你马上到宗府去一趟。”

“我什么也没干，在我放风筝之前就已经不下雨了。”他带着哭腔哭调说。

“你撞了什么邪，谁问你下不下雨的事？你还是赶紧跟我走吧。”

他诚惶诚恐地随那跑腿的来到了宗府。宗东老爷一见他到来就笑嘻嘻地说：“没错，就是他，就是这个孩子。”

他想作一番解释：“在我放风筝之前就……”不容他把话说出来，宗东老爷就说：“每次我用望远镜从宗府楼上往下看的时候，总是瞧见你朝这儿看。今年的强格溜绳节上该由你来溜了吧？”（一种惊险的溜绳活动，即戴木制护具攀绳旋转而下）“老爷，人们忌讳溜绳这一活动，因为是从上面往下溜的，不吉利，所以不是早在前任宗东时期就取缔了吗？”他俨若一个大人把自己听说过的事情说了出来。

“这是一年里最最热闹的一次娱乐活动，今年一定要举办。”

“老爷，请开开恩，我妈患有心脏病。俗话说，强格溜绳者的母亲不怕饿死，就怕担心而死。我妈肯定会被心脏病夺走性命的。与其让我在众目睽睽之下溜绳，还不如让我从宗府楼顶往下跳。”

宗东惊奇地问他：“咹，从十层楼上往下跳？”

他照以前听过的故事要求道：“给我一件大袍子和两只羊蹄子。”宗府办事员们很快将所需东西准备妥当后交给了他。

他披上大袍子，没有系腰带，双手各握一只羊蹄子，便从宗府楼顶跳了下来。由于袍子被空气向上顶着，因此使他的身子缓缓地降落下来，等到靠近地面时，他就把羊蹄子伸向地面喊了一声“贝鲁古卓”，便猛地自睡梦中醒了过来。睡醒后他嘴里仍不断地喊着“贝鲁古卓，贝鲁古卓”。后来他把有人从宗府楼上往下跳的传说糅进自己的梦境说给了别人听，使得这一传说更加动人地流传开来，并且他本人的名字也由“贝鲁古卓”取而代之，延续至今。

他指着那个八十岁的人穿着的袍子说：“当时我穿的那件肥大的袍子大小跟你这件差不多。”这句没头没脑的话把大伙儿的目光引向了八十岁老汉身上有日月图案的袍子——八十白袍。这种袍子现在城里十分罕见，因而大家都奇怪地盯着这件袍子。

八十岁老汉的目光从被风吹走的风筝移向六十余岁人的身上：“我这件袍子是满八十岁后穿的。穿上这就能消灾平安。你到现在还不到八十岁，怎么以前就有过八十岁呢？”

“不是的。我是说当时……”

召集法会的号声随风自远处悠悠传来。六十岁老人说：“我哥哥过去是寺庙里吹法号的。说实在的，本来这是件大善业，可他年轻时并不好好做这些事，也不好好守戒规戒律。他们常跑到林卡里饮酒、玩骰子、打藏牌。据说回寺时在寺庙大门口遇到检查酒味的人就敛声屏气，不让人家闻出酒味。哥哥临终还引以自豪地告诉我们，过去藏历四月十日晚，他违反僧规唱着藏戏清腔去转经，被寺中巡逻僧捉住后带到塔布跟前。到那儿他就随口编出偈颂体顺口溜，‘吉日十五夜晚，贫僧出门夜游，未诵一句真言，足迹所到之处，把那藏戏吟唱，我们倒了大霉，遭遇教主上师，不听恶人之言，且把缘由细问。午茶时分集中，鱼儿不幸上钩，可恨尊胜宫殿，俨若阎王法庭，石阶陡而幽长，上面坐着一人，人称自曲塔布，右手握着大笔，左手拿着白纸，一旦张开金口，皆为剐杀炒制。’塔布听后一乐，使他免遭了一顿抽打。”

这时那个放风筝的小孩儿喊了一声风筝线断了。顿时，大伙儿朝天上一望，就见那只风筝被风吹向更高处。

三十多岁的人像条件反射似的回想起自己在跟眼前这个孩子一般

大的时候放风筝的情景。那时孩子们在打麦场上放风筝。一天放风筝的时候正巧毕尔查琼大叔来了。“毕尔查琼大叔来了，快跑。”有孩子大喊，猛地跑开了，他们跑得一个比一个快。可他自己却因风筝正在空中飞翔，而另一只风筝则放在地上，未能逃脱，只好惊恐地待在原地等候那位大叔发落。

“你干吗到这儿来放风筝？”

“你的打麦场在小山头上，这里风大，所以……”

毕尔查琼大叔瞅着地上压着石头的风筝问：“这风筝纸是从哪儿搞到手的？”

“大哥给我的，说是从宗府带来的。”

毕尔查琼大叔认真地看着用藏纸做的这只风筝上面的文字，半通不通地念了起来。“在廿九抛送朵玛（藏历十二月二十九日晚驱鬼用的食子）时，将替死鬼手中的肺脏抛到人群中落在宗本夫人身上。”念毕他就捋着胡子笑道：“哈哈哈，是这么回事。”

八旬老人突然记起了以前自己念咒文时的一些事情。

一天孩子们在一个叫作岗托的地方放风筝，突然刮起了龙卷风，把芦花吹向大空，看似一群蜂蝇满天飘飞。这是女妖精的坐骑，落在谁的身上会害怕的。孩子们捉弄他说，“女妖精的马落在他身上”，使他怕得魂飞胆丧的，只好哭着走回家。事后不久，村子里的老者挨家挨户地通告：“自今晚起在几天内夜间大家别外出，萨迦女魔鬼逃了出来。”一听这消息，把他吓得蜷缩着身子躲进妈妈的被窝里连气都不敢喘。

“妈妈，平时女魔鬼住在哪里？”

“平时被降伏，压在萨迦寺中，捆她们的铁链拉得直直的，一旦脱逃，铁链就松了。”

“女魔鬼来的话怎么办？”

“应该念诵‘唵大日度日度大日嗦哈’，这样，女魔鬼就不能伤害人。从前有一家，家中有夫妇俩和一个孩子。有一天来了两个女魔鬼守在那家门口。一会儿，一个女魔鬼对同伴说，我进屋让他俩打架等他们一出房门你就杀掉他们。说着就走进屋里让两口子打起来。那妻子给背在身上的孩子鼻头涂抹些锅灰，口诵着‘唵大日度日度大日嗦哈’，走出了房门。这时屋里的女魔鬼随后就走出房门责问在外面的女魔鬼：‘你为什么不捉住刚才出门那个女人？’在外头的那个女魔鬼回答道：‘刚才只有一位空行母背着一口陶罐走出去了，却没有看见什么女人走出过。’”

听完这段传说，他就在被窝里学习并背诵起咒语来。此时门口的那条狗在吠叫着。

“妈，狗不害怕吗？”

“现在正是夜深人静，万籁俱寂之时，天很黑，因为这时狗能看见鬼，所以才叫起来了，狗不会害怕的。但在这个时候人千万不能出门。”

黎明时分，出殡的鼓号声自远处传来，犹如夺魂钩，吓得他心惊肉跳。“打那以后已经过了多少年？哎，时间这东西过得比流水还快。”他的这番话使那个四十多岁的人又一次对自己因虚度年华而感到痛心。

秋天，在他沙子渗水般学习文化时，人们不分老幼一个个都爬到屋顶放风筝，那些没有风筝的人在一边望着，谈论开来。

“索吉（长条耳坠）胖子的风筝真漂亮。”

“那是在家中存了多年的风筝，可以做护身符了，它已经锯断了三只风筝。”

“既然他的风筝可做护身符用，那么为啥没人查询？”

“谁也不会对他们那些个喀擦热（藏族和尼泊尔人通婚所生的人，系尼泊尔籍）说什么。”

他不甘示弱。他把自己的风筝往高处放着喊着：“索吉胖子，要是你不怕烧屁股（不服气）的话就放开线吧。”索吉胖子的那个大风筝如同鹞子往他的雏鸟样的风筝上倒降，猛地一蹭，旋即放开线绳，不一会儿就让他的风筝断线吹到远处。这时有人就说："索吉胖子的风筝线是铁索牌的，哪能跟他的比。"

他为这只风筝的失去感到十分惋惜。出于气恼和无奈，他解下线轮上的线绳，线头两边各拴一块石头抛向索吉胖子的风筝线，欲将其风筝钩下来。在这当儿迎面走来阿斯达（斯达大哥），把他捉住揍了一通。

"你为什么打我？"

"要是截断索吉胖子的风筝，能把它捉住，就赏一元钱，可是他的风筝线没断，所以能够捉住你这个捣蛋鬼也要赏钱。"说着就把他的手往一边拉，不管他怎么哭都不肯松手，直至把他带到索吉胖子家门口。

"放开他，放开他。"有人从房顶上往下喊着，扔下两根香烟。阿斯达高兴地咧开大嘴捡起烟，把一根夹在耳根，点燃另一支吸了起来。他诅咒起索吉胖子："索吉胖子的风筝线会断掉的，索吉胖子你去吃屎吧。"打那以后，他就再也没有到过索吉胖子的家附近。

对面那个小孩儿喊了一声："切断了风筝线。"一些孩子望着天空跑了过去。吹到空中的风筝线缠绕在电线杆上，使得风筝在空中盘旋着。孩子们像猫垂涎飞行中的小鸟，眼巴巴地瞅着天空。

六十余岁的人说："我们小时候用不着担心风筝被电线杆缠住。"

三十余岁的人问："那时你们在哪儿放风筝？"

"那时甲嘎彩（地名）全是平地，风筝线断了会在原处飘飞。"

三十余岁的人并不熟悉甲嘎彩，没有兴趣继续往下听，现出不屑一顾的态度。那个六十多岁的人不禁想起了小时候发生过的一件事。

随着"切断了风筝线"的喊叫声，两只风筝同时在空中扯断线绳后被风吹走，致使栖息于甲嘎彩荆棘中的野兔受到惊吓，像是去追风筝似的跟孩子们一道跑将起来。他跑着跑着，一不小心掉进坑中摔了个跟头。

他的哭声把跟他一道奔跑的孩子们唤了过来。

“哦呀，魔鬼捉住了他的腿，这下他完了，会死。”

“他准备下地狱啦？”

这么一来吓得他哭着走回了家。回到家里，他把刚才发生的一切告诉了母亲。出乎意料，母亲欣然对他说：“要是这样就好了，今年你可以过十三岁本命年年关，以后不会再发生任何磕磕绊绊的事。”听母亲这么一说，他才松了口气，放下心来。

“妈妈，今天被我踩上的那个陶罐是红色的，平时把红陶罐带回家时为什么要在那上面涂上黑炭？”

“人们忌讳把红色陶器和带血的肉之类的东西带回家。在把新陶罐带回家时一定要涂上锅底灰，这是为了防止鬼魂附在上面潜入家中。给婴儿的鼻子涂上锅灰也是这个道理。”听到这些事后他更加恐惧。他在惧怕中进入了梦乡。他梦见一个黑衣使者驾一匹黑马来到他面前。他指着那匹黑马的白色额头对那人说：“我知道这是在江啦（后藏民间传说人物，相当于前藏传说中的阿古登巴，为智慧的象征）的故事中出现的那匹额头上粘有一块酥油的马。”尽管他对那人摆出熟悉的样子，但那黑衣人悻悻然，愤愤地对他说：“什么江啦，我是打阴间鬼域来的。别看你小小年纪，居然已经造了许多孽，我现在就把你送到桑耶寺敛气室。”这时他因呼吸受阻而从梦中醒来了。母亲点亮灯守在他身边。

“妈妈，要是没有天黑就好了。”

“从前宇宙形成之初，人的寿命没有限量，吃的是净滤之食，满身发光，可上九天云霄，那时只有白昼，却没有黑夜。”

“后来怎么出现了天黑？”

“一个贪吃的家伙用指尖汲取了大地的精髓，其他人也跟着吃了食物。于是人的身子变得又硬实又沉重。这是第一次食用自然食物，自此人身上的光消逝了，天也开始有了黑下来的时候了。”

在他的记忆中没有比这一夜难熬的。他长长地叹了口气：“咳，哪还有比这一夜更令人害怕的。”

三十多岁的人问他为何没头没脑自言自语，可他却缄默不语。他所讲的事情使那个三十余岁的人想起了一件令他发怵的往事。

在放风筝的季节即将过去的一天晚上，孩子们聚集在打麦场讲故事。孩子王作出决定，要讲出与自己的风筝图案有关的故事，不然就要进行惩处——往膝弯里夹石头挤压。于是孩子们个个绞尽脑汁、全神贯注地回想与各自风筝图案有关的故事——把由络腮胡、怒目红脑袋、花腰和围裙等图案联想到的故事一一讲完。

轮到他，他就看着自己风筝上的犬牙形图案讲道：从前有一个屠夫化身的女魔，按照约定俗成，夜间女活鬼们碰头聚会时各自都要交出一条人命（叫作肉税）。一天，有个小僧到她的肉摊上买肉，她就把好肉卖给他，在他离开时还轻轻摸了一下他的脸蛋。待他回到僧舍后，师傅一看就发现他的脸上有手指印迹，原来这便是女活鬼留下的指纹。为这事，小僧专门去谒见一位活佛。活佛在护身符上打了九个结系在他的脖颈上。

晚上，女活鬼们聚会时，那个女活鬼露出狼牙，背着气囊，骑着箱子来到众鬼之中，当众把气囊抖了抖。

她每抖动一次，小僧脖颈上的护身符就解开一个结，当准备抖第八次时，女活鬼首领下令：“不许再抖，快把你的肉税缴上来。”那女活鬼因缴不出肉税——一条人命，就只好把自己的孩子缴上去，以代肉税。

孩子们听着他讲的故事，一个个都吓得毛骨悚然。

接下来，一个带着骨笛形风筝的孩子准备给小伙伴们讲个故事，他刚一开口说：“以前有一次我爸喊一声‘贝鲁古卓’，一跃身从宗府楼顶跳了下来。”就立即遭到了大家的反对，都说这跟骨笛没啥关系。对此他辩解道，“贝鲁古卓”这个声音不像骨笛发出的声音吗？那个孩子王马上反驳道：“这哪里是跟骨笛有关的故事？”说完就给他用了膝弯夹石刑。于是他就哭喊着“我要告诉我爸爸”，就拔腿准备回家，可他刚迈出几步，其余孩子就吓唬他路上会遇到女活鬼。孩子们见他吓得转过头来重又回到他们中，就不由得笑了起来。

想到这里，三十多岁的人独自哈哈大笑开来。六十余岁的人有些纳闷，不解地问他："有什么好笑的？"

他依旧在笑："骨笛怎么会发出贝鲁古卓这样的声音？"

六十多岁的人一听就气上心头："你是说我的名字就是骨笛声啊？"

三十多岁的人奇怪地反问道："原来你就是'贝鲁古卓'呀？"

"哎哟，我心里一直以为叫'贝鲁古卓'的是个比我大的人呢。"八十岁的人说。

"我还以为'贝鲁古卓'只是个故事里的人物，万万没有想到真有其人啊。"四十余岁的人说。

对面那个放风筝的孩子又一次喊了一声："风儿别在我们这里刮，要刮就到占堆岗刮。"大伙儿一听，随即把目光移向孩子那边。

这时再度刮起了一阵旋风，那只随风飘飞的风筝现在变得只有遥远天际的星星一般大。他们几人仰望着那只风筝，继续沉浸在对各自悠悠往事的冥想之中。

杀 手

◎ 次仁罗布

东风卡车在一片广袤无际的沙地上扬起滚滚黄尘，由东向西飞驶。车上装满了货物，货物用草绿色的篷布罩得严严实实。驾驶室里就我一个人。此时，困倦不断袭来，让我连连打了几个哈欠。

我左手握住方向盘，右手从包里掏出一根烟，用肥得看不见骨节的手笨拙地打燃火机，悠悠地吐出一缕烟雾来，这泛白的烟雾慢腾腾地在驾驶室里飘散开。前面是灰蒙蒙的看不到边际的辽阔大地，困倦经血液向周身扩散。为了驱赶这难熬的困倦，我只能大口大口地吸烟，转瞬间一根烟吸完了。

我的手再次伸向包里时，猛地发现在地平线的尽头有一个蠕动的小黑影。我在心里思忖那是人呢还是动物。我狠踩油门向那个黑点飞驶过去。随着距离的缩短那黑影开始变得清晰起来。我看清那是个形单影只，背上背着被子的人。我想：有这种坚定意志的人，肯定是去朝佛的。汽车加快速度向那人驶去。

听到汽车的轰鸣声，那个人止住脚步，站在原地面朝向了东方。我透过驾驶室的窗玻璃望去，那人在辽阔的天地间显得这般地渺小，这般地凄凉，这般地无助。

我忽然想做件善事，搭那人一程路。汽车靠近那人时，他伸出双臂使劲摇晃。我看清那人头上系着黑色的发穗，身材细瘦，腰间别着一把长长的刀子。我把车子戛然停在他的身旁，挥手示意上车。那人打开车门，把脏兮兮的被子和黑黢黢的铝壶搁在坐垫上，人麻利地挤坐在一旁。

"把东西放在下头。"我命令他。

他把被子从座位上拿开，塞到脚底下，然后用脚狠狠地跺了跺。这是个面庞黧黑、颧骨凸起的康巴男子，他的脸上被汗水画出了一道道线，脚上的皮鞋已发白而且脚尖磨出了窟窿。我重新发动汽车，又在无际的戈壁滩上扬起滚滚黄尘疾速飞奔。康巴人木讷地瞅着车窗外，映入他眼里的是望不到边际的黄沙，偶尔一些生命顽强的荆棘映入眼里，他才露出一丝不易觉察的笑来。

"喂，康巴人，你是去朝佛的吗？"

康巴人滞缓的目光移到我的脸上，干咽口水，目光又转向看不到边际的广漠的大地上。

"你是去朝佛还是去做生意？"我有些气愤，声音拔高了。

"都不是。我到萨嘎县。"

我对这个回答感到满意，脸上露出了笑容。我接着说："那你搭对车了。我是到阿里的，可以搭你一程路。"康巴人感激地微笑。汽车里弥漫着和谐的气氛。我又点燃一根烟，神情悠悠地抽着，困倦已经离我很遥远了。"你到萨嘎去干什么？"我凝视着前方问。

"去杀人。"

康巴人的话着实把我给吓了一跳。我定定神，随后爽朗地一笑，说："你真幽默，看你的样子可不像，我绝对不相信。"

康巴人把掉落到额头上的几根发穗用手指头塞进头发里，目光盯着前方说："你不相信，那我也没有办法。"他又艰难地干咽口水，我发现他的嘴唇干裂。他接着又说道："那人在十六年前杀死了我父亲，然后一直在外潜逃。我几乎走遍了整个西藏，历时十三年，到头来一直都是在瞎跑。"

我瞟一眼康巴人，心头即刻涌上一股悲哀。在我的想象中复仇的人应是高大魁梧的，必须是那种穿一身黑色的衣服，戴个墨镜，腰间还必须别把手枪。而我旁边的这个人，除了有不苟言笑的冷峻的面庞和迷惘的眼神、腰间挂着一把银制把柄的长刀外，并不具备令人悚然的杀手特征。我彻底失望了。我别过脸去望着空旷的天际。驾驶室里只能听到发动机催人困倦的声响。

“什么时候到萨嘎县呢?”康巴人盯着前方问。

我从车窗里扔掉烟蒂,懒洋洋地回答:“天黑以前吧。你是不是急着要杀人呢?”

康巴人定定地瞅着我,那眼光里除了轻蔑外还含着挑逗。我的全身不自在起来,手里开始出汗。康巴人咬牙切齿地说:“我都可以耐着性子等十多年,还计较这短短的半天一天时间?”

我没有搭理,凝望着前方。

不一会儿,西边的地平线隐隐地显出绵延的山的轮廓;倒车镜里映出燃得红红的太阳,它正一点一点地从东边掉落下去。我看坐在旁边的康巴人,他出神地望着前方。他的宁静、他的沉默、他的坚定固执,使我有些后怕。为了缓解这凝重的气氛,我说:“马上就要到了。山嘴那边有一条公路,顺着走进去就到了。”

“唉!”汽车的嗡鸣淹没了康巴人的应声。

车子快速向西边涌现出的山飞奔,再后来沿着山脚蜿蜒的小路急速行驶。

“到站了。”我如释重负地说。此时天快要黑了,狂风在呜呜地吹。这是个岔路口,前方的景色开始模糊起来,天与地快要融合在一块。康巴人动作笨拙地打开车门,一股黑色的冷风呼啸着奔涌进来,让我俩打了个寒战。他从车厢里拽出被子和铝壶,背在了背上,按照我指给他的方向走去。他即刻就被无尽的夜幕吞没,从我的视线里逃逸掉了。

沙砾拽着风的裤腿,呜咽声中,一脚一脚踹在车玻璃上,可怜的玻璃咔嚓嚓咔嚓嚓地哀鸣。车顶的篷布咔嗒咔嗒地跳跃。这里的风沙真吓人。我在黑夜里摁了几声喇叭,声音被风裹卷走了。我想这又何必,是给他壮胆,还是跟他告别。我也不知道是什么意思。

汽车在黏稠的黑暗里继续向阿里方向驶去。那大灯的亮光,在苍茫的大地间，显得凄凉而孤单。

我在狮泉河镇耽误了四天，回来时是空车。这一路想的都是康巴人，为他能否复仇我担尽了心，还设想了很多个结局。车行驶到去萨嘎的岔路口时，我无意识地做出了令我自己都咋舌的举动，将方向盘打向了通往萨嘎的道路上。

午时的太阳毒辣辣的，照得道路一片苍白，汽车逆着江水飞驰，江水冲击岩石激起的白色浪涛和哗哗的水流声，给了我些许的凉意。道路两边的山上没有什么植被，倒是稀疏地长着些荆棘，偶尔在荆棘后面可以看到一两头干瘦的羊。这里真是荒凉。

我看见了低矮的民房，土灰色的房子毫无生机，透出年代久远的气息。一条不长的街道，贯穿整个县城。我把车子停在了县城招待所。

午饭是在一家茶馆里解决的。这家茶馆非常简陋，几张木桌再配几只粗制滥造的矮木凳，地上坑坑洼洼一点都不平整。我吃得很简单，一瓶甜茶，十五个包子，它们把我的肚子撑得滚圆。饱暖思杀手，我有些迫不及待了。

“喂，姑娘。”我喊。

“还想要点什么？”姑娘的表情里充满嗔怪，她想我又要支使她了。

“我想打听一个人。”

“谁呀？”她的脸上漾起了微笑。

“前几天到这儿来的一个康巴人。”

“是那个细瘦的？刚开始我还以为是讨饭的。”

“他没有闹什么事吧？”

“没有啊。他要找玛扎。”

“找到了吗？”

“找到了。”

我的心提到了嗓子眼上。我的脑海中出现了康巴人拔刀子刺向玛扎胸口的画面，鲜血浸透玛扎的白衬衣，他的胸膛上好似盛开了一朵玫瑰。

“哎，我给你说。”这姑娘喜欢唠叨。这也难怪，茶馆里就我们两个。

“那天，太阳已经升得老高了，县城的道路上人们突然看到一个陌生的康巴人背着被子，顶着炎炎烈日在转悠。我们的县城规模不大，一眼就能望到头，建筑物零散地坐落在道路两旁，路上行人稀少。大概他转累了，这点我从他布满血丝的眼睛里看得出来。康巴人大摇大摆地走进来，坐在临街的窗口旁。他的目光掉落到我的身上，同时我也看到他皴裂的嘴唇和褴褛的衣裳。那把刀可真美呀！

“我抱着暖水瓶，隔着两张桌子打量他。‘这里有个叫玛扎的人吗？’他问。我知道了，他是来找人的。这彻底纠正了我先前认为他是讨饭的想法。我的脚步绕过桌子、凳子，拔开瓶塞，将一缕带着奶香的甜茶从瓶口倒出去，装满了白色的玻璃杯。我回答：‘县城西头有个叫玛扎的，是开小百货店的。’‘他是贡觉萨恩的吗？年龄大概在五十岁吧。’我咧嘴一笑：‘你是来寻亲戚的吧？’康巴人再次急切地问：‘是贡觉萨恩的吧？’我觉得索然无味：‘是不是贡觉萨恩的我不知道，可他差不多五十多岁了，在这里开店已经有两年了。他还经常去寺庙里转经，对菩萨特别地虔诚，所以我们县城里的人都认得他。’康巴人呼吸急促起来，脸烧得火辣辣的。‘你寻到亲戚高兴啦？’我立在旁边问他。康巴人的眼里突然淌出泪水，呜呜地哭了起来。那杯茶不再冒热气了。他说：‘终于寻到了！’我看这个康巴人这么激动，惊奇地坐在了他的对面。中间隔着一张桌子，玻璃杯子里的甜茶上面积了一层薄薄的焦黑的奶渍。康巴人此刻平静了许多，他擦去眼角流淌的泪水，眼睛望着窗外的街道。街上只有寥寥几个人，从他们的步履神态你就能知道这个小县城的清闲、幽静。康巴人转过头来看见坐在对面的我依然盯着他，垂下脑袋端起杯子把茶喝干。‘你跟其他康巴人不一样。’我说。他僵硬的面部抽搐了一下，过后又把茶杯里的几滴剩茶滴到舌头上。我重新给他倒甜茶。康巴人说：‘有藏面吗？’‘有。’‘给我来一碗。’我掀开门帘，走进厨房里。‘藏面来了。’

康巴人盯着瓷碗里粗粗的面条被淹在油腻腻的骨头汤里，上面浇了一勺捣碎的红辣椒，他咽了口口水，焦黄的舌头舔了一下碗。我看到唾沫沾在碗边，一阵恶心。我离开了康巴人。没有一会儿，他囫囵吞下了一碗面。‘我的被子能在这墙角放一会儿吗？’康巴人问我。我点点头，‘你寻到亲戚再过来拿吧。’他就出去了。喏，你看。他的被子和铝壶全放在这里，他再没有到这里来了。要是他在县城我准能看得到他，我想他可能到别的地方去了。”

千真万确，那个被子和铝壶是他的。他人到哪里去了？

“那个玛扎还在吗？”我问。

“在。他在前面开了一个小商店。”

我想这杀手不会被玛扎给收拾了吧，心里隐隐有了不祥的预感。我这人真是的，一紧张就口渴，一口渴脑袋里的弦就绷得快要断裂了。我老婆常用藏族的俗语劝我：别挤进吵架的人群里，要挤就挤到卖油的队伍里去。真是说对了。

“拿瓶啤酒。”

“喝哪种啤酒？”姑娘问。

“拉萨。”

啤酒咕噜顺着喉咙落进肚子里，绷紧的弦一下松弛下来。我想我一定得找到这个杀手。

“给我桶里装满青稞酒。”一个腿稍瘸的男人坐在了我的对面。

“羊谁帮你看？”姑娘问。

“不关你的事。快去倒酒。”我知道了他是放羊的。

他冲我笑，我递过去一根烟。我们交谈起来。他见过那个康巴人。

羊倌说：“我当时不知道他是康巴人。我赶着牛羊过去，尿胀了。你也知道尿胀的滋味，那可真是不好受，会把你的膀胱炸裂。这下好，你会理解我的。我让牛羊停下来，独自爬到山脚那栋房后方便。那尿放出去全身的骨头都麻酥酥的，这才把注意力移到了四周。我看见一个人躺在岩石下，睡得很香。不信啊？我说当时那人的鼾声可响呢。我想他是朝佛的就没有理会。可能是我下山时吆喝那头犏牛，把他给吵醒了。

“我走到公路上时，他醒过来站到了一块岩石上。太阳刚从山头探出头，一缕金灿灿的光倾泻在他的身上，感觉他暖融融的。我看到康巴人懒散地伸伸胳膊，长长地嘘了口气。他一直注视着我。几十头牦牛悠然自得地在公路上不急不慢地走，我左胳膊上绕了几圈羊毛，右手转着捻线轮，神态安详，步履缓慢。偶尔，那几个时常捣蛋的牦牛想独自离开公路，我只能大喝一声，从地上捡块石头，向公路边的斜坡上爬去的牦牛掷过去。那些牦牛惊得小跑一阵，又摇摆尾巴懒洋洋地加入到牛羊群里。康巴人一直看着我，可能他的心里觉得美滋滋的吧。后来我看到他提着铝壶走下公路，再顺着堆满乱石的陡坡缓缓向江边走去。江水湍急，哗哗的水流声淹没了一切的嘈杂声。康巴人脱掉衬衣，光着身子，用双手掬水把脸和脖子给洗了，再拿上衣揩干。他左顾右盼，终于选了一块表面平坦的青石，提一壶水搁在旁边，开始磨一把长刀。他一边磨一边还要倒些水在青石上，磨刀的声音被滔滔的江水声盖住了。康巴人把刀插进刀鞘里，重新打一壶水向公路上爬去。”

“后来呢？”我问。

“后来，没有后来了。我再没有见到他。”

羊倌说完时，三瓶啤酒已经喝完了。

下午的街道被太阳统治着，没有人行走，一片死寂。我有些醉意，硬邦邦的石块，有点硌脚，我尽量保持身体的平衡。我直奔县城西头的玛扎小百货店。店子开在公路边上，是租当地人的房子开的门面，旁边还有一家四川人开的小吃店。

我越是挨近那家小百货店，心里越发地紧张。我感觉面部烫得像被灼烤一般，气粗重得都有点接不上来。我想现在我是杀手，抑或我在重复那杀手走过的路程。我走到小百货店的窗口，只见货架的右侧端坐着一个三十多岁的女人，穿戴很普通，脸有点苍黄。她见到我后脸上浮出了微笑，问："你要买点什么？"我呆呆地望了她一会儿，才镇定下来。我问："这是玛扎开的店子吗？"我的声音有点轻飘飘的。

女的听后站了起来，吃惊地问道："你认识我丈夫？"

我说："不认识。"

"哦——"玛扎的女人长叹了口气，"怎么前几天也有一个人来找他？这几天他一直心神不定。"

"他在家吗？"

"他到寺庙去了。一个钟头以后就会回来。你先进来喝杯茶吧。"

我绕过店子从后面的门里进去，屋里放了两张木床，中间摆着一个矮脚藏桌，光线有些黯淡，墙角堆放了很多的纸箱，一个大货架把这间并不大的房子隔成了两间，货架外面是小商店，里面却是住人的地方。

"听口音你不是康巴人。"

"我不是。我是当地人。"

"上次来找他的那个康巴人呢？"

"坐了一会儿，后头哭着就走了。"女的正往酥油桶里丢一坨黄黄的酥油。

"为什么哭？"我问。

玛扎的女人没有回答，她反问道："你是那个康巴人的朋友？"

"不是。我叫次仁罗布，我们到萨嘎坐的是同一辆车子。"

玛扎的女人忙着给我倒茶，我吊紧的心渐渐松弛了下来。

"回来了。"一个清脆的童声从屋外响了起来，这声音让我全身起了鸡皮疙瘩，呼吸急促起来。一个约莫四岁的小男孩儿已经站在了我的面前，小男孩儿鼓着眼睛，惊奇地望着我，然后转身倚到他母亲的怀里。玛扎的女人说："他是来找你爸爸的。你爸呢？"

小孩儿怯怯地说："在后面。"

房门又被推开了，闪进一个人来，这人身子已经弯曲，头发也已花白，额头上深深浅浅地布满了皱纹。他看到我后，身子向后倾斜，眼睛睁得如同一枚银圆，口吃地问道：“你、你、你是、是……”

“次仁罗布。”

玛扎的脸一片铁青，嘴唇抖动。

“玛扎，怎么啦？”女人问道。

“没有什么，我走路走得太急了。你找我有事吗？”

“我来问你前几天见过一个康巴人吗？”

“见过。他说是来找我的。但一见我这个样子，他只摇头。说，找的不是我。我叫他喝了茶，后来他哭着跑了出去，再没有见到他。”

“我要去找找他。告辞了。”

“这是怎么回事？”

我没有理会，我想我既浪费了时间，又浪费了汽油，得赶紧离开这里。

汽车驶出了萨嘎县城，我想也许会在路上碰到那个康巴杀手的。

旷野里汽车轮胎爆了，我躺在驾驶室里睡着了。

在玛扎的房子里女人带着小孩儿出去了。我和玛扎对目相视，屋里的空气骤然间要凝固似的。我右手使上全身的劲，牢牢抓着刀把。此刻，我丢弃了所有繁杂的念头，头脑里只有捅死玛扎，替康巴男人和他的父亲报仇的想法。我手心里刀把的花纹很有质感，那纹路曲曲弯弯，摸着让人感觉特别地舒服。玛扎说：“我天天在菩萨面前赎我的罪，我没有什么惧怕的，只是没有想到你会来得这么快。杀人偿命，这是天经地义的事情。来吧，你下手吧。”一道寒光闪过，刀尖已经插进玛扎的胸膛，我把玛扎抵到了墙角，伤口处有鲜血汩汩涌出，顺着刀身润湿了我的手，热热的，有些黏糊。玛扎眼里一片安详，他艰难地向我咧嘴微笑，便断气了。我抽出刀子，玛扎像捆草顺墙脚倒了下去……

醒来外面阳光灿烂，白花花的太阳光让我睁不开眼睛。

我想：该下车换轮胎了。

你也叫卓玛

◎ 张祖文

一

我的众多小说里面，女主人公一般都叫卓玛。这部也不例外。

当然，这个卓玛不是灵光一现的虚构人物。因为她现在正活生生地坐在二龙面前。

这是二龙第一次和这个名叫卓玛且穿着普通藏装的女人见面。见面没任何引人关注的噱头，就是有一天二龙因心情不好到一个位于阴暗角落的拉萨小酒吧喝酒，在那里他遇到了她。原本二龙认为到那么一个偏僻的地方比较符合自己当时的心情，他根本没想过要在那么一个地方和什么人遇见，但事情往往就是那么出乎意料，就在他刚给一个男性朋友打完电话，叫他来陪自己一醉解千愁的时候，卓玛就有如一个上天赐予他的礼物一样出现在了他的面前。这个让二龙完全没有预料到会出现的女人，那时正安静地坐在二龙的面前。她不停地旋转着手中那个看起来有些暗淡无光却倒满了啤酒的杯子，眼睛也一动不动地盯着杯子里那些已经快要消失的泡沫，似乎二龙这个人根本就不在眼前。虽然二龙和她只隔着一张小桌子。普通酒吧那种小桌子。

因为桌子为两人的相识创造了条件，所以，二龙也就不想浪费这条件。怎么交谈上的这一具体环节现在已无证可考，反正二龙只记得最初和卓玛说话时，卓玛虽然不太主动，却也没拒绝。而一惯不擅长表达的二龙，那时却像一个为了套问情报而喋喋不休的警察一样，开始口若悬河起来。终于，卓玛有点不耐烦了，她轻轻地用嘴吹了一下还没怎么喝的啤酒表面，径直问二龙：“四川人吧？”问话的同时放下了杯子。二龙看到杯子里面已经没有泡泡了。女的问话时，眼睛还是没看二龙。“是啊。”二龙没来由地就有了点想拍马屁的冲动，“你可真厉害，一猜就着。”

卓玛扑哧一声笑了出来：“你说话的口音，还不能够证明？”二龙一下子陷入了尴尬之中。很多人都把西藏称之为“小四川”，就是因为这里的四川人多。二龙也是这众多四川人中的一员，说的也是四川话。四川话那鲜明的特征，再笨的中国人都能听得出来。

“你叫卓玛吧？”二龙连忙转移话题。因此他也觉得再拍马屁实在是有点不明智。“你怎么知道？”卓玛刚端起酒杯准备喝酒，听了二龙的话不由自主地愣了一下。

“西藏不是好多女的都叫卓玛吗？”二龙不好意思地笑笑，“其实我也就是蒙一下而已，没料到蒙对了。”他老老实实地回答。

“诚实！”女的又端起酒杯，“有点儿我们西藏人的作风！”说完一饮而尽杯中酒。

“我也是西藏人啊。”二龙说。

“西藏人？”卓玛睨着眼睛看他，“你确定？”

二龙笑笑，却不说话，但这时他的脑海中却浮现出了一个人的影像。这个人，叫老典，在西藏待了好几十年了的老典。二龙这晚上心情不好，有一个因素就是因为老典。当然，也和二龙老婆的电话有关。

二

妻子给二龙打电话，说她不愿意在南溪待了。她要回拉萨。

此时的二龙，在和妻子两地分居。

二龙有点生气，径直挂了电话。挂电话时，他明显听到了妻子在那边的哭泣声。

二龙把电话抱在怀里，一个人坐在客厅里的一个角落，静静地发呆，地板上冰凉的寒气直钻进了他的两条大腿内侧，一会儿就让他全身都直打战，但二龙却还是一动不动。

二龙想起了那个叫南溪的小城。

那是二龙从小长大的地方。就是在那个地方，二龙学会了走路，学会了说话，之后又在那里上学读书，再然后到了西藏，在西藏工作，娶妻生子。

电话又响了起来。二龙看了看号码，还是妻子从南溪打来的。本不想接，但想到刚才她的哭泣，终还是拿起了话筒。

“你真的就这样打算把我和点点放在这里？放在这个离拉萨有几千里的地方？”妻子还是问着这个他已经听了不下一千遍的问题。点点是他的女儿。“不这样，那我在南溪买房干吗？”二龙理直气壮地反问。“我当然知道你买房的目的，”妻子果然这样说，不过她又开始哽咽了，“可是只有三口人的一个家也要分隔两地，这什么时候才是个头？”妻子越说越激动。

“那你想怎么样？！”二龙径直问，“你就想回拉萨吧？”

“是！”很奇怪，二龙的妻子这次倒什么都没说，只是在话筒里吐出了这么一个字。二龙听得出，那语气很坚定。妻子很少有这样坚定的时候。

二龙无声地挂了电话。

三

卓玛给我打电话，说有个问题想问我。我开始还没想起是哪个卓玛，后面她直接说，就是在酒吧里见到的那个，我才有了印象。我问她怎么会有我的电话号码，她说那天晚上我们在酒吧时，我好像喝高了，硬要给她的，还说我当时还是在逼着她存了我的号码之后，才走的。我听了她的话，发觉自己喝了酒竟然是这么一个德行，居然非要把自己的号码给一个女人，而且这个女人当时看来还不太愿意要。虽然现在没面对面坐在一起，甚至我已经对那晚逼着别人存号码的情景一点印象都没有了，但我还是觉得自己的脸有点发烧。不过我还是记得那天晚上本来一个人在家，可是半夜的时候二龙打电话，让我去酒吧喝酒，还说有美女。我这个人是比较喜欢美女的，虽然不会“亵玩焉”，却喜欢欣赏。而且在我的印象中，一直觉得只有真正的男人才会懂得欣赏美女。果然，那晚我去了酒吧，见到二龙对面的那个女孩子时，的确是让我眼前一亮。当时他们两人正在讨论二龙究竟算不算真正的“西藏人”这一听起来似乎是有点高深的问题。这个让我眼前一亮的女人现在正在给我打电话，我当然求之不得，所以，马上就比较有礼貌地在电话里问卓玛找我究竟有什么事，问了后还不忘调侃一下，问她是不是想我了。

卓玛也不含糊：“当然是想你了啊，不然给你打电话干吗呢？”她在话筒里“咯咯”地笑了一会儿，然后才说到正题：“那晚和你在酒吧说话，知道你当过老师，所以，我想问你一下有关孩子的事情。”她一说我就记起来了，那晚我的确是在酒吧里说自己当过老师。

“你有孩子啦？”我突然想起，卓玛看起来很年轻，不像结过婚的，怎么就有了孩子了呢。“不是我的。”卓玛淡淡地在话筒里说，“是我哥哥的孩子，是个女儿，今年十二岁了，要上初中，我哥哥正在犹豫是送她到内地去读书呢还是就在拉萨读。”听她说了是哥哥的孩子，我竟然有点如释重负。“你认为呢？老师？你觉得孩子是到内地去读好一点还是就在拉萨读？”卓玛看来很急，在我刚有意无意地感觉内心有点轻松的时候，又重复了一遍。“那……”我犹豫了一下，“那我们还是在酒吧里见吧，到时再给你说。”

四

家里电话又响了，二龙还是不想接。但电话铃声一直持续不断地响，二龙终于耐不住了，拿起了话筒。“我已经决定，点点这学期一结束，我就带她回拉萨。”二龙还没张嘴，话筒里的人已经直截了当地给他说了这句话，听起来语气坚决，没有一点儿商量余地。“这……”二龙一下子不知道怎么说话了，只好说：“既然你已经决定了，那还给我说干什么？”“我给你说，是因为我尊重你，我要你知道，我的什么决定，都是在想着你。你在我心中，一直都是最重要的！”妻子一口气说了这么多话。二龙知道，这些话平时她是说不出口的。妻子本是一个内敛的女人。话多一向不是内敛女人的风格。

“既然我这么重要，那你为什么不听我的，不按我说的去做？”二龙反问，“我们家本来就一分钱都没有，为了孩子，我去银行千辛万苦贷款，现在我一个月才三千多工资，可是银行贷款就要还两千！我们自己的生活都有问题，但还是买了房子！如果你要带点点回来，那当初我们买房子干什么？难道就是要让自己受罪？！”

“你天天说买房子就是为了点点读书，可是点点为什么一定要到内地读书？”妻子一和二龙吵，就开始哭。

“因为内地的教育条件比拉萨好。”二龙回答。

“就知道你会这么说！但我还是要回拉萨！”那边说话的语气已经不容分辩。

“随你便吧。”二龙茫然地挂了电话。挂电话时，二龙又想起了老典。老典那张脸从他的眼前飘过，就像一股风，可是他却能从那阵风中，看清楚那脸的任何一处轮廓。

五

老典曾经是二龙单位收发室职工。当然，只是曾经。因为他现在已经不在了，去了另一个世界。

老典的离去，是一个突发事件，之前二龙根本不知道。有一天早上，二龙拉着行李，从单位门口经过。二龙那时正准备在单位门口坐公交车到拉萨火车站，然后回四川那个叫南溪的地方休两个月的假。

在二龙出门的时候，他看到老典正一个人站在单位门口的台阶上。那时是早上，太阳刚升起不久，老典身上披了一层金光的太阳光线，那些光线笼罩着老典那看起来略显羸弱的整个身体，让他似乎完全沐浴在了一层神圣的佛光中一样，看起来感觉很好，不过就是略显孤独。二龙就在那层佛光的照耀下，轻轻喊了一声老典。二龙想在走之前给他打一个招呼。

二龙和老典的交往，源自某次年终考核。那年单位要评一个先进，在领导叫大家发言时，谁都不说话，因为谁都知道，在那种场合不可能自己表扬自己，只能说别人的好，那自己的机会肯定就会少了。当时的现场很沉默，沉默得有点让人窒息，因为都不想说别人比自己好。二龙也和大家一样，低着头，在桌子下玩着手指甲。

不料，在沉默了好一会儿后，有人竟然开口了。这开口的人，就是老典。本来老典这人平时就不怎么喜欢说话，性格也倔，不知人情世故，为一报一纸的小事，都可与人吵，所以四面树敌。老典一个人在西藏，也没什么亲戚，不管谁对他有多不好，都没有人帮他说话，但他好像也不以为意，更很少管别人的事，大会小会上几乎不可能见到他发言。所以，一听老典说话了，大家都很惊讶，都抬起头，看着他。而更令大家意想不到的事情是，老典竟然是在为二龙说话！

那次最终的评选结果，虽然二龙还是没评上优秀，但二龙自此对老典这个人的印象大为改观。这改观当然不是因为老典帮二龙说了好话，而是因为老典说了实话。二龙平时也是一个寡言少语的人，极不擅长推销自己，所以，虽然活干得很多，知道的人却没几个。那次会上，二龙也不知道老典是怎么知道自己干了那些活的，但老典却实实在在举了好几个证明二龙是干了事情的活生生的例子。这些例子虽然因为只是一个人在说，只是一个人在作证，所以也没起多大作用，但二龙已经非常感动了。自此以后，他和老典成了朋友。

所以二龙觉得在离开拉萨回内地休假之前，应该给老典打个招呼。但二龙没想到，在他轻声地叫了一声老典后，老典竟然理都没理他，还是一个人孤独地站在那个台阶上纹丝不动。老典本来就是背对二龙的，二龙怕他没听清楚，就又稍微大声叫了一声，没想到，老典竟然还是没有理二龙。

二龙只有苦笑了。他摇了摇头，想老典一定是在想什么心事，看来是已入佳境了，自己还是不打扰他的为好，所以，就悄悄地拉着包，走了。奇怪的是，二龙拉着行李时，行李包两个接触地面的轱辘与地面摩擦发出的不算太小的“咕咕”声，也没把老典从沉思中拉出来。

六

我来到上次见到卓玛的那个酒吧。一进去，昏暗的空间里面依然是灯光摇曳，觥筹交错之间弥漫着各种各样令人沉迷的气息。我看到卓玛已经到了，她正坐在一个角落微笑着冲我举杯招呼。我走近，她指了指对面的一个空位，我坐下，发现这次卓玛身边又多了一个黑脸，但看起来很健壮的年轻人。

“这是次洛。”她指了指那个年轻人。我连忙站起来，伸出手，和那叫次洛的握手。但次洛却很冷漠，只是稍微离座欠身，礼节性地碰了碰我的手，站都没站起来，碰了我的手后，就又坐回原来的位置，扭头看酒吧一个角落里两个摇滚歌手声嘶力竭的表演，之后就没再理我。我只好尴尬地坐下，看着卓玛。

“他就是这德行，见谁都这样，你别见怪。”卓玛似乎有点歉意。

“没事。”我说着没事的同时面部部分肌肉不受控制地颤动了一下。卓玛明显察觉到了我那装出来的不在意，却马上转移话题，说：“很高兴你能来为我出出主意。”

我摇了摇头，说：“出主意谈不上，但我们可以聊聊。”随后我问卓玛，孩子是在拉萨读的小学吗？她回答是。我问她成绩如何，她说还可以。我又问，小家伙独立性强不强？比如平时是不是很依赖父母？是不是什么事情都要父母照顾着做？卓玛点点头，说是啊，虽然她家是少数民族，允许生两个孩子，但哥哥嫂嫂却只想要一个，正因为这样，所以孩子从小就被当成了家里的宝贝，什么都依着她，什么都惯着她，因此独立性很差，现在十二岁了，连自己的袜子都还不会洗。

我听了，举起杯子，说："那你觉得，孩子到内地，就能锻炼独立性了吗？""我们都是这样想的吧？"卓玛也端起杯子，和我碰了一下，说，"所以我们才想是不是要送她到内地去读书。"我说："可是你们又舍不得，害怕孩子到内地去受苦？"卓玛把杯子放在桌上，沉默了一会儿，说："是啊，所以我才向你请教嘛。"我笑着摇了摇头，给她已经空了的杯子里面加满了酒。本来想和那叫次洛的小伙子喝一杯，但见他似乎完全没心思理我，也就只好作罢。

"你倒是给一个明确的建议啊。"卓玛有点急了。"我给你讲一个故事吧。"我说，"一个听起来可能有点虚构的故事。""故事？"卓玛似乎有点蒙了，她怔怔地看着我。

我点点头，然后问她："你最近和二龙联系没有？""二龙？"卓玛丈二和尚摸不着头脑，"这和他有什么关系？我只是知道他是把孩子送到内地去读书了，还让他老婆不工作了，专门回去照顾女儿。"

"那我们就从他把女儿送到内地说起吧。"我边说，边从包里摸出一包烟，拿出两支，递了一支给次洛。这次他倒没不理我，而是伸手接过，还掏出打火机，主动为我点燃。我就在烟头燃起的那点光亮中，给卓玛说起了二龙。

七

二龙和老婆女儿先坐了两天两夜的火车，再乘了一天的汽车，终于回到了那个生他养他的家。到了家，二龙的母亲当然很高兴，甚至在见到他们时，还没说一句话，就已经掉下了泪。二龙和老婆一样，也是一个内敛的人，不怎么擅长表达情感，但在母亲的眼泪面前，却也忍不住鼻子有点发酸。二龙的父亲几年前去世了，现在家里只有母亲一个人。

刚好二龙大哥的女儿小雨也回来了。大哥和大嫂已离婚十多年，小雨一直由爷爷奶奶带大。后来高中毕业，到广东打工。现已打工两年。在打工时，小雨认识了一个陕西农村的男孩子。那男孩子长得很不错，二龙在网上见过照片，可据说就是家里太穷，连房子都没有。二龙的大嫂虽然和大哥离婚了，作为母亲，当然不希望自己的女儿嫁给一个穷小子。但小雨却不知怎么的，就认定了那小伙子。听小雨的小姨说，两人已经爱得死去活来。陕西小伙子在小雨小姨开的厂里打工。为了把两人分开，小雨的小姨甚至想了一个馊主意，故意找茬开除了他。但即使这样，小雨却还是拼死要和那小伙子在一起。在已经完全没办法的情况下，二龙的大嫂只得让小雨回四川。那时恰逢二龙的母亲六十大寿。按四川农村的风俗，六十岁生日是大事，必须大张旗鼓操办才行，因此家里人必须都回去。二龙这次回家，除了送女儿回来读书，也为了给母亲做寿。但二龙的大嫂还有一点心思，就是想让二龙这个读书人劝劝自己的侄女，让她不要再和陕西那穷小子来往。

其实二龙自己也不知道怎么劝侄女。但现在母亲一见到自己一家人回来时那种激动，让二龙心里突然有了想法。

中午大家聚在一起吃饭时，二龙刚端起饭碗就走到了母亲面前。大家都很奇怪，不知道二龙想干什么。二龙不顾大家的注视，只是走近母亲，然后把她扶到上座，再一下子跪了下去！二龙跪得很有力度。他虽然人不高，但下跪时瘦小的身体也因突然下沉，导致膝盖与地板相碰时发出了“咚”的一声响。大家都不知所措地看着二龙。本来在这样一个一家人团聚的日子，应该是很高兴的。但二龙这一跪，却让大家心里不知二龙到底在干什么。四川人很少有当着人下跪这样的过激行为。如果一旦下跪，说明肯定就会有重要事情发生。

二龙却什么都没说，只是在母亲坐好后，马上给她磕了三个响头！

这几个响头，震撼了母亲，也震撼了在场所有的人。

二龙的老婆在他磕完头后，呆呆地问二龙："怎么啦？发生什么事了吗？"

二龙不语，只是默默地把刚才已经完全发愣了的老人家扶在原位坐好，才开始说话。二龙这一番话说完后，在场的人马上陷入了一片沉默。

二龙说，自古有句话，叫"父母在，不远游"。可是自己学校一毕业，就去了遥远的西藏，从此后因为工作，每年都难得回来一次。特别是在西藏都十几年了，自己竟然只有两个春节回家。这虽然不是因为自己的原因，不是自己不想回。说到这里，二龙的语音有点颤抖，手也有点不听使唤，二龙的老婆连忙上前，靠住自己的丈夫，生怕他因为激动，而发生什么意外。二龙却轻轻拂开老婆的手，继续说，之所以这样，还有一个最重要的原因，就是西藏太远了，远得我们要回来一次，都要几天几夜！而且，如果是一家人回来，更是麻烦，麻烦得就像出了一趟国！在场的人听了，顿时唏嘘声一片。二龙母亲更是不停地挽起袖子擦着眼角。二龙的语调虽然都有点失常了，但还是坚持继续说着话。他说，如果上天再给我一次选择的机会，我一定会留在母亲的身边，一直照顾老人家到老，而不会跑到那么遥远的西藏去！

全家人因二龙这番话，那顿饭都没吃好。而二龙看到侄女小雨当时也低下了头，坐在桌子的一个角落，不声不响地拨弄着碗里的饭。二龙知道，侄女听进去了。侄女是爷爷奶奶从小辛辛苦苦养大的，当然不希望自己以后离奶奶那么远，从而没办法照顾老人家。

当晚二龙和妻子上床时，两人却吵了一架。

妻子说，你是不是一直在预谋要我辞了工作回来照顾婆婆？二龙说，我说那话的意思，只是为了劝说小雨不要嫁那么远啊，和你说的有什么关系？即使你是为了劝说小雨，也是为了想给我一个暗示吧？二龙的老婆穷追不舍。让女儿回来读书，我们不是在拉萨就商量好了的吗？二龙说。什么商量好了？既然你都知道不让小雨嫁那么远，可你为什么却要让我和点点离你这么远？！妻子很委屈，继续说，照顾婆婆我没有意见，可是你没必要说得那么冠冕堂皇，说只是为了点点！

二龙当晚没再说话。妻子在一旁默默流泪，但老典的故事却又开始在二龙的头脑中再次萦绕。

二龙在内心自己给自己讲有关老典的故事。

八

老典是标准的“藏二代”。老典的父亲是当初西藏和平解放后的第一批进藏人士。因老典是在西藏出生，所以理所当然地成了“藏二代”。老典的父亲在西藏扎了根，一扎就是几十年。他先是结了婚，后来又生了老典。但在老典十五岁的时候，母亲却因为一场意外去世。后来老典的父亲没有再娶，而是一直独自带着老典生活。老典因此一直在西藏读书，之后参加工作。没想到，在老典参加工作十年后，父亲却被查出有了心脏病，而且是很严重的那种。有心脏病的人是不适宜继续在高原待的，无奈，老典的父亲只有退休回到内地，从此再也回不了高原。

老典的父亲还在西藏的时候，老典就已经结婚，并有了一个女儿。后来，就像宿命一样，老典的妻子也早早就过世了。刚开始，父亲还在西藏，可以帮着老典照看孩子，可后来父亲回了内地，老典就忙不过来了。在实在没办法的情况下，只有把女儿送回内地，让有心脏病的父亲帮着照看。虽然女儿回到爷爷身边时已接近十岁，但一个身体虚弱的老人，除了最基本的衣食住行外，也实在没有更多的精力来照看孩子。如此，孩子几乎就处于一种放养状态。

这些事情，是二龙在和老典熟了之后，有一次老典给二龙说的。那天晚上，老典一个人无聊，就请二龙到他家喝酒，在喝酒的过程中，老典给二龙说了这些事。

“你知道后来我有多么难受吗？”老典当时边喝酒边和二龙说。老典的情绪已经被酒精完全调动起来了，很激动。“当时，我一个人在西藏工作，让一个有心脏病的老父亲，照看自己才刚刚十来岁的女儿！”

“可是你为什么不申请调回内地去，和他们在一起呢？”二龙问。

“调？”老典大大地喝了一口酒，那天晚上两人喝的是白酒，二龙发现老典喝多了，想阻止，可老典已经又把一杯酒灌到肚子里：“你知道当时因为身体不适宜留在高原工作的人有多少吗？每个单位都不知道有多少因为在高原待久了，从而导致身体越来越差，出了这样问题那样毛病的人在等着调回内地呢！虽然我因为母亲去世得早，后来成绩不好，只读了一个初中就凭当时的政策参加工作了，但我的身体却一直都很不错。你说，我这样一个身体健康，那时又那么年轻的人，怎么好意思去与那些真正有病的人抢调回内地的机会？”老典的喉咙“咕嘟”响了一声，他又往自己的杯子中倒酒。二龙连忙按住。老典掰开二龙的手，笑笑：“放心，我不会多喝的。”在倒酒的时候，二龙说：“可是你家里毕竟有两个人都需要你照顾啊。”“是啊，他们是需要我照顾。可是说实话，我内心也很想回去，但当时，无论是因为身体原因，还是因为工龄什么的，我都实在是没内调资格啊！”说到这里，老典用手擤了一下鼻子，问二龙：“你知道我自己最伤心的事，是什么吗？”老典没再说内调的事情，一下子转移了话题，可是二龙却看到他在转移话题的同时，已经是一把鼻涕一把泪了，所以，他也鼻子一酸，不忍心打扰他，只是听他说：“是在父亲因心脏病去世的时候，我竟然没在他的身边！”老典的情绪已经越来越沸腾，“你知道吗？因为那时西藏的交通比现在更不便，连电话都很少，所以，父亲最后一次心脏病发作进医院的时候，我竟然一直都不知道！直到父亲已经病危，医院发来了加急电报，我才知道！后来，我赶紧请假回去，可是路上就走了整整五天！等我到了医院，父亲早就已经去世了！”老典说到这里，情绪已经完全燃烧了起来，整个面部表情就像一根被用强力扭曲了的麻花，根本看不出原有五官的正常样子。

当时，二龙只有静静地坐在老典的对面。他知道，现在只有静默，才是陪老典最好的方式。

终于，老典似乎也知道了自己的失态，他抬起头，擦了擦眼睛，又端起了酒杯。这次二龙没有劝他少喝。他甚至也端起杯子，也和老典一样，一饮而尽。

等老典的情绪终于恢复了一些，二龙忍不住问："那你的女儿后来谁照顾呢？"

"女儿？"老典的嘴角上扬，脸上浮现出了一种人命不由天的感慨表情，"自从她爷爷去世后，她就再也不理我了。说我平时就没照顾过他们爷俩，而爷爷过世时我没在身边，连老人家最后的时光都没能陪着度过，她对我更是有怨言。唉……不过幸好那时她已经读初中，可以自己照顾自己了。"

"哦，那她现在在哪里呢？"二龙问。

"现在？她后来读书倒蛮用功了，不像我，读书的时候成绩稀烂。"老典自嘲地说，"她经过个人努力，后来上了大学，不过毕业分配之后，就再也没见过我的面。我叫她到西藏来，她说不想和我待在一起，还说反正她小时候我就没管过她，大了，也更没必要再管了。她已经完全把我当成了杀死她爷爷的凶手。"

二龙亲眼看到老典那晚是怎么喝得烂醉如泥的。二龙把老典扶到床上时，他口中还在喃喃自语，似乎一直在说："我是凶手……我是凶手……"

九

"我是来问你有关我侄女上学的问题的，你怎么给我扯这些呢？"卓玛看着我，似乎有点哭笑不得，"不过，"她话锋一转，"故事倒是挺吸引人的。也好，不管有没有关系，你也算给我讲了一个好听的故事。呵呵，继续讲。”她边说，边给我倒酒，而我因酒精的刺激，也更口若悬河。我相信我已经把这个故事讲得是我能力范围内最好的版本了。

“继续讲，就讲到二龙的母亲那里了。”我将一口酒在口中“呼噜”转了一下，大概整理了一下思路，把酒吞下，又开始说话。

“二龙的母亲？”卓玛有点惊讶了，“这故事和那老人家有什么关系？”

“关系可大着呢，”我说，“你知道为什么二龙一定要把孩子送回内地吗？有一个很重要的原因，就是因为二龙的母亲得了癌症。”

“癌症？”卓玛显然吓了一跳，“你不是说二龙回家，一是为了送女儿回内地读书，一是为了给他母亲过六十大寿吗？这怎么就得了癌症了？”

“送女儿和过寿，都是原因，”我说，“但其实最重要的原因，就是因为二龙的母亲在一年前得了子宫癌，不过这事情，虽然全家人都知道，就是二龙的母亲不知道！”

卓玛就像二龙听老典讲他自己的故事一样，也在静静地听着我讲二龙的故事。

二龙的母亲的确是在他送点点回家读书的前一年，得了癌症。当时，二龙的姐是哭着打电话给他的，说妈妈得癌症了，这怎么得了？当时二龙头也“嗡”的一下就大了，完全不知所措。在二龙怔了可能有五六分钟后，二龙的办公室里所有人就突然听到二龙“哇”的一声就哭了起来。那哭声，完全可用“撕心裂肺”这个词来形容。

二龙第二天坐飞机回到了四川，之后，马上将母亲送进了医院。不过有一点比较好的是，在刚预知母亲有可能是癌症时，二龙的大哥就已经给全家人封了口：绝对不准当着老人家的面说她有可能得了癌症，就是确诊了，也照样不准说！这个禁令起了很好的效果。后来，真的确诊了是癌症之后，全家人也都只是给老人家说她自己的腹部长了一个良性肿瘤，还说只要做了手术，就没事了。

二龙的母毕竟一直在农村生活，没见过什么世面，就是后来做了那么大的一个手术——切除子宫，但老人家竟然也丝毫没有怀疑什么，认为只不过就是一个肿瘤而已，没什么大不了的。后来医生说，如果要让老人家活得久一些，必须做化疗。在这时，二龙和他的哥哥姐姐陷入了深深的内心挣扎之中。

因为他们知道，一旦化疗，老人家必然就会得知自己得了癌症。这个基本常识，任是在农村生活了多久的老人，都会明白的。可她如果知道了真相，心里肯定会害怕。二龙亲眼看到很多癌症病人不知道自己得了癌症时还会多活一些时日，可一旦知道了，就会马上离开人世。因为他们大部分都是被吓死的。但如果不化疗，三兄妹真不知道老人家会不会能多坚持一段时间。

可就在一家人不知如何决策的时候，二龙却必须回单位上班。没办法，在老母亲是否化疗这么重大的问题都还没决定下来的时候，他就不得不走了。一回西藏，二龙就被老典叫去喝酒，给他说了自己的那些事情。

十

二龙因为母亲，老典因为女儿，两人在母亲和女儿的问题上有差不多的感受，所以两人在之后的日子里越来越有了共同语言。二龙后来还问了老典，到底该不该给老人家做化疗？老典看了看二龙，问了一个问题，你觉得癌症病人有治好的吗？二龙摇了摇头。那你知道化疗是怎么一回事不？老典继续问。看电视上，是非常痛苦的。二龙回答。是啊，反正都治不好了，反正化疗也要受那么大的痛苦，你何必不让老人家就好好地度过她的余生呢？老典刚说到这里，二龙的大哥就打电话来，说他和二龙的姐已经决定就继续瞒着二龙的母亲，就让她好好在家静养，不做化疗了。

当时的二龙，真是不知道该怎么办。听大哥说，母亲因为不知道自己的真实病情，只认为割除了一个肚子中的大肿瘤，所以出院回家后竟然心情大好，还说幸亏发现得早，否则，那大东西就会害了她了！因此，老人家竟然慢慢地恢复了生病之前的状态，甚至身体还长好了！二龙听了，除了惊讶，就是为母亲感到高兴。但他自己知道真实情况，所以，还是想回内地多照看母亲。不过自己因为工作没办法，二龙就想，看是否能让孩子回内地读书，不让妻子工作了，就让她一边照顾孩子，一边照顾母亲。

但二龙却没把让妻子回内地也是为了照顾母亲这一目的说给她听，所以，二龙的妻子虽然一直有所怀疑，但也不好说出口。毕竟，哪个儿媳都不会在自己的老公面前说自己不想照顾公婆。况且二龙的妻子也不是不愿意照顾老人家，只是不愿意和二龙分开。所以，在二龙从银行贷款在老家买了房子，再决定把孩子送回老家时，二龙的妻子都没表示激烈的反对。

“那在这种情况下，二龙怎么还会想到回去做寿呢？”卓玛问我。

“四川有个习惯，一旦家里经常发生什么不顺的事，就会以做寿的名义来冲喜，认为这样会带来好运。”我说，“而且，经过一年，二龙母亲的身体竟然真没有任何状态出现，已经完全不像一个癌症病人了。这事真是出乎大家的意料。为了庆祝这一意想不到的事情，所以，二龙全家一致决定，给老母亲做寿，以求喜上加喜。这样，二龙就带着老婆孩子在第二年回到了那个叫南溪的小城。”“哦，寿礼还办得热闹吧？”卓玛问。“那是当然。”我说。“那后来呢？”卓玛追问。那个叫次洛的小伙子似乎也终于受我讲故事的热情感染，主动凑了过来，听我讲，还不停地掏出自己包中的烟，一支支地给我点燃。后来，我和他口袋中的烟全都吸完了，他还主动到外面去买了两包。

“后来？后来二龙把老婆孩子送回四川再回西藏后，老典就已经去世了。”

“老典去世啦？”卓玛和次洛都吃了一惊。

十一

二龙怎么也没想到，他那次和老典打招呼老典没理，竟然就是他和老典的永别之时！二龙现在一想起这个事情就后悔，可以说是“肠子都悔青了”。不过二龙回来后，倒听说了一件事，就是老典的女儿在老典突然去世之后，还是回到了西藏。但老典的女儿看到的，也只是老典冰冷的遗体。

老典的去世，单位上谁都感到突然。本来，老典的身体谁看着都觉得很好，虽然像二龙一样瘦小，但精神劲肯定不差二龙，虽然他比二龙还大那么多岁。但一天早上，工作几十年从来没迟到过的老典，竟然一直没去上班。当时单位里有的人还幸灾乐祸地调侃，说一个一辈子都那么认真负责的人，怎么也学会了不守纪律啦？因平时老典得罪单位里面的人比较多，所以，大家和他来往得也比较少，可以说除了二龙，就没有人和他有过什么接触。又因为老典在收发室上班，这也不是一个特别重要的部门，那里有人无人大家也不会特别在意。可过了一天，老典还是没来上班，有人就觉得奇怪了。到第三天时，有个领导问，他的特快专递都从北京寄了一个星期了，怎么还没到，要求问一下老典是怎么回事。这下才有人突然想起，说他已经有好几天不见人影了。因为是领导交代的事情，所以，单位里面的人就特别重视，大家一起找老典。可是，打老典的电话，不管是手机还是家里，都没有人接。去敲他家的门，也没有人开。大家这下才慌了，都说老典怎么就失踪了呢。这时有人提议，干脆把老典家的门砸了，看能不能找到线索。开始时还有人迟疑，但毕竟还是领导的特快专递要紧，所以，后来大家也就不管不顾地砸开了老典的门。一开门，竟然没发现老典。一干人在屋内转了一圈，有人还在开玩笑，说这老头是不是和哪个美女私奔了，于是大家都开始笑，可就在此时，一个女的突然一声尖叫，把大家都吓了一跳！随即大家看到，在那个尖叫的女的脚边，也就是在老典的床底下，露着两个光光的脚板！

老典被从床底下拖出来时，已经全身僵硬。他表情痛苦，五官完全扭曲，四肢更是缩成一团，完全不成人样了。

此事马上惊动了二龙的整个单位。但奇怪的是，二龙竟然从头到尾都没有听单位的人说过老典的死讯。即使二龙偶尔在休假时因有事打电话回单位，也没有人向他提起过。这样，直到把老婆和女儿都安置在了那个江南小镇南溪，再把母亲也接到城里和老婆一起居住，再把所有的假都休完了回到拉萨，才知道老典已经不在人世了！

二龙听说，老典的女儿回西藏后，居然没有掉一滴眼泪。她只是默默地把父亲的后事处理完，然后就又一声不响地回到了内地。听人说，老典的女儿什么时候回内地的，都没有人知道。

十二

“这女儿也太没人情味了吧？”卓玛不禁有点气愤，甚至还觉得很不可思议，“那去世的人，毕竟是她的亲生父亲啊，她怎么能这样呢。”

“也许她内心也很难受，只是因为从小没有亲人照顾，所以，养成了那种不善表达内心情感的性格吧？”次洛竟然也开始帮着我们分析起来了。

“但也不至于那么绝情啊。”卓玛反驳。

“这也不一定就叫绝情，我一个朋友好像也有过这种经历，她说她父亲去世时，她就一滴泪都没流。”次洛兴致越来越浓。

“你朋友？哪个？”卓玛问次洛。

“还有哪个，不就是卓玛嘛。和你一样名字的那个女孩儿。”次洛回答。

“你女朋友啊？”卓玛明显又开始好奇了，“我知道你女朋友早没有了父母亲，但没听你说过她有过这样的经历啊。”

“怎么，你女朋友也没有了父母亲？”我也好奇了。

“是啊，她很可怜的，不过她从来不在我面前说到底是怎么回事，也不说她这么多年的生活到底是怎么过过来的。我只知道她很优秀，从小就全凭着她一个人，在内地长大。”

“哦，这么能干？”我问。

“是啊，她还是一个汉族，而且有汉族名字呢。”卓玛在旁边说。

“汉族名字？”不知怎么的，我也成了像卓玛一样的好问者。

“是啊，她的汉族名字叫黄卓。”卓玛和次洛几乎同时说出了“黄卓”这个名字。

十三

二龙的母亲后来还是去世了。在母亲没去世之前，二龙的老婆因听了二龙讲的有关老典的故事，也就没再说什么，只是安安心心地待在那个小城里侍候着婆婆，照顾女儿。但母亲一去世没多久，老婆就要求立刻带着女儿回拉萨。但二龙觉得内地的教学条件也的确比拉萨要好，想反正两母女都习惯那里了，所以就想让老婆一直待在小城带着女儿读书。但老婆后来的态度却越来越坚定，非要回拉萨不可。之后二龙和她吵了几次，态度也就渐渐软了下来，不过还是一直都没有松口。

后来一天晚上，我、二龙和卓玛，三人又一起聚在了某个酒吧。

我问卓玛，她侄女的事情怎么样啦，是决定在拉萨读书还是到内地去读？卓玛回答，在拉萨。我问为什么决定在拉萨呢。她笑笑，说，还不是因为你讲的故事啊。二龙问我讲了什么。我不回答，只是指着卓玛对他说，你知不知道，除了她之外，我又认识了一个叫卓玛的女孩儿？

“又认识了一个叫卓玛的女孩儿？”二龙似乎一点儿都不意外，“拉萨叫卓玛的女孩儿可多得数都数不过来啊，多认识一个同名的人，有什么奇怪呢？”

“可是，那个叫卓玛的女孩儿，还有一个汉族名字。”我也像卓玛和次洛开始给我讲的时候那样，有点卖关子。

“汉族名字？”果然，二龙也有点好奇了。

“是啊。她还叫黄卓。”我说。

“黄卓！”二龙果然惊讶了。

我当然知道他惊讶的原因。因为，最初只有他知道，老典女儿的名字就叫“黄卓”。我知道这事，也是听二龙给我说的。

“你竟然在拉萨见到她啦？”二龙明显有些不适应，“她父亲在世时，她都从来不回西藏看她父亲，她父亲去世了，她也没掉一滴眼泪。可她现在竟然在拉萨，回到了她父亲在世时她都一直不愿意回来的拉萨？”

“是啊，不仅在拉萨，还是卓玛弟弟次洛的女朋友呢。而且，他们正在准备不久后结婚。”我说。

二龙听了我说的话，有点怀疑。我知道他现在应该表现出这种怀疑的表情才对。在他怀疑的同时，我示意他问问卓玛。果然，在卓玛肯定的眼神里面，二龙相信了。

“她为什么会舍得放弃内地那么好的工作，到拉萨来呢？”二龙问。

我听二龙说过，黄卓在内地大学毕业后，进了沿海一家待遇非常好、前途也一片光明的外资企业。

“她对我弟弟说，她再不想和家人分开了。她说，既然已经决定要和次洛结婚了，那她什么都可以放弃，不管内地有多好的工作，也不管这里的海拔有多高，氧气有多稀少，只要能在一起，就行了。”似乎为了证明她说的是黄卓的原话，卓玛说话的语速很缓，好像在一个字一个字地认真回忆，再一个字一个字原封不动地说给二龙听，“所以，不管怎么样，只要孩子能和我们在一起，我们一家也就满足了。”她转过头，对我说。

二龙听了，若有所思地抿了一小口杯子里面的酒，好久都没再说一句话，只是反复地把弄着他手里的酒杯。直到我们和他碰杯，他才好像突然从梦中惊醒一样，和我们一起举起了杯子。

十四

之后我和卓玛一起回到了内地。我们偶尔也会回到拉萨，来看看这里的人。见得最多的，还是穿着藏装、已然说着一口流利藏语的二龙一家人。二龙女儿点点脸上的高原红，与从小就在拉萨长大的卓玛已经差不多了。

而最让我意外的，是听说点点后来也有了一个藏族名字。当然，也叫卓玛。

铁匠的女儿

◎ 格央

她是我孩提时候的亲密伙伴，如今再见时，她已经是一个赏心悦目的陌生人了。但在我的内心深处，那童年时的温情还明朗可见。

很小很小的时候，她就已经出落得非常标致了，大家都叫她“小美人”，她因此成了我嫉妒的对象。那时候的我，时常幻想突然有一天她会变得非常丑陋，而我自己则长得和笔记本夹页里的时髦女郎一模一样。那拼命幻想的一年，我刚刚八岁。不久之后，我随着父母离开了故乡。要走的前一天晚上，她如往常一样和我在镇外的土坝子上玩，突然，她问：“你走了以后还会回来吗？”

“我想会的。”

“你回来的时候一定会变得很漂亮的。”

“为什么？”

“因为从外面来的人都很漂亮啊！”她有些悲伤地说，“你会比我漂亮的。”

她的话让我变得很高兴，那一刻，我觉得自己美好的新生活就要开始了，变得比她漂亮是我一直以来的幻想，可是当我自认为这个幻想就要实现的时候，我却突然觉得有点对不住她，于是我把头上的发夹送给了她。遗憾的是：十几年之后，当我再一次回到故乡时，我发现她还是要比我美丽很多。

我的故乡是一个淡泊的小镇，就像一幅简单的素描，一目了然。小镇的中心是一个挂满经幡的黄色的三层护法神殿，围着神殿是一圈光洁的石板路，镇上无事可做的老人们几乎把大部分时间花在了这条路上。转累了，他们也休息一会儿，坐在路边分吃几个干果或者一块冰糖，那种发自内心的满足洋溢在他们刻满岁月痕迹的脸上。护法神殿的不远处是一个不大的浮华的市场，不论是否下雨，里面永远泥泞难走。然后就是几条窄街和一些小小的院落，错落而稠密，间或有一些小酒馆，充满了生气和喧闹，昼夜回荡着脚步声和歌声。

秋天是小镇最美的季节了，并不单纯是因为有收获的果实，我更钟情的是秋雨滋润的草原上那一昼夜间长出的白白的草蘑菇。草原就在镇外，蘑菇常常采，常常吃。所以回到故乡的第二天，我就迫不及待地提着儿时用过的篮子出门了。

蘑菇刚刚采了一捧，就听见身后有人叫我："回来啦？"

"回来了。"我习惯性地应了一声，回过头，却见一个美丽异常的姑娘笑盈盈地立着。她的脸对我来说真的很陌生。

"不认识了吗？我是姆娣。"她说，"我还记得你的篮子，那是我们小时候一起用过的。"

我看着她，欣赏着她美丽的眼睛和鼻子，耳畔响起她儿时说过的话。这时候，我突然不由自主地摸了摸后脑勺，担心头发散了，会让自己在美丽的她面前显得更加难看。

这一刻，我突然明白了：天生的丽质是任何后加雕琢都无法比拟的。想通了这点之后，我心底那蠢蠢欲动的嫉妒竟然不见了。我欣赏着她，就像看一件精美的艺术品，愉悦的感情油然而生。

那天，在我们共同的努力之下，我小小的篮子里很快盛满了白白的蘑菇。我们一起往回走，半路上遇见了我的一个表姐，她说几个朋友正聚在她的家里，硬是拉上我们一起去了。

大家围坐在一起，喝上了酥油藏白酒。按照习惯大家是共用一个杯子的，可是我却看到表姐在姆娣的前面放了一个杯子。当时我并没有对此特别地在意，所以当那个被不断斟满并依次传递到每一个客人手里的杯子到了我的手里之后，我一饮而尽，随后斟满酒杯递向了姆娣。姆娣似乎伸手要接杯子，却又犹豫了一下。这时候我的表姐伸出手把杯子接了过去，马上，另一个斟满了酒的杯子被递到了姆娣的手中。她喝了一半，将杯子放在了自己的前面，没有再传下去。大家又开始有说有笑起来，仿佛什么都没有发生。我却感到有点尴尬，毕竟这是在我的表姐家里，况且这种不平等对待的行为做得实在太明显了，在坐的各位都穿着居家的衣服，看上去根本没有姆娣干净，那么表姐她们为什么会这么做？我感到很是奇怪。回头看看姆娣，她好像并不在意，我便想也许是自己过分地敏感了。

在表姐家一直待到黄昏，我不胜酒力，便拉着姆娣一起溜了出来，她把我送到家门口，临走时约我第二天去她家吃饭。“你会来吗？”离开的时候，她再一次这么问我。

“当然了，我一定会来的。”

“如果，”她迟疑了一下，“如果你外婆不让你来，那你就不要来了，我不会怪你的。”

她的话让我很奇怪，是外婆和她的家里有什么过节，还是因为有什么别的缘由？我没有刨根问底，我只是答应她，说自己一定会去。

第二天的下午，我拿上外套想要瞒着外婆溜出去，刚走到院门，就听见舅舅的声音：“到哪儿去？”

“去姆娣家。”实话脱口而出，我要后悔已经来不及了。

“姆娣家？”外婆从厨房的窗里探出头来，“你什么时候见到她的？”

“昨天，我去捡蘑菇的时候。”现在，我打定主意实话实说。

“你去她家做什么？”

“她叫我去吃饭。”

“吃饭？”外婆露出惊讶的神情，“她怎么能叫你去吃饭！”

“为什么不可以？”

“她是铁匠的女儿，她的血是脏的，我们可不能吃她的饭。”

在我的记忆里，姆娣的父亲是一个温和的人，靠半农半牧生活的他好像并不曾做过铁匠，可外婆坚持说虽然他现在不做这一行了，但二十几年前曾经有过的事实是不可以被否认的，并且即便她的父亲不是铁匠，可她父亲的父亲确实曾经以此为生，这已经导致她的血液不干净了。

铁匠为什么是个不洁的职业？简而言之，就是因为他们制造了各种器械，这些东西被广泛地用于屠宰牲畜和战争，而杀生从佛教的观点来看是罪恶和肮脏的。我不认为这个想法有什么不对，我疑惑的是难道铁匠的血液里真的有某种不洁的东西可以遗传给后代，甚至可以玷污别人吗？

那天，我没有违背外婆的意愿去姆娣家吃饭。为了礼貌起见，我让小侄子带了一个口信给她，就说突然有了一件急事，无法脱身，改天再见。当时，我并没有感到特别地内疚，几天之后，我才意识到自己已经重重地伤害了她。

几天后，再见她是在小镇的市场上，她提着一大袋东西非常吃力地走着，我正好迎面而去，彼此点头微笑。我向她提起了上次失约的事，想要表示歉意，不料她却突然变得局促，不安地说："这事不能怪你，是我不好，我怎么能叫你到我们家吃饭呢？我父亲也为此骂了我，本来，我以为……"她突然停住不说了。

"你以为什么？"

"你是从大地方来的，我以为你会不在乎。"她说，"我知道自己的血不干净，不过我没有想要玷污你，我只是很简单地想要和你吃吃饭聊聊天，我没有别的意思，我真的没有别的意思。"她的双颊慢慢转红，直到整个脸庞布满了火烧似的彤云。

我看着她，一时不知自己该说些什么。她也沉默着，一双忧郁的大眼睛欲言又止。许久，我听见她说再见，随后她又提起那一大袋东西朝前走了。这时候，我突然意识到自己渴望再续的友情就此画上了句号。

我很不愉快地回到了家里，刚进院门，就听见外婆唤我，她要我和客人打个招呼。客人是两个女的，大概是母女俩，老的那个衣着普通，不过眉目之间风韵犹存，年轻的那个在这个小小的镇上真可以称得上时髦女郎了，很有点城市人的味道，只是脸长得很一般，一切都是淡淡的，显得没有轮廓，再细细一看，总觉得某个地方有些松弛，却又指不出具体的点。

表哥诺桑坐在一旁，显得有点不自在，这种情况在平日里可是不多见的，我便猜到那个姑娘就是舅妈多次提到的，想要娶回来做媳妇的尕庸了。

整个相亲的过程很顺利，大家都显得很高兴，除了表哥诺桑，他安静地坐在一旁，偶尔用是或不是来回答别人的提问，间或也点点头。在我的感觉里，他对这个姑娘好像不太满意，好在其他的人似乎并没有这种感觉，姑娘的母亲侃侃而谈，话语中露出一种浅浅的优越感。姑娘嘛，自然有些羞涩，微低着头，也不说话，但她和表哥诺桑显得完全不同，她的脸上有一种由衷的喜悦，舅舅很高兴，舅妈很高兴，外婆也很高兴。如果把表哥诺桑去掉，这真是一个皆大欢喜的美丽场面。问题是，若真的把表哥诺桑去掉，他们还会有皆大欢喜的原因吗？我真的很希望自己对表哥的猜测是错的。

表哥诺桑在这个小小的镇上可是个大人物了，三年前，他从成都毕业回来就成了小镇上唯一一个从内地回来的大学生，在这个小小的镇上，除了两位年事很高的老喇嘛之外，他成了大家心目中最有学问的人了。虽说小镇上的家长并不在意要把孩子送去上学，更不会为此做些家长们应该做的努力，孩子在知识方面的成长完全要靠他们自己，但另一方面，他们对有知识的人却是非常尊敬的。为此，我觉得他们是非常矛盾的一体。

表哥诺桑倒是不负众望，不仅书教得不错，小镇上芝麻大的一点小事，只要是需要写写算算，表哥诺桑都会义不容辞地承担下来，况且他还充分继承了舅舅英俊的外表，我最喜欢的是他的鼻子，从小到大我都固执地认为他的脸棱角分明的最根本的原因是这个优美的大鼻子，因此如果有可能的话，我想我早就在某个他熟睡的夜晚将他的鼻子和我的调了位置。这样的事情一直没能发生，而我对自己不雅的鼻子也已经习以为常了。

虽然舅妈再三挽留，姑娘和她的母亲还是没留下吃饭。我为此心里暗暗地高兴，没有外人在，我狼吞虎咽也就无所谓了。

这以后的几天，那个叫尕庸的姑娘成了外婆和舅妈谈论的主要对象，我从中知道了姑娘很多的情况，她的父亲是镇上唯一的一个医生，据说很多很多年以前曾经在拉萨藏医学校里当过小学徒，直到现在这还是他最引以自豪的一点。不过从我的观点来看，他应该引以自豪的是他们在镇边拥有的小果园，那里面长的苹果、桃子、梨子和核桃总是让我垂涎欲滴。我听说尕庸是识字的，而且长期在做医生的父亲身边生活，耳濡目染也就认识了不少草药，但这两点对舅妈和外婆来说都是无关紧要的，除此之外姑娘本身倒没有特别值得一提的地方，只是出生在了一个条件较好的家里，便也显得有优越感了。

这桩婚姻在众人的赞叹声中确定了下来，只有一个人隐约中显得有些悲哀，至少在我看来他绝对没有欣喜若狂，他就是表哥诺桑。是即将到来的婚期所带来的责任感使他变得心事重重，还是压根儿他就不想结婚？我的心里有了很多的问题。随着婚期的一天天临近，我觉得是我自己把问题扩大了，因为在此之前我也没少做过捕风捉影的事情，我发现我总是莫名其妙地把自己弄得紧张兮兮，我真担心再这样下去迟早有一天我会变得神经衰弱。然而几天之后，我就发现自己的第六感觉颇为正确。

这天，我一个人待着，突然非常想喝酸奶，就拿起一个小盆往镇外一个有犏牛的亲戚家走去，距离不是很近，我便抄小道走，过了小河，上几个小小的坡，绕过一个大园子，再上一个稍大一些的坡就可以看见亲戚家的小院了。就在我上最后一个坡的时候，突然看见不远的林子里背坐着两个人，从背影看一个无疑是表哥诺桑，那么另一个女人是谁？我仿佛看到了表哥诺桑心事重重的答案。就在这时候，他俩突然站了起来，我赶紧躲在了一丛灌木的后面，他们转过身，显然是要离去，这时候我看清了女孩儿的脸，原来是姆娣，我并不是特别惊奇，如果我是小镇上的男人，那么姆娣一定是我最想要的女人。她的美丽是那种内容丰富的美丽，聪慧、贤雅、善良从她的美丽中隐隐透出，让人回味无穷。

他们一起走到了林边，姆娣停了步，只听见她说："你先回去吧！别让人看见我们在一起，会给你带来麻烦的。"

表哥诺桑回过头看着她，什么也没说，只是用双手轻轻地抚了一下她的脸颊，我清楚地看见有泪水从姆娣动人的双眼中流出，她一边拭去泪水，一边说："你走吧，我没事的，你还有课呢。"

表哥诺桑还是不走，固执地抓着她的手。

"你走吧，我没事的，我不怪你，是我自己命不好。"姆娣喃喃地说着，"我明白的，你去上课，你走吧！"

表哥诺桑就这样走了，而姆娣留下来坐在刚才的地方，头放在膝盖上，凄然地哭了起来。

这时候的我已经没有兴趣去吃酸奶了，我索性就在灌木后坐了下来。现在我终于知道了表哥诺桑心事重重的原因，但与此同时我自己也被弄得心事重重了。

那些从事屠宰、鞣革、打铁、制金等工作的人以及他们直接的亲戚都被认为是血统不洁净的人，如果和他们进行广泛的接触，就会有被玷污的可能。在所有接触中最危险的就是一起就餐和结婚，特别是结婚，不论是谁只要你和出身不洁的人生活在了一起，那么你本人也会受到同样严厉的社会排斥，而你原本所在的家庭会对这种事的发生感到持久的难堪，社会习俗的要求将使你几乎不可能再在这个家里生活。你选择血统不洁的人做你的生活伴侣的结果就是你将被自己的社会集团除名。

原来我并没有觉得这种社会习俗有什么不好，在我生活的拉萨城中有不少的皮匠、铁匠和金匠，当然也有屠夫和天葬师，我和他们没有很多的交往，并非我刻意这么做，而是彼此没有那种机缘。离我拉萨的家不远处，住着一户金匠，他们的女儿是一个公认的大美人，加上家庭富裕，便非常地引人注目，不过我的母亲每次见到她总是非常遗憾地说：“这么漂亮的姑娘，真可惜生在一个金匠的家里。”而那个大美人确实在婚嫁的问题上遇到了不小的麻烦，数次波折之后，她一鸣惊人地干脆嫁给了一个很老的美国佬，我不知道她婚后是否幸福，但我听说她之所以这么火速结婚是为了气一个她真心爱的男人，那个男人在相处了三年之后抛弃了她。我对那个男人是否会因此而不安感到十分怀疑，不过一个人气昏了头，适当地做出一些荒唐的事是可以原谅的，但若是因此伤了自己，就真是哑巴吃黄连——有苦说不出了。

姆娣也是个大美人，但更为重要的是她是我儿时的伙伴，那份感情还在我的心里，所以我没有办法使自己置身事外，但是我又能做什么呢？想到这里，我回头往林里看，姆娣还坐在那里哭。于是我走了过去，站在她的身后，把她吓了一跳。

“你怎么会在这里？”她有些紧张地问。

“我去要酸奶喝，想早点儿回家，就走的小道，正好看见你在这里。”我问，“你怎么啦？干吗哭啦？”

“没什么，就是有点难过。”她不停地拭去泪水，泪水也不停地从她的眼中涌出。

“为什么？”

她没有回答，却突然放声大哭起来，好像要把压在心头的哀伤和委屈都倾泻出来，那满是创伤的灵魂终于得到了可以痛哭嘶号的机会。

我们就这样一直默默地坐着，太阳缓缓下山的时候，我们手牵着手从小河边走过。分手的时候，她什么也没说，只是用力地握了一下我的手，仿佛千言万语尽在其中。

在此之前，甚至在外婆告诉我姆娣生在一个铁匠的家里之后，她都一直是我喜欢和倾慕的那种女人。上天给了她天生丽质的外貌，与此同时也给了她善良寂静的心灵，虽然她家里的环境并不是特别地好，从某种角度来讲也不曾见过世面，但她那与生俱来的美丽和贤雅是任何后天雕琢所不可比拟的。我曾经觉得上天对她太偏爱了，我甚至愿意用自己所有的一切换回她那双动人的大眼睛。但是现在，她成了一个被蚀的明月，阴暗、忧愁、郁结，一个赏心悦目的女人就这样毁在了一个男人的手上，更确切地说，毁了她的是一种莫名其妙的社会习俗。

表哥诺桑的婚礼如期地举行了。尕庸成了舅舅家的媳妇，她开始操持家务，我们彼此客客气气，相处得不错。但是我总是不由自主地拿她和姆娣相比，不论如何，姆娣的美丽是不容置疑的。当然，我也明白生活仅仅拥有美丽是不够的，但是，婚姻最需要的难道不是感情吗？也许表哥诺桑会慢慢地爱上尕庸，对她怀有感情，也会慢慢地将姆娣淡忘，只是偶尔想起，他的日子会过得平淡而安定。而姆娣也会慢慢地好起来，不再神情憔悴，终日以泪洗面，命运画了一个圈，她还会回到原地，但是她已经不是原来的那个她了。一个美丽聪颖的女人的自信就这样被摧垮了，从此她将感到自己是如此地廉价，如此地孤单，她将怀着怜悯看轻自己。

我从来不是一个乐于反其道而行之的人，千百年来传下的生活传统和习惯，我是可以愉快接受的，从中我感觉到历史沉淀的智慧和充满人性的理解。在伟大的传统面前，我总是怀着后辈的谦逊循规蹈矩地生活，感谢辛苦劳作的祖先们一步一步探索而来的真理。在我看来顺从是一种可贵的美德，具有这种美德的人是没有危险性的。事实上，我从来没有喜欢过叛逆者尖锐的个性，在我看来那是激情过火的表现，是不成熟和缺乏理智的。可是此刻，表哥诺桑的这种顺从却让我感到虚伪和懦弱，他不肯为他真正爱过的女人放弃他那错综复杂的优越感，他连将它提起的勇气都没有，当然也就根本无力作出抉择。

爱里微妙的条件性使我恐惧！

有一位德高望重的大师在一本书里这样写道：“在这个世界上，所有的人都是平等的，喇嘛、农民、屠夫或是铁匠。前世的罪过导致我们现在不幸的生活状态，为此我们应该加倍努力以同情的善行清除所有这些罪恶，我们要为那些命运比自己还糟，因此不得不杀生的人感到难过，我们要为他们祈祷，就像为我们自己祈祷一样，同时我们也会接受到他们给我们的祝福。”

相互祝福是一种多么温馨的感觉！不论你贫穷、富有、高贵还是低贱，在神圣的佛祖面前，大家都是平等的。

再回故乡是几年以后的事了。这时候表哥诺桑已经是三个生龙活虎的小男孩儿的父亲了，尕庸也有些老了，她变得有些唠唠叨叨，吃饭的时候不是忙着给大家碗里添饭，就是趁儿子们不注意时往那些小嘴里塞上一大勺饭，显而易见，尕庸是个不错的母亲，她把全部心思放在了丈夫和孩子们的身上，在他们同舟共济的小船上，尕庸是不容置疑的奉献者。她的苍老里有许多我能理解和体会的东西。她曾经是那么地爱美，那么过分地追求过美，但是现在她却心安理得地穿着被孩子们弄脏的旧衣服，把曾经戴过艳丽头饰的头发胡乱地扎在脑后，她的脸不再有过精心的涂抹，可是我却觉得她比我初次见面的时候要美丽很多。

当然不会有人主动告诉我姆娣的消息，是我自己碰见了她，那是在小镇护法神殿外的石板路上，我注意到有人在对我笑，上前一看，原来是漂亮的姆娣。她变了很多，过去长长的头发剪了，娇嫩绯红的脸颊显得有些苍白，宽大的棕红色的尼姑袍裹着她丰满的身躯，一个看上去年代已久的念珠握在她的手上，双眼越发地大了，笑得很诚恳。“你回来了。”她走上前，抓住我的手由衷地说，“能够见到你真是太好了！”

我看着她，简直不敢相信这个精神焕发的女人就是那个伤心欲绝的失恋的小姑娘。她做了尼姑。

我不认识你

◎ 敖超

一

“让我们来看看今天的天气，今天白天，晴。最高气温20摄氏度，最低气温 8 摄氏度。”

星期六上午十点，我被一夜未关的电视机里清脆的女声吵醒了，我伸了伸腰，右手往上拉了拉被子翻过身去，左手摸到枕头边的电视遥控板，对着电视按了一下，电视闪出一道亮光，屋子里顿时静了下来。我像蜷卧在冬天门外的狗一样，用头拱了拱枕头，找到一个舒适的位子准备又睡，这时，手机响了。我从被子里伸出手，在枕头上方摸到了手机，接着用手背揉了揉眼睛。心想，谁呀，才十点，这么早就开始骚扰我。我打开手机一看，是一条信息，没细看内容，把手机往枕头上一丢，翻身又睡了。

昨天是星期五，我的生日。我和几个朋友在一起吃完晚饭后，接着去了酒吧，这是我们约定俗成的习惯，每个星期五我和我的朋友总是要在一起找个理由出去疯一阵子，往往一玩都是不醉不归。这个星期五正好是我的生日，我们酗酒的理由就更加充足了。

单位守门的大爷已经掌握了这个规律，每个周末凌晨两点左右，我只需轻轻地敲一下挂在铁门上的大锁，我那心地善良的大爷就会马上起来为我把门打开，然后叹口气，摇摇头，默默地再把门关上。昨天我真的是喝醉了，就连敲了几下挂在铁门上的大锁都不知道。

这一觉醒来，太阳老高老高，窗外快乐的孩子，像春天的小鸟，叽叽喳喳闹个不停，我睁大眼睛，呆呆地望着天花板，搜寻着刚才的梦。

“一只蝴蝶，好像是黑色的蝴蝶，体形硕大的黑色蝴蝶从天外翩翩而降，从透明的玻璃落下来，站在我的床前，长长的触角形成两个圆圈弯曲着，一双忧郁的大眼睛，流露出一股莫名的哀怨。”我自言自语地说道，“好熟悉的眼神，是谁呢？”

昨天喝得真多，是喝醉的缘故吧。我想。

想到这儿，手机信息铃声又响了起来，我在床头又一阵乱翻，在枕头下找到了手机，打开一看五条信息。我撑起身子靠在床头，按了一下手机的信息键，一会儿手机屏幕显示：“昨夜，我将心中的祝福与问候写在一枚金黄的落叶上，托秋风送给你，不知今早是否有一片落叶随着秋风在你的窗台上舞动！愿今晨的阳光带给你幸运和快乐！”

我看了看后面的手机号，不认识，是一个完全陌生的号码。

黑蝴蝶变成了秋天的落叶。我想，是谁呢？会不会是昨天在酒吧唱歌的女孩儿，忧郁的大眼睛，在酒吧氤氲的橘红色灯光下流露出无尽的哀怨。

然后我接着看第二条信息。手机上写着：“为什么不回信息，你在生我的气吗？”

谁呀，会不会是泉子带来的那个女孩儿。昨天晚上的记忆在慢慢恢复着。那个女孩儿长得好娇小，笑的时候，浅浅的两个小酒窝，模样甜到了极致。

我快乐地回忆着。

一会儿，我撑起身子完全坐起来，饶有兴趣地接着看第三条信息：“让夏天凉爽的风，从你的窗户吹来，让你体会我的清馨，此时你是否还在梦里。”

我带着一股泉涌般的欣喜，看完了三条信息，我想我可能将在明媚的阳光下，遭遇一场突如其来的爱情，这场爱情将是我二十六岁生日最好的礼物。

我接着用同样的心情看第四条信息，“截至今日，您的话费还剩余额九元，请方便时到营业大厅交费”。看完这条信息，我像吃了一只鲜活的苍蝇，心里一阵莫名地堵。

我仰望着布满灰尘的天花板，仔细地去想昨天的情景。

昨天我们五个人，有泉子、臭虫还有茵子和阿珍，茵子是泉子带来的，说是北京来自费旅游的，住在他家。泉子向我们介绍茵子时，是悄悄地告诉我茵子住在他家的，说完后，还朝我诡秘地笑了笑，我知道泉子的德行，只要他习惯性诡秘地一笑，他的话八成都是假的。阿珍是臭虫的女朋友，谈了八年的恋爱，臭虫走哪儿都带上。

我们常常调侃地说，八年抗战都胜利了，就没一点儿审美疲劳吗?

每当这时臭虫就会自豪地重复着那句让我们已经听出老茧的话说：“我这可是青梅竹马的原装啊。”

他的话音刚落，我们就会习惯地像无厘头周星驰那样夸张地放声干笑几下。然后，讪笑着说：“现在原装不流行了。”

我听得出，我每一次的干笑都是不一样的。从一开始的随意性到现在的目的性，是因为我发现我为什么一直都寻找不到我钟爱的女友的原因，是我把阿珍作为我寻找女朋友的标准，而开始转变我笑的声音的。

我像一只摔死的鸽子，一动不动地躺在床上，开始筛选昨天的记忆。看得出茵子不是泉子的女朋友，泉子在茵子面前极不自然的行动和语言可以说明他在追求茵子。昨天吃饭时，泉子说他很喜欢一个刚认识的女孩儿，她有一个好听的名字叫茵子，是北京一个朋友介绍过来的。在这之前，泉子说曾经陪她去了趟藏北草原，正是因为藏北草原一行，才导致泉子喜欢上了她。泉子说，茵子是一个十分善良而且不像别的北京人那样处处充满戒备心的女孩儿。我能记住茵子的名字，是因为我写过一首名为茵子的诗，这首诗在我们这里一家发行量颇高的报刊上登过，害得我认识或认识我的，名字中带有茵这个读音的女孩儿，见面或打电话问我是不是写的她们，面对每一个问我的女孩儿我都一本正经地说是。

好一会儿，我才想起还有一条信息没看。我像虫子一样蠕动了一下笨拙的身体，接着开始看第五条信息，“你为什么不理我，我生气了啊。”

看样子不回信息不行了，我想了一会儿，脑子里一片空白，信手就在手机上按了一句：“你把我的美梦吵醒了。”

看着手机上的信息发送成功了，我才感到头很晕。我用力拍打酒后胀痛的头，翻身从床底下的纸箱子里扯出一瓶矿泉水，打开后一气喝了大半瓶，一抹嘴，才想起这箱矿泉水是一年前别人送的，放在床下都忘了。想到这里，连我自己都纳闷，今天到底怎么了，什么都想起来了，想想人有时也真怪，不知不觉可以把一些不相关的记忆找回来，真是神奇啊。

从一本关于养颜的杂志上看见一条养生的文章，说每天清晨要一口气喝上五百克温水，可以帮助排出体内的毒，而且有美容效果，我重新又躺回床上，拍拍这几年只顾趴在公司的办公桌上写材料而逐渐长了些脂肪的肚子，感到的确是委屈了我自己。

我翻过身拿着手机在按键上用拼音写着：“对不起，我刚起床，才看见你发来的信息。”写完后，把手机往枕头上一丢。哼着一曲莫名其妙的调子起床了。

我拉开窗帘，阳光像针一样猛地刺了进来，潜伏在窗帘上的灰尘，顿时在阳光下活跃起来。我简单地整理了房间后，慢条斯理地泡了一杯咖啡，坐在阳台一把淡绿色的休闲椅上，就着一袋咖喱薯条，一边舒适地享受高原火辣辣的阳光，一边悠闲地听着买了好多年至今效果还不错的音响里传来的老女人蔡琴的歌声。此时已近下午，我看了看时间，估摸着今天的活动就要开始了。

我刚刚这样想着，手机就响了。我看了看来电显示，心想泉子这小子真准时呀，就对着手机问：“在哪儿？行，我一会儿过来。”说完对着手机哈哈大笑了几声，泉子在那边赶忙问我怎么了，我说：“没事。”

放下手机，我对着镜子打理了一番，然后左手拉开门，右手摸出鼓鼓的钱包看了看，并习惯地笑笑，关上门走了。

从学校毕业分到一家公司的这几年里，我在经历了周边同事们在官场中大起大落的过程后，已经没有过去的那种对理想的执着追求，回想毕业那天，同学们抱头痛哭的样子和对美好前途的梦想就好笑，那个时候刚毕业的年轻人谁不暗自下决心要好好干一番事业呢，想想到了今天除了机关单位烦琐的人际关系把人折磨得精疲力竭之外什么都没有，心里瞬间像挂了一只秤砣坠了一下。不过，一会儿心又像晴空里的一朵白云，苍白动人地飘浮在碧蓝的天空，又开始优哉游哉了。

二

我有过一段爱情，这个爱情的角色自始至终就只有我一个人，我没有一点自恋倾向，我知道自己早早地陷入了青春期的一个美丽的梦幻里，十多年来，我都没有从这个青春的梦幻里逃出来。看见周围的朋友成双成对，我知道自己不能再游离于这种不切实际而荒唐的爱情故事里。我曾经努力地试过逃离自己给自己设下的这个圈套，但是一遇见那种心有灵犀的眼神，再有多大的决心都无济于事。

那只从玻璃中飞进我梦里的黑色蝴蝶，深深地铭记在我的脑海，这是一只曾经的梦里出现过的黑蝴蝶，一只熟悉的黑色蝴蝶。

我努力地在我的脑海里搜寻着关于黑色蝴蝶的记忆，每每当记忆的大门即将打开的时候，黑色蝴蝶就会展开它那双硕大而美丽的翅膀，向一片湛蓝色的天穹飞去。我一直苦苦地梦想着这段令我痛苦的记忆能够像高原的太阳一样毫不保留地展开在我的眼前。

不会是黑色蝴蝶在我的手机里出现了吧。想到这儿，我开始惊恐，我开始战栗，我惶惶不可终日地在大街上行走，好让喧嚣的车声冲淡我并不能找寻的记忆。

“黑色蝴蝶是不是青春期里小树林的一次臆想？”我常常这样问自己。那是一个周末的中午，我无所事事地在一片树林里漫无边际地游荡着。我快乐不起来的原因是我知道了我的考试分数如此地低，我找了无数个理由和借口，想象回去如何欺骗我善良的父母，但一切都无济于事，他们只要随便去问一个我的同学，他们就会知道我真实的考分。我就这样在树林里来回地转悠着，每一个我觉得合适的理由和借口都被我的心虚给否定了。

我带着绝望和疲惫坐在一棵巨大的树下，突然间我在树下发现了一个隐藏得不是很隐秘的坑，我好奇地刨开覆盖在坑上的遮盖物，看见了一个塑料布的包袱，我万分紧张地打开包袱时，就有许多反间谍电影的情节出现在脑海，我慢慢打开了包袱，里面包的是一个蓝色笔记本，我翻开笔记，被一行行整齐的楷体文字吸引住了。

笔记本里没有国家的军事秘密，它是一本当时十分流行而且隐秘的黄色故事手抄本。我实在没有抵挡住故事的诱惑，我的激情在故事里男女之间那种直接而淋漓尽致的描写中燃烧。那一天，就是那本笔记本让我在一个小树林里经历了从一个懵懂的孩子到男人的全过程。那是一次彻底的释放，就像大雨滂沱中一次大面积的决堤一样凶猛。释放的过程是一种死后而新生的过程，释放过后，我万分恐慌，没有任何生理常识的我全身无力地躺在地上，等待死亡的降临。我没有死去，我是在疲倦中睡着的，梦里一只硕大的黑色蝴蝶向我飞来，它在花丛中舞蹈，每一只蝴蝶都是花的灵魂，这只硕大的黑色蝴蝶向我飞来，它是在寻找自己吗？

我睁开眼睛，温暖的阳光像一床棉被盖在我的身上，格外地暖和。我躺在阳光下，回味刚才那种冲动的过程。这时，一只鲜活的黑色蝴蝶在我的上空飞舞着，我急忙坐了起来，迅速包好那本促使我成熟的蓝色笔记本，重新放回原处，稍作伪装后，一路小跑回了家。

当晚，我发高烧，大病了三天。病好后，听妈妈说，我满嘴胡言乱语全是黑蝴蝶。

从此，我满脑子全是那本蓝色笔记本里所描述的情节。几天后，我欲罢不能，鬼使神差地又去了那片小树林。树下什么都没有，那个坑被填平了。

三

我出门还没走到公路边，已经有一辆出租车停了下来，我上了车说了要去的目的地，司机四处张望一番见没有警察，迅速地在原地一调头，便带着我向目的地飞一样驶去。

随着城市建设的不断发展和完善，这几年我们这座城市不断出现了大众化、一体化的娱乐、饮食消费场所，我要去的地方就是这座城市档次较高的集餐饮、娱乐为一体的休闲场所，这是我、泉子和臭虫等一些朋友的据点，每逢周末或节假日我们总是要在这里聚聚。

出租车像游弋于车海中的鳗鱼，一会儿就到了目的地。

我一上二楼大厅，就看见臭虫和他那青梅竹马的女友阿珍不顾场合地在那里卿卿我我，我走过去夸张地咳嗽了几声，臭虫和阿珍才慌忙分开。

我没有给阿珍打招呼，坐下后直接就问臭虫："泉子还没来吗？"

"一会儿到吧。"臭虫含糊地回答道。

一会儿，漂亮的服务员就站在了我的面前问我喝什么。

我点了我常喝的铁观音后，正想和阿珍说说话，手机响了，我摸出手机看是一条短信息，便抬起头看了看坐在臭虫旁边的阿珍，对阿珍笑笑后又垂下眼帘看手机，手机上写着："你在干什么，想我没有？"

看完信息我对臭虫说："什么时候来的？"

"半天了。"臭虫回答完后又问道，"你昨天没醉吧？"

我一边用大拇指在手机上用拼音按着道："想死你了。"一边回答："醉了。"

服务员很快就把茶送上来了，我端起热气腾腾的杯子吹了一口气后，盯着阿珍说："皮肤很滋润嘛。"

"是吗？"阿珍脸上洋溢着爱情的幸福甜甜地回答着。

我看着阿珍逐渐变得浑浊的眼睛，心疼地想漂亮的阿珍如何使我的朋友臭虫欲罢不能的痛苦样，我的手机信息又响了，我向后软软地靠在硕大的单人沙发上看着信息："对不起，我发错信息了。"

看到这条信息我一下坐了起来，情绪直线低落，呆呆地看着对面那对洋溢着灿烂笑容的情侣。臭虫看见我失落的样子，关心地问："怎么啦？"

几秒钟前我还想象如果哪天臭虫被阿珍抛弃以后那种痛苦的样子，瞬间就应验在我的身上了。"没什么，只是昨天的酒还没醒。"我努力地掩饰自己，但声音还是没能理直气壮，让臭虫给听出来了。

"不对吧，你不会是爱上谁了吧？"

"怎么会呢？"我急忙回答后又用手指在手机上按着："你是谁，我应该认识你的。"

"你们来得可真早。"我正把玩着手机，泉子来了。

泉子一坐下嘴就不停地说："昨天你们都跑了，那像朋友吗？害得我一个人孤苦伶仃地回去，寂寞死了。"

"茵子呢？"半天没说话的阿珍开口了。

"去一个什么民俗村了吧。"泉子回答说。

"你怎么没陪着去？"阿珍紧接着又问。

"我有事。"泉子回答的底气明显不足。

我一下想起昨天晚上泉子说茵子住在他家的那句话，抬头看了看臭虫，正好臭虫也抬头看我，我们心照不宣地笑了笑。

我们的举动被心虚的泉子看见了，他连忙岔开话题问我："昨天喝惨了吧？今年的生日一定难忘吧？"

我抬了抬眼皮，没理他，接着想我将如何把这个信息接着发下去。

"问你，咋不说话？"泉子放开嗓门对我喊着。

"闹什么闹，这是公共场所。"我懊恼地说道。

“关你丫鸟事。”泉子针锋相对地说。

“你们俩今天是怎么了，吃枪药了吗？”臭虫也开始拉开嗓门说道。

我知道自己刚才是为那条说发错了的信息而失态的，我低头玩耍着我刚买的诺基亚新款手机，并仔细回味着那几条信息。

然后，我在手机上按着：“你知道我是谁吗？”

一会儿对方传来信息说：“我不知道你是谁，你知道我是谁吗？”

我一阵恼火，抬头看了看同样恼火的泉子，泉子好像想起了什么，当我们四目相对的时候，泉子像是要说什么，但那句话好像都到了舌尖却被他硬生生吞了下去。

我接着低头发我的信息，我飞快地用左手拇指按着：“不管你是谁，我在梦里见过你，你是那一片带着忧郁的秋叶，飞进了我的睡梦里。”

我正在为自己这一段精彩的句子高兴，阿珍一把抢过我的手机，对我说：“不许发信息。”这时臭虫也凑上前来对我说：“谁要是发信息就罚十块钱，我就不相信凑不够晚饭钱。”

我急忙辩解说：“不公平，你们两人在一起，用不着发信息。我的爱情远在天边，不多发些信息，说不准就跟别人跑了。”

泉子像是针对我似的把手机一关，说：“对，谁要再看手机就罚十块钱。”话音刚落，他对着站在一旁毕恭毕敬的服务员做了个手势，服务员一路小跑来到了泉子的身边，问：“先生需要什么？”

泉子对着服务员说：“来五瓶拉萨啤酒。”说完看了看坐在臭虫旁边的阿珍。

阿珍一听泉子要喝拉萨啤酒，就连忙说：“不要拉萨啤酒，换个别的牌子的啤酒吧。”

泉子回头看了一眼阿珍，对服务员说：“听这位女士的吧。”

等服务员走了以后，泉子对阿珍说：“丫头片子，就不知道支持一下我们本地的企业吗？那些酒有什么好喝的，你知道吗？酿拉萨啤酒的水可是原生态水呀！”

阿珍不服气，回敬泉子：“我就不支持地方企业，你管得着吗？”

我一直牵挂着手机上的信息，看见他们两人抬杠，就静静地看着。臭虫是阿珍的男朋友，又和泉子是哥们儿，看着他俩闹得实在不像话了，就拍了拍阿珍，想阻止他们之间的争吵。这时服务员把酒送来，臭虫打开啤酒倒了四杯，然后对着我说：“来，干杯。”

我一口气干了杯中的酒，对泉子说：“别争了，萝卜青菜各有所爱，各喝各的。再说你一个男人跟人家女人计较什么呀。”

阿珍看我在帮她，感激地举起杯子，同我干了一杯。我喝完了杯中的酒后，试探地对阿珍说：“把手机给我吧。”

我话刚落，臭虫嚷道：“不行，定好了的规矩谁也不许破坏。”

我说：“不把电话还给我，这样谁也罚不了。要不大家把手机都打开，打电话二十块，罚三杯酒；接电话十五块，罚两杯酒；来信息十块，罚一杯酒。”

我的话刚说完，泉子就接着我的提议说：“我们把电话放在桌子上，大家一目了然，谁也不能作弊了。”

大家玩了一会儿，空啤酒罐就堆了一桌子，我有些醉了，这时我的手机信息来了，还没等我反应过来，臭虫一把抢过放在桌子上的电话，对我说：“先拿十块钱出来，再看信息。”

我笑着一边往外掏钱，嘴里一边嘀咕：“怎么就没人给你们打电话呢？”

等我把钱放在桌上后，臭虫才把手机交给我，我打开手机，上面写道：“在短信中为你下场幸福雨，虽不能滋润大地，但愿滋润你的心情，愿你的日子永远都风调雨顺！好运相随！永远快乐！”我一看是那个陌生的号码，心情顿时好了许多。

我一边和他们玩牌一边用左手拇指飞快地按动手机上的字母：“我把明媚的阳光送给你，祝你天天开心。”

信息刚刚发出去，我就暗自叫苦，这不是把自己给套进去了吗？我把这条信息发出去，那边肯定要回信息，一条信息十块钱，分明让我破产嘛。果真不出所料，一会儿又来了几个信息，倒把臭虫他们高兴坏了。

天快黑了，大家看钱筹得差不多，臭虫一边数着钱一边问我们晚饭到哪里吃。阿珍问筹了多少钱，臭虫一脸灿烂地说，有好几百块呢，然后又问，想吃啥？阿珍说看大家吧，谁出的钱多就让谁来定。阿珍话音刚落，六只眼睛一下子都看着我，我笑笑调侃地对他们说："我想吃龙虾。"

看着大家兴致很高，泉子就说，把茵子叫过来吧。阿珍一听说茵子要来，就兴奋地大叫了起来，连声说好。

太阳逐渐沉入西边巍峨的群山中，我们大家在等待茵子的到来。此时，只有泉子最兴奋，他亢奋地跟臭虫、阿珍讲述他和茵子的藏北草原之行。我有些醉了，靠在舒适的藤椅上，不由自主地想起了给我发信息的人。

四

一只黑蝴蝶从窗外飘了进来，黑蝴蝶美丽的翅膀像沙漏般抖动着。近段时间我常常做着同样的梦，我不知道我是在梦里还是在现实的生活里，明媚的阳光依然照耀着这片我们热爱的土地，温暖从窗户略带记忆的缝隙中透进来。

我就是不能从过去的影子里挣扎出来，十几年过去了，那种结了痂的伤痛，使我犹如受到惊吓的小羊那般惊慌失措。

我知道自己是一个渴望爱情又害怕爱情的男人，就像一篇文章里所说的那样：当一个人在专心地挑出寿司里的红萝卜丝的时候，他并不是不喜欢吃红萝卜丝，他需要的是将红萝卜丝一根一根挑出来的过程，如果寿司里没有红萝卜丝，心里反而感觉空荡荡的。我想，我对于爱情可能就是这样的一个心态吧。

我想我开始恋爱了，这场爱情本应该是我等待二十六岁生日来临那样在期盼中如期而至，但是我感到了那种爱情的恐慌。

我感受到了在喧闹的公众场所心灵里死一样的落寞。我长时间呆滞地盯住前方窗台上一盆刚长出新绿叶子的花盆，面部僵硬地没有任何表情。阿珍迷惑地看着我，用手在我的眼前摆了摆，我穿过窗户玻璃和阳光最后落在随风飘动的云朵上的眼神，一下子就被收了回来。我像是昏迷许久的病人，刚刚苏醒过来一般，当我和阿珍的眼神相视的刹那，我的眼睛闪过一道亮光，在我还没有明白是怎么一回事的时候，阿珍的脸就红了。

阿珍问我："想什么？"

我浅浅地一笑，摇摇头说："没想什么。"

好一会儿，茵子才来。今天茵子穿得很简洁，飘逸的长发，用一条白底蓝花的手绢扎起来，深蓝色T恤，黑色牛仔裤，深邃的眸子就像高原深处的海子一样清澈。我目不转睛地看着茵子，阿珍看见我的失态轻轻地踢了我一下，才把我从失态的状态中拉了回来。

泉子酸楚地看了我一眼，对茵子说："认识吧，我的朋友巴桑，星期五的意思。"

茵子落落大方地伸出手说："认识，昨天晚上我们见过。"看见茵子伸出手来，我也赶忙伸出手去，我们相互握了握手后，泉子就介绍在一旁故作卑躬屈膝状焦急等待的臭虫。最高兴的就是阿珍了，她是一个既善良又快乐的小天使，每天像影子一样跟在臭虫的身边，总感觉她没有自己的社交圈子一样。

在饭桌上，我坐在泉子和臭虫的中间，茵子和阿珍坐在一起，祥和的气氛使得我们格外融洽，大家都不拘束了，吃完饭大家一致决定到酒吧坐坐，我们在泉子的带领下来到了我们这里人气很旺的一家酒吧。

我坐下后习惯性地拿出手机看了看，两条信息，我打开信息，上面写着："思念是一季的花香，漫过山谷，笼罩你我；而祝福是无边的关怀，溢出眼眸，凝润心田。"看完后，我接着又看第二条："是不是在酒吧喝酒哇，为什么不回信息呀！”看完这两条信息后，我刚要回信息，阿珍拍了拍我的肩膀对我说：“把你的手机收起来，再回信息就要罚酒了。”臭虫一把抢过我的手机说：“我先给你保管一会儿。”看见臭虫抢了我的手机，我急忙对他哀求说：“我就发一条信息，好吗？”臭虫把头一扭，忙着和茵子说话去了。

昏暗的酒吧里，闪烁着个性张扬的灯光，今天是星期六，人比往常要多得多。泡吧已经是现代年轻人消磨时光的一种时尚方式了，所以各个地方就涌现出最有号召力和最有影响力的酒吧街。我们是酒吧消费的主力军，我们走到哪里，哪里的老板就会喜笑颜开。我们一杯一杯地找着各种借口干杯，慢慢地我们五个人形成除我以外的两对。顿时，我在嘈杂的酒吧里感到了无比的孤独，渐渐地我接触到了酒吧里飘溢的浑浊的空气，在这种令人窒息的空气里我又看见了向我飞来的那一只硕大的黑色蝴蝶，我看见了它忧郁的眼睛里渴望被抚摩的眼神，我还看见了它那一身黑得不能再黑的翅膀上，一对深红色的花纹，是我至今看见的最美的文身。我不由自主地站了起来，当我完全站立起来即将用手触摸到它那美丽翅膀的时候，远远地像是有人在呼叫我的名字，声音那么远、那么空。我回过头看了看，没有看见叫我的人。当我再回过头来的时候，黑色蝴蝶不在了，站在我面前的是一位面色苍白但笑容可掬的酒吧服务员。热情的服务员问我需要什么的时候，我完全知道了我刚才无意识的举动，我随口对服务员说道：“来杯白开水吧，加点冰糖。”等服务员机械地离我而去的时候，我看见了阿珍浑浊的一双大眼睛直直地看着我。

五

我没有这样醉得不省人事过。

醒来的时候，看见强烈的阳光透过玻璃窗照在我丢在地上的衣服上，我便知道昨天我醉的程度了，我沮丧地盯着房顶一角由于长时间没有打扫而形成的蜘蛛网。昨天的记忆一片空白，我像往常醉酒一样努力搜索记忆，所有的记忆都不复存在，我虚脱般站在阳台上，感受正午强烈的阳光对我的洗礼，楼下是一片花的世界，各种盛开的鲜艳的花在阳光下享受蝴蝶和蜜蜂的采撷。楼下十分安静，我想是炎热使院子里顽皮的孩子们都躲在了家里的缘故，才使得那些悠闲的蝴蝶和蜜蜂在花丛中从容地舞蹈。在我的视线里，阳光、鲜花，还有，还有一直偷袭我的黑色蝴蝶。

我看见了那只在阳光下舞蹈的黑色蝴蝶，我像一条准备扑杀猎物的鳄鱼，静静地注视着那只快乐的黑色蝴蝶。黑色蝴蝶在一片花丛中采撷着安静的生活，它是自由的、快乐的、舞蹈的天使。

昨天的醉酒，导致我完全地虚脱了，我疲惫地躺在阳台上那把曾经令我享受过无数阳光的椅子上，大口大口喘着粗气，此时手机信息铃声响了，我好像又找回了昨天的记忆，稍微休息了一会儿，我又回到了床上，在枕头下找到手机："昨天你为什么不回信息，是不是喝醉了？"还是那个陌生的号码。

我喝了一大杯水后，决定回个电话，拿起电话我想了想又放下电话，接着躺在床上，慢慢把失去的记忆重新找回来。

我和臭虫是从小玩到大的伙伴，在我们这个流动量特别大的城市里，像我们这样的朋友已经不多了，臭虫在一家行业报做记者，我们大伙都戏称他是小报名记，他和阿珍八年的马拉松式的爱情的确令我们羡慕，特别是泉子，一个感情浪子，把臭虫佩服得五体投地。

我们都认为，臭虫是一个纯粹的爱情至上者，实践证明他用一个让我们特别嫉妒和羡慕的爱情，来证明了他对爱情的忠贞。他和阿珍以后爱情的结果是什么我不知道，但现在如此之长的爱情的确还是少见。我们周围的朋友都抱着不同的心态看待他们的爱情结果。

臭虫是一个善良而有想法的男人，我们算是至交好友，那是因为我们的父辈就是很好的朋友。小时候的我们常常在一个被窝里谈论一个同时喜欢的女同学，又因为这个初恋的女同学我们相互推诿和暗地里竞争着。我们现在长大了，有了自己的思想。当臭虫带着阿珍第一次和我见面的时候，我才发现我是一个彻底的失败者，我和臭虫常常在被窝里用青春的冲动和语言谈论并假装谦让的女孩儿就是我们共同爱着的阿珍。

大学毕业后，我们都回到了我们的故乡，臭虫则分到了远离我们城市的一个偏远地区，臭虫是满怀激情和理想，主动要求去的，他说没有一代甚至几代有作为的青年人的奉献，是改变不了那个山区的面貌的。在一个盛夏的黄昏，当一辆上了年纪的客车在夕阳下发出即将出发时悲壮的吼叫声时，臭虫用双臂同时拥抱我和阿珍后又把我们六只白皙的手握在了一起。我的挂在眼帘的泪还没成形地冲下来的时候，就被那辆上了年纪的老爷车焦急的喇叭声给催了回去。我看见臭虫含着热泪跳上了客车，阿珍先是追着那辆客车朝臭虫挥着手，而后在那辆客车卷起的一股尘灰中放声大哭起来。我站在原地呆呆地看着阿珍。

从此，在我的记忆里记住了一次刻骨铭心的哭。

我和阿珍之间存在着一种十分微妙的感情，这种感情的表达方式就是我们之间的眼神。阿珍是一个性格开朗而懂事的姑娘，直到今天为止，我也没有办法忘记阿珍帮我隐瞒一次考试成绩特别差的事情。其实在这之前，我就是一个十分自卑的人，美丽的阿珍是我成长的过程中完美的记忆。我不敢面对成绩十分优秀的阿珍，甚至我在青春期的每一次臆想中都不敢去想她，我怕我肮脏的灵魂亵渎了她。那一次我的数学真的考得太差了，妈妈问我考试的成绩时我说还没考，一天，妈妈领着我去商场碰见了阿珍，问阿珍最近考试了没有，阿珍看了看我惊愕的眼睛后，对我妈妈说没考时，我才发现阿珍那双大眼睛犹如暖暖春日的阳光，如此地温暖和美丽。那以后，在我的记忆里时常出现那双美丽的大眼睛，我便在那双美丽大眼睛的注视下勤奋地学习。

我一发不可收，凭着我聪明的天性，我以优异的成绩考上了大学，阿珍、臭虫也分别考上了别的大学。

我没有和阿珍好的原因是她在我的心里太完美了，完美得很圣洁，就像《巴黎圣母院》里的加西莫多对爱斯梅拉尔德那样，不敢有太多的非分之想。臭虫可不是这样，他机智幽默，人长得很帅，在我的眼里他和阿珍的爱情是相当完美的。

没两年，臭虫调回了我们这座城市，他的调动是阿珍的领导帮的忙，阿珍的领导不止一次地在许多公众场所暗示了他对阿珍有好感的意图。回到城市后，一脸幸福的臭虫一直以为是阿珍和我一起努力的结果，我们一直都瞒着臭虫事情的真相，为此我和阿珍的眼神里又多了一些复杂的东西。

其实阿珍是无辜的，她和我都没有能使臭虫调回来的关系和金钱。

我们的日子照样生活得很随意，我们早已没有了刚工作时的那种激情和抱负，我们在随心所欲中寻找另外的一种激情，我们常常相聚在一起不谈理想、不谈工作、不谈事业和抱负，我们常常酩酊大醉，在夜深人静时才步履蹒跚地回到家里。

我们是这座城市夜生活的骨干分子。

六

这天茵子来电话说，她明天回北京，希望晚上聚聚，算是这些天对她帮助的一种回谢，我愉快地接受了邀请。我不太了解这个叫茵子的女孩儿，她是泉子的朋友，我们的原则是，朋友的朋友也是自己的朋友，所以我们按照朋友的方式接待了她，其中我还安排了几座寺庙的免费参观和解说。几天的接触后，我们彼此之间有了浅浅的了解，茵子是个很有主见而性格开朗的女孩儿，正是因为她开朗的性格，是阿珍十分喜欢她的原因之一，茵子的到来，使泉子有了彻底的改变，他一下子变得注意自己了，特别注意我们对茵子的谈论，有时候当着泉子的面，我和臭虫、阿珍故意对茵子胡乱评价一阵，然后再看着泉子那张气急败坏而变得夸张的脸，我们就会更加夸张地大笑起来。

泉子的确是他所有朋友信得过的人，山东人的他骨子里就有梁山好汉的豪爽和义气，和他在一起会有一种安全感。泉子一直在单位苦苦地工作着，他是我们几个朋友里最热衷于工作的人了。但是，不知为什么他的职务一直没有得到晋升。有时候泉子酒后也会胡言乱语几句，听到他说这些话的时候，我们就知道他喝醉了，大家就会劝他并举着酒杯为这个愉快的晚上干杯。

接完茵子的电话，离下班的时间只有半个小时了。我心猿意马地坐在办公桌旁，有一句没一句地和我的同事聊着天。这时，领导拿着一堆材料过来，对我说："有份材料，今天你加个班，明天一早交给我。"

我看了看挂在门框上的电子钟，没好气地又看了看他一张麻木的脸，说："今天我没时间。"

领导愣了一下，回头看了看我对面的同事。我的同事急忙起身，边走边说："上卫生间，一下午都没去卫生间了。"

领导的嘴唇动了动，没出声。看着这个尴尬的气氛，我只好站了起来接过材料，说："好吧，明天一上班就交给您。"

我没有去赴宴，我趴在计算机上，专心致志地按照领导的要求撰写着这份材料。下班的时候我给泉子发了一条信息，告诉他我不能赴约的原因。泉子没有回信息，倒是阿珍来了个电话，问我："你怎么不来呢？人家茵子主要是感谢你。"

我没好气地回答："我在加班。"然后又补充道，"可能要晚点去，怎么也要和茵子见上一面。"

我写完手中的材料已经快十一点了，我急忙给阿珍打了个电话，问他们在哪里。

阿珍说："刚吃完饭，准备去酒吧坐坐。"

我说："你们找好酒吧后给我来电话。"

放下电话，我突然想起今天一天都没有接到那个陌生号码的信息。我一边往外走一边给那个陌生的号码发了一条调皮的信息，我写道：“怎么不发信息了，你是不是喝醉啦？”

我走到单位门口，门卫大爷用以往的笑容，目送我出了单位的大门。门外，早有一辆出租车等候在那里。我坐上车刚说出要去的地名，手机信息的铃声又响起来了。我掏出手机，上面写着：“刚回来，今天没带手机。你在哪里，在喝酒吗？”看着这条信息，我渐渐感到纳闷了，这个人怎么知道我喝酒呢？

汽车飞驰而去，我紧紧地抓住扶手对司机说：“慢点，慢点。”

司机在我的一再要求下，终于放慢了速度，不一会儿，我安全抵达了目的地。

他们四个人在柔和的浅橘黄色灯光里，靠在酒吧的深处坐着，因为不是周末，这才体现出酒吧的真正面目，我一进门就听到泉子说话的声音和阿珍那银铃般的笑声。我在酒吧服务员的领引下，走了进去，他们看见我后，集体站了起来，像是欢迎参加一个重要会议而姗姗来迟的首长。

我急忙走到茵子的身旁，给她献上一条洁白的哈达后，我张开双臂说：“来，让我们拥抱一下。”

茵子没有张开双臂，反而两只胳膊收得更紧了，习惯性地把身体向前倾斜了一点，等待我热情的拥抱，我的心往下沉了一下，感觉茵子对我有所戒备，就用手掌礼节性地在她的双臂上拍了拍。

我坐下后，阿珍早把啤酒给我倒满，我举着杯子问茵子：“明天走吗？”

茵子点点头。我接着又说：“祝你一路顺风，来，干一杯！”

我夸张地用我的杯子在茵子放在桌上的杯子上碰了一下，就一口干了下去。等我喝完后，看着茵子没动，我看着茵子痛苦的眼神，我问她：“怎么不喝呢？这可是给你敬的酒，一定要喝的。”

茵子为难地看了看阿珍，又看了看臭虫，像是在搬救兵一样，我给自己把酒倒满，然后对着茵子说：“好吧，不喝就算了。”

这时，泉子举起自己的酒杯对我说：“别生气，人家茵子不会喝酒，我们吃饭的时候她已经喝了两杯了，再说她明天六点还要起床，就算了吧。”

我举起杯子和泉子碰了一下，头一仰就把杯子里的酒干了。

喝完这杯酒后，阿珍又举起杯子，对我说：“吃饭的时候你没来，你说你在加班，不管你是真加班还是假加班，这杯酒都得罚你。”

我一脸无奈地说：“是真的加班呢！”

阿珍又接着说：“人家茵子明天就回北京了，好心请你来坐坐，你倒好，还摆起老爷的架子，你说这杯酒该不该罚。”

我接过杯子连声说：“该罚，该罚。”说完我又干了一杯。

这杯酒喝下去后，我的胃一阵灼热的痛，我按了按痛处，才想起自己还没吃饭，我抓起一把酒吧赠送的爆米花，送进嘴里嚼了几下就咽了下去，然后我举起杯对臭虫说：“我们俩干一杯吧。”臭虫二话没说端着杯子就干了。

连续几杯喝了下去，我有些醉了，我看着坐在泉子身边的茵子，茵子好像有心事。此时茵子也把目光转向了我，我们双方友好地笑了笑，这种笑笑得很礼节，没有什么目的和默契，笑完后，她又低下了头玩弄着桌子上的几个啤酒瓶盖。我看着她，渐渐地仿佛她就是那只使我魂牵梦萦的黑色蝴蝶，那只时时出现在我眼前的黑色蝴蝶，我对着黑色蝴蝶傻乎乎地笑着，在黑色里无止尽地享受着快乐，享受着她柔软的触角对我的爱抚。她是我的什么，是我的灵魂吗？还是来拯救我灵魂的天使？我一直这样傻乎乎地对着她笑着。

当我看见阿珍那双在黑夜里平静得不能再平静的眼神时，我知道我在酒精的作用下，又一次产生了幻觉。我张着嘴，大口地喘着粗气，茵子急忙帮我要了一杯冰水，疑惑地看着我，我知道我刚才的失态导致茵子现在的疑惑，我为了掩饰自己，接过茵子递给我的水，就像喝酒一样，一口气便把一大杯冰水喝了下去。我是饿了，在一杯冰水的作用下，我的胃开始痉挛，剧烈的疼痛使我不得不弯下腰，豆大的汗珠从我的额头滚了下来。臭虫看见我痛苦的样子，急忙扶我出了酒吧，直奔医院去了。

我躺在病床上，臭虫和泉子、阿珍和茵子分别站在床的两边，表情关切地看着我。

我习惯地笑了笑，摇着头对他们说："我没事，医生说输了这瓶液就好了。"然后我就劝他们说："你们回去吧，明天茵子还要早起去机场，你们还要上班。"

臭虫听了我的话后，就对泉子和茵子说："泉子你先送茵子回去吧，我和阿珍再待一会儿。"

泉子听了臭虫的话后，看着茵子，像是在征求茵子的意见，茵子看着我说："没事，明天可以在路上睡觉。"

阿珍看了看我对茵子说："这里有我们，你回去休息吧。"

茵子语气坚决，眸子逼人地说："没事，再说就快输完了。"

看着茵子态度坚决，我们就再没说什么了。

那夜，在医院浓浓的凡士林气味中，我和茵子第一次也是最后一次长时间地从容地有着感应地相互注视着。我从她的眼神里看出了她对即将离开我们的无奈和悲戚。

我和茵子的眼神让在场的三人都大吃一惊。最让我感动的是，他们谁也没有提出异议。

七

好久没有收到那个陌生号码的信息了，倒是茵子还从北京时时发个让我少喝酒、多注意身体之类的信息。我这还是头一次处在这种被关怀的幸福感觉之中，特别是那种远方的牵挂，有一种别样的幸福。每天一起床手机上就会写着："该起来了，上班别迟到了。"这样的字句，这种别样的幸福感一直萦绕着我，我就生活在这样一种虚幻的感情世界里，很多次我都在想那个陌生号码的信息应该是茵子发给我的。我就不由自主地会把茵子和那个陌生的号码联系在一起。

我和茵子在一段时间的手机信息联系的过程中，我已经习惯并深深地陷进了这种生活方式，我幸福的生活在被关心和关心别人的日子里。直到那一天，远方的茵子在信息里告诉我，她第二天的机票去美国的时候，我才感觉到我的幸福日子结束了。那一天我沮丧得像是世界的末日到来一般。

至今，茵子再也没有任何消息了。

“不好意思，前段时间我出国了，好久没和你联系，你还好吗？”一天下午，我的手机响了，我打开手机看见了久违的那个电话号码，我平静地看完这个一直萦绕着我，使我吃不香、睡不着的陌生号码发来的这条信息后，就有一种想见这个人的冲动。现在想起来，那种想法十分地荒唐，但是，更加荒唐的是我没能阻止自己还是去见了她。

那是一个有着明媚阳光的下午，我的心情犹如灿烂的阳光，我渴望我见到的人应该是飘逸的长发，用一条白底蓝花的手绢扎起来，深邃的眸子就像高原深处的海子一样清澈。

我们事先商量好了，我们在著名的大昭寺广场，文成公主亲手栽的那棵柳树下见面，我拿着两枝人工培育的蓝色玫瑰，花店称这种花为蓝色妖姬，我不知道当时为什么要挑选这种花，现在想起来最能说服自己的理由就是，这种颜色的玫瑰花少，容易认出来。

我站在香烟缭绕的大昭寺广场，看那些远道而来的信徒，虔诚地对着大昭寺五体投地地膜拜，他们用行动在与神对话。随着淡淡的烟雾向上，我像又看见了那只巨大的黑色蝴蝶在烟雾中渐渐向我飞来，我睁大双眼，出神地看着这只时时出现在我幻觉里的黑色蝴蝶，它在不高的天空中翩翩起舞。

一个声音从身后空灵地传来：“是巴桑吗？”

听到声音后，我转过头去，我呆滞地用迷乱的眼神看着她，她像是被我的样子吓着了。好半天，她看着我手里的蓝色玫瑰，问我：“是巴桑吗？”

我没有点头，从她那惊慌失措的眼神里我能猜到我在一个人眼里的样子。我摇摇头，算是在回答她。

接着她又问：“这花是你的吗？”

我又抬起头，呆呆地望着天空，一边搜寻着刚才看见的黑色蝴蝶。一边回答她说：“你是谁，我不认识你。”

羊倌玛尔琼

◎ 尼玛潘多

在野草浓密的山坡上，玛尔琼叉开双腿仰躺着，褪色的太阳帽盖在脸上，像一具等着天葬的尸首。七八只羊羔子散落在他的四周，啃着他身旁正在变黄的野草。慢慢地，它们围拢到玛尔琼的身边，呼哧哧的啃草声弄得他烦乱不堪，他忽地坐起身子轰开羊羔子，戴上那顶褪色的太阳帽，往山坡的最高处走去。玛尔琼喜欢能够看到山脚下之字形公路的高地，对他来说，目送来往的车辆比看羊羔子啃草有趣多了。

玛尔琼当羊倌也就是近几天的事儿。在这之前，他是县中学初三的学生，他们家的羊羔子通常混在亲戚家的羊群里，只有晚上才回到自家的羊圈。因为除了他和阿妈，家里就没有别的人手了。

玛尔琼心疼一手把他养大的阿妈，只要他在家，就抢着帮阿妈做事。中考过后那阵子，看着里里外外忙不完的活儿，玛尔琼对阿妈说，即使考上了高中，我也不去读了，我来做这些事，您就跟村里的老人结伴去朝佛吧。阿妈不说话，却一脸的欣慰。玛尔琼感觉自己就是个男子汉。

话说了没两天，中考有了消息。协噶尔村的村干部从乡里带来消息说，协噶尔村的玛尔琼和益西达娃算是到县城积了三年肥料，他俩都没考上高中。益西达娃从县中学直接上城里挣钱去了，村里的孩子们只好围拢到玛尔琼家看反应。玛尔琼吼叫着说，他有太多事干，没工夫为这个消息恼火，他舀起一瓢水，做出要朝孩子们泼水的架势，孩子们一哄而散，玛尔琼也扔下水瓢跟了出去。

玛尔琼走了一下午没有回来，阿妈到村口看了三次，也没见着人影。等到协噶尔村的狗都睡着了，玛尔琼才疲惫地回到家里，身上的衣服沾满灰尘。他坐在草垫上，眼神死死地盯着房梁，好像那上面刻着某种答案。阿妈一下子明白玛尔琼去了哪儿。她问，你上乡里问去啦？玛尔琼不说话光点头。阿妈又说，庄稼人上太多学也没用，你不是也说过不想上的嘛。玛尔琼不说话也不点头。阿妈继续说，又不是你一人没考上，何必太在意。玛尔琼死盯着房梁说，益西达娃早不想念了，他脑子里只有挣钱的事。阿妈问道，那你想上？玛尔琼终于把眼神从房梁上收回来，试着挤出笑容说，我说过要帮你做事，但我不想待在村子里，请让我上山放羊吧。玛尔琼家的羊羔子也就七八只，通常都混在别人家的羊群里寄养，用不着专门的羊倌。但玛尔琼是阿妈的心头肉，不管多么不值，她都点头答应了。玛尔琼就这样成了协噶尔村羊只数最少的羊倌。

别的羊倌上了山，手里都拿着搓绳工具，一有空闲就会搓一搓。在现在这样的季节，他们的手脚更不会闲着，山上的野葱正散发着诱人的香味，采上一袋子晾干，整个冬天就有香喷喷的“土巴”粥可以喝。玛尔琼却不一样，他的脑子内只要有白雾升腾时，他的眼睛就成了摆设，即使野葱们伸出大拇指求他采摘，他的眼睛也是看不见的。

有白雾在大脑中升腾，玛尔琼的耳朵异常灵敏，他总能清晰地捕捉到微小的声音，从而能够确定山脚下那条之字形的公路上，很快就有车子经过了。这时，他就会以最快的速度爬到山顶，远远地迎接车子的到来。车子开到山脚下拐往协噶尔村的路口时，他会在心里小声地说，拐进来吧拐进来吧。但能停下来的车子很少，偶尔有一辆停下来，跳下两三个人，撒一泡尿又呼呼地开走了。挂在倒车镜上的哈达翻飞成小鸟，玛尔琼的想象力也开始作祟，仿佛自己是挂在倒车镜上的哈达，能感受到风的速度。

就在玛尔琼陷入无尽的想象时，一阵刺痛从背部传来，他这才挣脱掉一股强大力量的支配回到现实。平常总喜欢待在半山坡的老羊倌，不知什么时候已绕到了玛尔琼身后，正漫不经心地收拾着他的乌尔朵（抛石器）。玛尔琼吃力地搓揉背部，用敌视的眼光久久地盯着乌尔朵。

真是一块不经吹不经晒的小酥油（藏语中玛尔琼意为一小块酥油），指甲片大的石子能把你打成这副模样。老羊倌说着坐到玛尔琼身边。老羊倌靠替村里人放羊过日子，他的羊群比玛尔琼家的壮观许多。他平常喜欢待在半山腰，说是看得到村庄，心里踏实。老羊倌的脸像生了锈的铁器，连胡子都是根根坚挺，特别硬实。在县中学，一位酷爱音乐的干部子弟常讲重金属音乐，那时的玛尔琼怎么也想象不出重金属音乐是个什么样，现在看着老羊倌的脸，他感觉突然明白了什么是重金属，不觉又嘿嘿地笑出了声。

老羊倌使劲敲了一下玛尔琼的脑袋说，小崽子，叫你下来喝酒，你倒像个泥菩萨不应不响，我还以为被鬼偷去了魂哪。玛尔琼睁大眼睛问，你什么时候叫过我。老羊倌回道，我喊你的时候，村里人都朝山上张望，就你脑袋埋在两腿间闻屁味。

玛尔琼厌恶地撇了撇嘴，把眼神从老羊倌身上收回来投向别处，日光所及都是慵懒地伸展着肢体的山脉。把目光放低一点，山脚下那条之字形公路就进入了视线范围，无尽延伸的公路像大热天狼狗吐出的舌头，呼呼地吐着热气。

太阳怎么还不下山啊。玛尔琼一句含混不清的话，却被老羊倌听得一清二楚。他轻蔑地对玛尔琼说，男人饿着心疼，男人闲着可惜。是男人就不会说这样的话。不过也不能怪你，你只是一小块酥油，光吃饭不干活也没人会说你。

玛尔琼最忌讳别人说他是一小块酥油，他多次跟阿妈说过要改名，改成多吉（金刚）或者嘉措（大海），他觉得那才是男人的名字，可以很大声报出来。更不能容忍的是老羊倌还把他看成是懒人。

上山放羊不算干活？玛尔琼说话的口气有些讨好的意思，他似乎很在意老羊倌对他的看法。老羊倌不接他的话，从挎在胸前的羊毛织兜里拿出酒壶，给自己倒了一碗一口喝干，又倒了一碗递给玛尔琼。在玛尔琼接碗的工夫，老羊倌抓起玛尔琼头上的太阳帽扔得很远，说，帽檐拧得像个水槽，难看死了。庄稼人用不着捂那么白。玛尔琼说，我们学校的学生都爱戴这种帽子，有些人的帽檐本来是平的，也想方设法弄成水槽形的。我那些同学看到你这样说我，一定会说你是个乡巴佬。老羊倌哈哈大笑说，我本来就是乡巴佬，怕什么？难道你是城里人？一口一个我们学校，你以为你还是那个在县城上学的小男孩儿？醒醒吧。

老羊倌是村里的传奇人物，年轻时四处朝圣，转了很多地方，村里人送他一个绰号——脚上长轮子的人。老了却只做两件事：放羊，说唱格萨尔故事。玛尔琼想跟他说说他在县城的事，老羊倌就会说，我跨过的桥比你走过的路还长。玛尔琼这几天跟老羊倌在一起，除了老羊倌讲格萨尔给他听，就是他听老羊倌讲格萨尔。但今天不同，玛尔琼求老羊倌讲格萨尔王的故事，他都不讲，他说跟空心人讲了也白讲，让玛尔琼先去把魂找回来。

老羊倌开始摆弄他的搓绳工具不再搭理玛尔琼，玛尔琼百无聊赖，把目光转向山脚。车子，车子，一辆车子。玛尔琼兴奋地喊叫起来，他搞不清自己的耳朵为什么没有捕捉到这个声音。老羊倌，你快看呀，是辆大客车呀。有很多人，他们要去哪里呀？玛尔琼站起来顺着车子方向小跑了几步。嗬，倒车境上的哈达好长啊，好像是个新车子。玛尔琼的笑容像绽放在山坡上的野花。

你是不是希望自己是那条倒车境上的哈达？老羊倌停下手中的活儿，认真地问玛尔琼。玛尔琼知道老羊倌不寻常，但没想到竟能洞穿别人的心思，惊异得说不出话来，像遇见了鬼魂般怔了半天才反问道，你怎么知道？山上的风裹挟了他的声音，变得细若游丝。

老羊倌停下手中的活，认真地说，想干什么就去干吧，听从心的旨意。玛尔琼听不懂老羊倌的话，正想说点什么，突然看见那辆车子停在了拐往村子的地方。他兴奋地喊道，嘿，老羊倌，车子停下来了，有人到我们村里。我下去看看，到底……话还没说完，玛尔琼已跑出了几步。

老羊倌捡起一块小石子，抡起乌尔朵扔了过去。不偏不倚，石块打在玛尔琼的脚踝上，玛尔琼栽倒在地，羊羔子四处逃散。老羊倌的骂声也紧随其后，小崽子，我让你清醒清醒。你是来放羊的，还是来看车的，你阿妈白疼你了。他甚至朝玛尔琼吐了一口唾沫。

钻心的疼痛弥漫开来，玛尔琼怒火中烧，捡起石头疯狂地朝老羊倌抡过来。老羊倌没有躲闪，但石头不是落到左边，就是落到右边，没有一块打中老羊倌。老羊倌一脸不屑地说："乌尔朵都不会抡，还想当羊倌。"

轻蔑的嘲笑混合着足部的疼痛，玛尔琼不争气的眼泪掉出来。他索性坐在地上，放声大哭起来。越哭越伤心，感觉自己什么本事也没有，上学学不好功课，在家干不好活儿，上山放不好羊子，此刻在他人面前连眼泪都控制不住，这样的窝囊废物还能干什么呀。玛尔琼越想越伤心，越伤心哭得越大声，连羊子都远远看着，不敢走过来。老羊倌站起身拍拍屁股，抡起乌尔朵把自己的羊群拢到一起，往别处去了。

这一哭，时间倒过得很快。等玛尔琼哭肿双眼，哭干嗓子，也该下山了。玛尔琼一瘸一拐把羊子赶到村口，回村的羊子看到熟悉的村庄就有了懈怠的情绪，走得零零落落。偏偏一个穿开裆裤的小男孩儿闯进羊群，把羊羔子惊得四处逃散。玛尔琼一时拢不住羊子，就一把拎住捣乱者的脖子，疼得小家伙大声求救。小家伙告诉他，村东口的益西达娃回家了，他急着给父母报信，才闯进了羊群。

玛尔琼听到益西达娃的名字心中一颤，但还是不太相信，说，我一直在山上，怎么没看见？小家伙歇斯底里地喊，真的，不信你去看看，益西达娃打扮得像个孔雀。玛尔琼手下一松，小家伙摔在地上，扬起一股灰尘，小家伙就势在地上打了个滚儿，变成一个小灰球急急地逃走了。

益西达娃回村的消息，把玛尔琼的心搅乱了，哪还有心思把羊羔子一个个赶进圈，他甩掉乌尔朵，把褡裢交给阿妈，换上从县城回家后再也没穿过的旅游鞋，一瘸一拐往益西达娃家跑去。

益西达娃是玛尔琼的同班同学，也是玛尔琼舅舅的儿子，两人的关系自然非同寻常。快到舅舅家时，玛尔琼却来了个急刹车。他摘下戴在头上的太阳帽左看右看，这顶帽子已经被山风吹褪了颜色，再看看身上的衣服，满是尘土，脚上的鞋子也因为一直未穿，干硬地翘着。一种难言的情绪涌上心头……玛尔琼转身改变了行走路线。这时，他似乎听见了舅舅叫他的声音，但他没有回头。

阿妈正被一头顽皮的小羊羔急得团团转。玛尔琼捡起一块石子，随意抛过去，顽皮的小羊羔和玛尔琼一样，一瘸一拐溜回了羊圈。玛尔琼走进家里观察了一番，却没有找到任何来过客人的迹象，他把益西达娃回村的消息告诉了阿妈，阿妈好像听不到他的话，只"噢"了一声就什么也不说，给他端来了一碗浓香的酥油茶。在他们这个小村庄，除非家中来了尊贵的客人，没人在晚上打酥油茶喝，认为那是败家之举。可玛尔琼的阿妈等到儿子下山，都要打一壶浓浓的酥油茶，一脸满足地看着他喝完。玛尔琼劝阿妈不要打酥油茶了，他说那样很浪费，其实，他倒希望阿妈端来的是一壶青稞酒。在县城，他喜欢上了酒，当然，像他这样的农村孩子只能喝便宜的青稞酒，而城里的同学喝的是啤酒，一种说不上味道的酒。

虽是自己的侄子，玛尔琼阿妈却不喜欢益西达娃。在她眼里，益西达娃太复杂，她常告诫玛尔琼要离他远点。据村里人传，有一回，一位老阿妈想搬一块大石头回家，抱着很费劲，恰好益西达娃路过这里，就把他叫过来，让他搭把手。益西达娃说，给我一块钱。这位老阿妈惊得差点没昏倒，愣了半天才叫道，菩萨啊，您看看这世道变成什么样了，搭把手还要一块钱哪，啊啧啧。玛尔琼阿妈最看不惯的还有益西达娃对女人的态度。在协噶尔村，益西达娃这个年纪，娶个媳妇不算稀罕事，稀罕的是到县城上学的益西达娃常从城里带些花枝招展的女人回来，每次都不一样，连他阿爸都拿他没办法。所以，玛尔琼不敢再向阿妈提起益西达娃，他借口这一天太累要早点儿睡觉。

玛尔琼躺在被窝里，脑子却一刻不得闲，满脑子都是益西达娃，他试着让自己脑中升腾白雾，却怎么也做不到。他换个姿势让自己舒服一些，这时，他的鼻子嗅到了一种似有似无的味道，这个味道使他的脑子渐渐平静下来，他努力辨别着这个味道。突然，他一跃翻出被窝，取下神龛前的酥油灯，在那张用土坯砌成的床边寻找着，像个贪婪的狗儿顺着腥味寻找食物。他把被子、衣服、破鞋烂袜全都搜了一遍，甚至把土坯都搜松动了，一无所获。

就在他失望之时，他的两眼又突然放出了光芒，脸上露出了笑容。从床前方桌腿下，他小心地取出了一截烟头，认真地看了几回，又拿到鼻子下嗅了一会儿，就把它放进了褡裢里。

这一夜，玛尔琼睡得特别香。但阿妈没睡好，比平常起得还早，她不像平常那样让玛尔琼多睡会儿，也不再一遍遍地给他续茶，她像赶苍蝇似的让玛尔琼赶紧上山，让他走远些，到别人没去过的地方去，让羊子吃饱些。玛尔琼知道阿妈的心思，也不多话，早早地上山了。

老羊倌的生计靠给人家放羊，为了省些饲草，总是很早上山，玛尔琼赶着羊子上山时，他已经在半山腰上烧火熬早茶了。玛尔琼把羊子赶上坡后帮老羊倌找干柴。你怎么不听你阿妈的话，把羊了赶得远一些？老羊倌一句不着边际的话，让玛尔琼后背发凉，他真有些怕这个怪老头。玛尔琼底气不足地反驳道，阿妈没说什么。

老羊倌接过玛尔琼捡来的干柴，继续说，谁不知道你阿妈，生怕别人把你带走。其实呀，心都跑了留着人有什么用。

我没想过离开这里，真的。玛尔琼不像益西达娃，能把谎话说得跟真的似的，话没说完脸就红了一大片。老羊倌紧盯着玛尔琼的眼睛，故作神秘地说，你的眼睛不会说谎。

玛尔琼现在有点害怕老羊倌了，好像他能看穿别人的心。玛尔琼没跟他一起喝早茶就赶着羊羔子上了山。山顶的风太大，羊羔子怎么也不肯往上走，玛尔琼只好把羊羔子赶到避风的地方，自个儿跑到山顶，坐在山顶看着山脚下那条之字形公路，这是玛尔琼打发时间的最好方式。

玛尔琼觉得自己真该干点什么，才不至于这么难熬，就像老羊倌说的，庄稼人就得有个庄稼人的样子。他站起来四处走走，真的找不到什么事可做。现在还不到割荆刺的时间，割早了村里会有人骂。计算着割荆刺的时间，玛尔琼更失落了，他算出自己当羊倌的时间还不到一个星期，而他感觉已经很久了，久得有些厌倦了。这么想着，眼皮子掉了下来，不争气的睡意上来了。

玛尔琼的睡意被一声口哨声惊散。玛尔琼顺着声音望去，却见益西达娃穿着红黄相间的衣服，把指头含在嘴里正弄出一声声尖厉的哨声。玛尔琼想起小男孩儿说过的话笑出了声。说实话，现在的益西达娃比孔雀还招摇，整个是一个移动的五色经幡，只要他出了门，就别想躲过别人的眼睛。

益西达娃跑过来抢走玛尔琼头上褪色的太阳帽戴在自己头上，又捡起扔在地上的乌尔朵抡了两下，问玛尔琼他像不像羊倌。玛尔琼一本正经地说，不像，你像只孔雀，一只骚孔雀。益西达娃跳起来要打玛尔琼，玛尔琼也不逃开，用略带报复的口气说，是村里人说你像孔雀。益西达娃不屑地说，乡巴佬知道啥，这是户外运动服，来旅游的人都这么穿。玛尔琼冷笑道，有这么一张皮，你就变成城里人啦？益西达娃不解地看着玛尔琼，说，你怎么和姑姑一样古怪，说变脸就变脸，我昨天去你家，姑姑也是这个神情，连碗茶都没倒，我都没敢多待。我不偷不抢，不知道什么地方招惹她了。玛尔琼没有回答益西达娃的问题，但他真不知道阿妈为什么只字不提。

益西达娃告诉玛尔琼，他在离协噶尔村不远的圣湖给游客当向导，他这回来村里就是来找几个替游客背行李的背夫。益西达娃说，挺挣钱的，如果你愿意来，我就第一个要你。

玛尔琼用开玩笑的语气问益西达娃，该不会是快秋收了，找不到人就来找我的吧？益西达娃认真地说，这段时间也真不好找人，家家都等着秋收，而你们家那块地，算是被我爸承包了，你又听得懂汉话，所以，你是最合适的人选。玛尔琼本想着益西达娃会指天发誓，是因为同学情深或兄弟情深才第一个想到他，没想到“会说话”的益西达娃说得这么直白，一丝冷气直往心口窜。他努力隐藏住这种情绪，装出一副意料之中的样子，说，这次恐怕不行，我得留在家里秋收，我都回家了，不能再辛苦舅舅了。益西达娃反驳玛尔琼的话，好像就在嘴边，脱口就说，我阿爸乐意，他最担心的就是你们母子俩，何况你们那点儿地，我们一家人用不了半天。你去当背夫，还能给他们挣点酒钱。玛尔琼想不出反驳的话，只好说再想想。益西达娃还是给玛尔琼留了余地。他说他先带一个人过去，等玛尔琼想通了，明日中午前赶到圣湖畔的寺庙，也算是帮他一个忙。

益西达娃走后，玛尔琼被这个约定弄得心神不宁，他的心好像已经飞到了圣湖畔，穿着和益西达娃那件一模一样的衣服，他被想象拨弄得燥热不安。在县城上学时，每当益西达娃说起他经历的那些男女之事，玛尔琼就会产生这样的反应，玛尔琼感觉自己真的需要找人说说。

他把羊子主动赶到老羊倌那儿，想听听老羊倌的意见。“自己的事情自己决定，别问我。”玛尔琼还未开口，老羊倌的话就硬硬地砸过来，这一砸让玛尔琼脚步踉跄。再一看老羊倌，那张“重金属”脸格外凝重，眼光锐利，怎么看都不像个凡夫俗子，玛尔琼的敬畏之心油然而生，为自己曾向他抡过乌尔朵心生恐惧，觉得冒犯了什么。玛尔琼盘腿坐在老羊倌对面，停了半晌才问道，您看益西达娃这个人怎么样？

老羊倌好像料到玛尔琼要问这个问题，嘿嘿一笑，用开玩笑的口气说，益西达娃那小子还真有点意思，像个男人。

玛尔琼轻声问道，那我跟着他，前景如何呢？老羊倌却又开起了玩笑，说，你只是一小块酥油，还不是男人，怎么能跟他呢。玛尔琼感觉老羊倌看不起自己，一时冲动又大声喊叫起来，你为什么这样说我，我和他一样大。老羊倌说，是男人就不会问这种问题。

就这一句话，像拨开了玛尔琼身上的某个机关，脑海里的白雾一下散去了，脑子变得格外清晰，他的脸上浮现出了婴儿般的笑容，他奇怪地双手合十向老羊倌道别，熟练地抡起乌尔朵，从老羊倌的羊群中分出自家的羊子，朝着山下赶去。

老羊倌被玛尔琼的这个举动怔住了，他的喉结动了一下却没有喊出任何声音。倒是玛尔琼走了一阵后突然又转身向老羊倌跑来，气喘吁吁地说："请您回答我最后一个问题，真正的最后，从此之后，我再也不会问您任何问题了。"不等老羊倌说可以或不行，玛尔琼提出了自己的问题："您怎么知道我想成为倒车镜上的哈达？"

哈哈哈……老羊倌的笑声让山上的石头震动，他说，因为我年轻过。我年轻时，常碰到运货的骡队，我羡慕那些走南闯北的骡夫，常梦想自己能成为骡子脖子上挂着的铃铛。

我就知道你不是无所不知的。玛尔琼得意地掉转头，朝着山脚下的公路大喊，我也要成为骡子的铃铛。

第二天，当玛尔琼的身影同晨光一道出现在协噶尔山上时，老羊倌的轻蔑挂在了嘴角。玛尔琼赶着他的羊群扬起滚滚尘埃从老羊倌跟前经过，爱挖苦的老羊倌岂能放过，说，一小块酥油想成为男子汉，就要吃掉大山一样多的糌粑。玛尔琼没有停下来争辩，直接将羊子赶向山头，明摆着就是不想跟老羊倌说话。

老羊倌看到玛尔琼呆立山头痴痴地望着山脚的公路，有时还站起来走走看看，像探路的窃贼，心思全然没在羊羔子身上，不禁摇了摇头。

玛尔琼离开村庄的消息是两三天后才传遍协噶尔村的。玛尔琼阿妈把玛尔琼的出走看成是一件丢尽颜面的事情，把玛尔琼的舅舅找来，悄无声息地把自家的羊子赶到舅舅家的羊群里。找不到挖苦对象的老羊倌四处打听，村里人才发觉了玛尔琼的出走。

玛尔琼按照事先的预定路线走出村庄，搭上顺路车来到圣湖之畔。这里的热闹让他惊讶不已，全然没有了小时候被阿妈领着朝拜时的宁静、安详。到处都是游客、香客、小贩和背夫的身影。小贩和游客的讨价还价声，附近村庄的孩子们跟在游客后面，发出的一阵阵惊奇的叫声，消减了圣湖的神圣感。只有圣湖畔的寺院仍像往日那般庄重肃穆。

玛尔琼想象过益西达娃看到他的样子，高兴地跳起来或惊讶地张大嘴，但现实中两者都没有出现，益西达娃漠然地把玛尔琼带到一个简易的帐篷跟前，几个和玛尔琼年龄相仿的小伙子像被捅了麻雀窝的麻雀，呼啦啦从帐篷内飞了出去，满脸谦卑。益西达娃却没有那么友好，当着玛尔琼的面骂那几个人的懒惰，他甚至朝走在最后面的那人踢了一脚，好在那小子跑得快，让益西达娃踢空了。

益西达娃把玛尔琼领进散发着异味的帐篷内，铺了一地的被褥上到处散落着扑克牌，显然，玛尔琼的到来搅乱了那几个家伙的玩兴。益西达娃没有玛尔琼想象的那般热情，他的话说得很快，好像要急着去做什么。他说，他没想到玛尔琼会来，所以已经从附近村庄叫了几个帮手。现在天气转凉，游客香客日益减少，而背夫太多，找事做很困难，他让玛尔琼休息几天，等有合适的事情就让他做。益西达娃的态度跟先前完全不同，他的冷淡迎头把玛尔琼的兴奋感浇灭了，玛尔琼声音颤抖地说，你忙你的，不用管我。

不知是有意还是真有什么事，玛尔琼的话音未落，益西达娃就匆匆出了帐篷，这个举动令玛尔琼更加恼火。他对着益西达娃的背影狠狠地吐出了一句："办你阿爸的尸体。"话刚出口，玛尔琼就被自己的这番话吓了一跳，益西达娃的阿爸就是自己的亲舅舅。这句话就像暴雪中刮起大风，眼见着就在跟前的援救者被吹远了，只留下孤单的自己。玛尔琼清晰的脑海中又有白雾升腾，他知道自己又一次败下阵来。

刚才呼啦啦从帐篷内"飞"出去的那几个家伙，很快呼啦啦飞回来了，玛尔琼脑海中的白雾才慢慢散尽清醒过来。这次，玛尔琼的预测一点儿都不准，三个家伙对他的态度没有他想象的那般敌意。三个家伙轮番提问，片刻工夫就把玛尔琼的底细弄清楚了，对他说话也不很客气，像相识很久的老朋友。玛尔琼很喜欢这样的感觉，更羡慕那些人的无拘无束，他自己就做不到这点。阿妈常说，出门在外，鼻子下面那东西要多动。说起来容易做起来太难。

天色擦黑，蜡烛照亮帐篷内一小块天地。玛尔琼的话才多起来了。三个家伙又被玛尔琼的话重新点燃了，噼噼啪啪说了好一阵。

在圣湖边上，益西达娃算得上是名人，他跟导游们走得很近，背夫们跟着他就容易找到事做。游客也愿意找有集体组织的背夫，即使要价低，游客也很少跟个人联系，说是不安全。单个人怎么就不安全啦？背夫们想不通，但这改变不了现实，因为外来的游客和本地背夫想的不一样。背夫们只能到处求人给自己当头目，益西达娃这类能说会道的就成了小头目，自然也不跟背夫们住在一个帐篷。

那你们应该找香客呀。玛尔琼的话刚说完，那几个家伙就乐成一团。他们说，到圣湖朝圣的人除了一颗虔诚的心，什么也没带来，有些还靠乞讨对付吃喝。哪还有钱雇背夫，不抢我们的饭碗就不错了。

等孤零零的蜡烛分辨不出扑克的点数，三个家伙扔下扑克弹起扎年琴。扎年琴就像他们身上的部件，用不着眼睛就能寻着它的旋律。不大的帐篷，顷刻就被歌声淹没。这些歌曲玛尔琼是熟悉的，他试着让自己发出声来，但他的声音总不能融合到别人的声音里，就像苍蝇盘旋，只窜自己的耳内，这使他十分难过，总是在最热闹的时候，感觉自己像个被遗弃的孩子，渐渐地，他感觉自己像传说中徘徊在阴间的灵魂，无处可去，无处可投，失落像无尽的黑夜向他压过来。我什么时候变成这个样子的？玛尔琼开始寻找答案。

等玛尔琼醒来，帐篷内只剩他一人。这是他近段日子来睡得最香的一晚。这一觉不得不使他相信圣湖的灵气。益西达娃没来安排任何工作，玛尔琼只能自己找事做了。他走出帐篷，一阵从湖面上吹来的凉风让他打了个寒战，也把他的注意力引向了圣湖。这是一个怎样美丽的湖哇。这样地安详，这样地宽广，这样地静谧……在久久的注视中，圣湖在玛尔琼的脑海中幻化成度母，玛尔琼连忙双手合十举过头顶，弯下腰身，面向圣湖等身长跪，不知不觉中，泪水潸然而下打湿了他的脸庞。

圣湖边上，兜售经幡与“桑”的小贩和找事做的背夫们三五成群说着笑话，有的还在追逐嬉笑，就像村口的小伙伴。带着从神湖获得的力量，玛尔琼向他们走去，脚步坚定有力。阿哈，生意可好哇，我的大哥们。玛尔琼向所有的小贩打招呼，声音响亮又自然，连他自己都觉得十分地浑厚，玛尔琼确信自己得到了某种神秘的力量，有了这样的肯定，他的心情特别开阔。

玛尔琼找到了三个“篷友”中的两个，一个据说是被益西达娃叫走了，可能是有事要做。这个消息让玛尔琼有些不舒服，他想，他和益西达娃不仅同村而且是亲戚，有事做理应先安排他呀。玛尔琼还想问出点什么，但见一辆旅游车远远地向这里驶来，背夫们一哄而散，向着车子飞奔。玛尔琼不知发生了什么事，全身紧张，腿不知该往哪儿迈。见兜售经幡与“桑”的小贩安然不动，才渐渐平复了心情。一个小贩可能看出了玛尔琼脸上的惊慌，善意地说，你是新来的吧，他们是抢客人，你也该去的，要不然找不到事做。玛尔琼半信半疑地问道，那你怎么不去。小贩子说，一般坐大巴来的都是游客，他们是来看风景的，不会买我这些的。等朝圣者来了，该我们抢了。玛尔琼似懂非懂之间，背夫们在大巴车扬起的灰尘中又跑了回来。车门打开，一早还嬉笑追逐的背夫们互不相让，眼睛里喷射着欲望的火焰，他们把游客团团围在中心，有的以价格，有的以诚信，有的以对地理的熟悉推介自己。被圣湖的美丽所陶醉的游客显然被这样的热情吓着了，他们的面部从微笑变成惊恐，变成了愤怒，相互推搡着。几分钟后，结局揭晓，两三个背夫随游客而去，剩下的又围拢成一圈，嬉笑追逐如昔。玛尔琼当然什么收获也没有，他远远地观赏着争斗，听着背夫们的语言之战，自卑感油然而生，圣湖给予的力量也一点点地消失，别人和他说话，他也懒得回答。

一连三天，玛尔琼什么活也没有找到。他试着和别的背夫一样抢客，甚至也抢到了客人，但他既不会说，又没有经验，客人的行李仅在他手中过了一下又被别人抢走了。在这三天，益西达娃把三个“篷友”带走了，说是有个旅行团需要背夫，让玛尔琼看“家”。这个“家”除了几床散发着恶臭的被褥，还有什么可看呢？面对着夜幕下的圣湖，玛尔琼想着益西达娃的薄情，离开这里的念头愈发强烈。走向何方呢？县城是除了家乡外玛尔琼最熟悉的地方，如今那里的生活早已结束，他想不出还有什么事情能让他与县城再次扯上关系。除了回家，玛尔琼的脑子里没有其他落脚处。但村子里的闲言碎语能杀人，挣不到钱的男人回了村就会抬不起头，何况他是逃出村子的，这样走回去，不说无法面对阿妈，就连老羊倌那一脸的讥笑也是无法承受的。除了再试试运气，玛尔琼再也找不到其他的办法了。“圣湖，您听到了我的心声吗？请指给我一条路吧。”玛尔琼在心里轻声说着，身子微微发颤，便以长跪的姿势面向圣湖，孤独从心底慢慢渗开。

一阵脚步声传来，玛尔琼立即警觉起来，他那羞于启口的胆怯之心慌乱了。当脚步在身后停下时，玛尔琼的身子僵得几乎没有人气，圣湖边上鬼怪神灵的故事莫非正在背后呈现，他没有勇气回头，只能保持长跪的姿势等着来自背后的动静。很久很久，背后沉静无语，玛尔琼怀疑刚才是自己出现了幻觉。他猛一回头，黑夜中一排洁白的牙齿最为醒目，他“噢”地惨叫了一声，仿佛被猛兽咬了一口。“白牙齿”也被这一声“噢”惊退了两步。

经过一番解释，玛尔琼才知道这是一个寻找替转圣湖的人。他是个开旅游大巴的司机，家中有位生病的孩子，他想请玛尔琼替这个可怜的孩子转圣湖，让神灵保佑他早日康复。他说，从玛尔琼坐到湖边起就一直关注他，看到他小小年纪却如此虔诚，就觉得请他替转最让人放心。他说，在这个地方找钱容易，找个可以信任的人却不容易，挣钱的欲望把人心都染黑了。玛尔琼喜欢别人这样评价自己，他对替转人也不陌生。听说在神山冈仁波齐处，有人专门以替转为生，即使委托人早已离开，他们从不食言，以诚信服人。他也知道，圣湖上的背夫不愿意当替转人，替转的收入比背夫的收入少多了。

我是个背夫。玛尔琼愣愣地说。随后又为自己的话有些羞愧，怕别人知道自己没有揽过一件活儿。但对方显然误会了玛尔琼的意思，他说，我一眼觉得你是个特别值得信任的人，所以才找的你，报酬方面不会亏待你。玛尔琼嗫嚅着想说点什么，但终究什么也没有说出口，在陌生人面前他常常十分地羞涩。陌生人把玛尔琼的沉默当作答应，从上衣口袋掏出两张崭新的百元人民币递给玛尔琼，说，孩子今年十岁了，你就替他转十圈吧，请为他祈祷。如果不是给旅行团开车，我想亲自去替他转湖，这样还能洗清自己的业障。陌生人顿了一下又说，明天他就要离开这里，等到明年开春有游客进藏，他才会来。玛尔琼捧着两百元，微微张开嘴巴，半晌才说，这个太多了。陌生人呵呵笑着说，这年头说这种话的只剩下你一人了。玛尔琼又问道，那我怎么把替转石交给你呢？按照习俗，替转人每转一圈要捡一块石头作为证据交给委托人。陌生人想了一下说，你把它们放在玛尼堆上吧，我能看见。说完笑着转身走了。

和陌生人没有约定时间，但玛尔琼不想等到三位“篷友”回来后再出发，玛尔琼很怕别人知道这件事，他觉得像他这样上过中学的人，不应该去做这样的事，这份工作使他有种说不出口、拿不上台面的感觉。想到这些，玛尔琼只能带着遗憾闷闷地出发了。

天气日益转凉，游客越来越少，但朝圣的信徒却越来越多，忙过秋天后，各地的信徒都向着这里奔来，这使玛尔琼一点儿也不用担心转湖路上没人相伴。转湖的起点在湖畔的寺院边，转湖前是应该有个仪式的，有人嘴中喃喃有词，有人做出向湖面抛撒青稞的姿势，有人用手势献出“曼扎”。玛尔琼的脑子里没有一句经文，阿妈每日清晨的祈祷他从未认真听过，何况现在他又害怕有人认出他，所以快速地做了个双手合十的动作，在心里祈求三宝护佑。

玛尔琼两天转完了三圈，这比长期以替转为生的人还要快了一些。是怎么转过来的？玛尔琼自己都不太清楚。他害怕有熟人认出，就一直竖着衣领，但这样做，并不妨碍他的心情逐渐开朗起来。这份新奇的工作，使他的情绪慢慢地亢奋起来。他看着如洗的湖面变化出不同的色彩，看着年轻的信徒长跪时以惯性飞出的潇洒姿态，看着举家转湖人的辛劳与欢乐，看着远足游客以各种姿势在湖畔留影，玛尔琼的心情有了从未有过的舒坦，他甚至唱起了歌，在自己的歌声中奔跑着，像个顽皮的孩子，直到被一名年老的游僧呵斥他的不敬，他才悻悻地闭了嘴。这一声呵斥也使他突然想起自己竟忘记捡替转石了。

接下来的两圈里，玛尔琼渐渐有些累了，他不愿和那些举家朝佛的孩子玩闹，他一个人静静思考着。玛尔琼是个爱做白日梦的人，对于未来，他有过各种各样的想象，即使没有益西达娃的头脑，他也幻想过自己像益西达娃那样，潇洒地和各种各样的人来往，做生意挣大钱，有可能的话开个车子回到村里。要不就是到大城市上学，全村人拿着哈达为他送行。或者当个兵，穿着军装回家探亲时被小孩子们围拢在村头。唯独没有现在这种挣钱的方式。他想象不出他的同学们知道他现在的工作会是怎样的反应。想到这里，玛尔琼感到莫名地失落，身子也明显沉重，他决定休息一天。

玛尔琼回到帐篷时，益西达娃正为三个“篷友”结算工资，四个脑袋紧紧凑在一起，气氛十分紧张，连玛尔琼走进来都没人知道。三个“篷友”对分配的不满都挂在脸上，但没有人敢说出来，直到益西达娃起身跟他们告别时说，今年就这样，明年开春再和你们一起合作时，有个人嘟囔了一句，今年都成这样了，哪还有明年。益西达娃听到这句话，立刻转身回敬道，现在不愁找不到人只愁找不到钱。在说这话的当儿，益西达娃发现了坐在角落的玛尔琼，吃惊地说，你上哪儿去了，我一直找你。玛尔琼冷冷地问，找我干什么？益西达娃故意大声说，跟我去城里，我在那儿找到一份差事，我带着你。益西达娃故意把最后那句话说得很重。玛尔琼毫不犹豫地拒绝了益西达娃的邀请，连羞于启口的替转一事也脱口说了出来。益西达娃不屑地说，这是从牧区来朝圣的人做的活，给他们一袋糌粑，他们就会像拉磨的驴子转个不停。益西达娃这么一说，激起了玛尔琼的愤怒，他从口袋里掏出两张崭新的百元钞票在益西达娃眼前甩了两下。益西达娃眼睛一亮，扯过一张钞票，对着太阳反复查看了两三遍，有些不相信自己的眼睛似的说，是真的。你小子撞好运了。玛尔琼不理他，他就把一百元钱装进衣袋里说，这一百元没收了。玛尔琼跳起来扑在益西达娃身上抢了回来。

益西达娃对玛尔琼要继续转剩下的几圈很不解，他说，谁会知道你没有转完，即使有人知道了又怎样，最多说你不诚实，说说又能怎样，总会有忘记的时候，又没人在你脸上刻字，何况你也转了几圈。三位“篷友”中最瘦的那个也过来凑热闹说，你跟着益西达娃去吧，我替你把剩下的五圈转完，你给我一百块刚好。如果说，益西达娃那番话让玛尔琼还有所动心，那么瘦子的这番话，则让玛尔琼感觉恶心。他默默地背上行李，准备离开这里。益西达娃知道玛尔琼的固执，就没再劝他，他指着远处的一辆东风货车说，明天，如果那辆车在，就说明我还在，你可以过来找我。我们回村待几天，然后一起到城里去，我保证你有事干。玛尔琼没有回答，继续走他的路。

玛尔琼知道益西达娃他们正在看着他，但他的脑子一片混乱，怎么也理不出一块安静的地方，他长长地叹了一口气。一开始，他走得很慢，像一个漫无目的的闲逛者，走走停停。在一处用纸板和油毡布搭起的饭馆前，他停下来掏出一张百元钞票，吃了一顿热饭。这一顿饭吃得无滋无味，倒是突然生出了夜里转湖的念头，玛尔琼不觉加快了吃饭的速度。

走出小饭馆，玛尔琼和刚才判若两人，脚步急促，好像前方有什么人等待。当他把好几拨朝圣者抛在身后时，他的耳朵总能听到这么急就别来转湖这样的话。依玛尔琼平日的性格，他很在乎别人的说法，一定会把脚步慢下来，神情会更加凝重，但这回，他没有理会这些，脚步丝毫没有放慢的意思。

快走是很容易消解体力的，玛尔琼很快感受到了累的滋味，但他一直坚持着，生怕稍有松懈就会错过某种机缘。实在坚持不下来，他就垫着行李小坐一会儿。夜里转湖与白天不一样，看不到美丽的风光，听不到香客们的诵经声，即使遇上一两个香客，也都是在湖边酣睡着。一晚上，玛尔琼听得最多的就是自己粗重的呼吸声，就像传说中夜行的鬼魂。这一圈，玛尔琼走得最为吃力。天渐渐亮时，玛尔琼的眼睛在不停地搜寻着，当远处那辆东风货车走进他的视野，一丝微笑回到了他的脸上，他拼命向着车子跑去。

离车子只有几步之远，玛尔琼却停住了脚步，停得有些突然，以至于差点跌倒。他希望益西达娃从附近某个地方走过来突然看到他，再次邀请他。玛尔琼围着车子转了一圈，当他的眼睛搜寻到倒车镜上的哈达，双腿迈不动了，各种各样的想象在脑海跳跃。但仅仅只是一会儿，羞愧感压倒了想象的喜悦。他第一次发现自己其实也是这么的虚假，和益西达娃并没有什么不同。他不敢回想在湖边接过二百元钱的情景，不敢回忆那双信任的眼睛。他慢慢地挪动步子，努力让自己离开了车子。

玛尔琼的第七圈明显放慢了脚步，他努力平复内心的焦躁不安，让自己相信现在做的就是自己唯一能做的，不再有任何选择。一位老阿妈从后面超过他时，友好地对他笑了一下，走了几步又回头说，你一定转了十几圈吧，我看到你一直在转，现在难得有你这样的年轻人，很多人只相信钱，其他什么都不信了。玛尔琼明知道自己只是第七圈，却不做更正，笑了笑算作回答。

你转了十几圈吧。玛尔琼一路回味着老阿妈的话，内心渐渐渗出了甜蜜。谁又知道我没有转够十圈呢？这些人每天都看到我，一定以为我转够了十圈。这个想法一产生，他的脚步又加快了，他一定要赶上那辆东风车。他在无人之处，迈开双腿飞奔，汗水湿透了衣衫，他甚至从嘴里闻到了血的腥味。他没有想到守住一个简单的约定竟有这么难，但他现在管不了太多，他一定要赶上车子。

事实让玛尔琼失望了，车辙还在但那辆车子早已不见影踪。这个情形让玛尔琼天旋地转，他没有想到益西达娃的离开会使自己感到如此害怕。他这才明白即使益西达娃从未帮助过他，益西达娃这个名字仍然是他在圣湖边留下的唯一理由。玛尔琼看着自己落满灰尘的衣裳和鞋子，想着自己比当羊倌时还落魄的样子，鼻子发酸。

玛尔琼片刻也不能留在湖边了，他把七颗规则不一的替转石轻轻地放在玛尼堆上，一脸歉疚地朝一辆即将离开圣湖的马车跑去。

这是一群回乡的香客，马车上载着他们所有的行李，每人颈前翻飞着哈达，唱着歌儿跟在马车后，像一群凯旋的士兵。玛尔琼喜欢有人陪伴的感觉，但又害怕他们问起太多的事，就一直默默地跟在后面，和这些人保持着一定的距离。那些人却像故意在等他一样，走一阵停一阵。玛尔琼看到别人停下来自己也远远地停下来，好像在跟他们赌气。

一路上，玛尔琼想得最多的就是那七颗替转石，那些替转石用他抹过酥油的手摩擦过，每粒都油亮油亮的。他记得其中有一颗很像绿松石，捡它时玛尔琼真以为是颗绿松石，可以为阿妈做个耳环了。有一颗是两个石头叠加而成，大石头背着小石头，那是一个转湖的牧民捡到的，他问玛尔琼像不像一个母亲背着孩子，看到石头的瞬间，玛尔琼突然十分想念阿妈，所以他就把那颗石头放进了口袋。

玛尔琼想石子想得太入神，忘了和那些人保持距离那档子事，冷不丁就和正在休息的那车人撞上了。玛尔琼是绕不过的，香客们热情善良，有几个都说玛尔琼跟他们一起走才不会太累，玛尔琼不好太固执，就加入了他们中间。这些人中看上去最年长的那位，尤其喜欢玛尔琼，他不停地问这问那。玛尔琼本不想让人知道太多，但在这位慈眉善目的老者跟前，他变得不会撒谎了。

问到替转的事，玛尔琼含糊应付了过去。老者也没再多问。但问过这件事后，老者发现玛尔琼的话越来越少，长长的叹息声一声接着一声。老者好像明白了什么，看着远处的山峦说了一句话：“没有愧疚的心是最快乐的。”玛尔琼装作什么也没有听见，双腿不停地往前迈，动作机械麻木，但很快他感觉到自己实在支撑不下去了，停下来对老者说，我有一样东西忘在圣湖了。老者一点儿都不感到奇怪，用鼓励的目光说，快去拿回来吧。

玛尔琼向着圣湖走去，与一个个转湖回来的人们相遇，他们用奇怪的眼神看着他，因为突然起风，湖畔气温骤降，很多人都回去了。奇怪的是玛尔琼一点儿都没有感到难堪，他走得飞快，当他看到玛尼堆上那七颗石子时，微笑终于回到了他的脸上，他把石子一颗颗捡起来装进口袋。

转湖的人比前两天少了很多，但仍有虔诚的香客面向圣湖打开胸怀。玛尔琼从这些人身边走过，脚步异常轻松，仿佛卸掉了压着他的沉重担子，他从未有过如此舒坦的心情，他感觉自己正在完成一件神圣的工作。他第一次想到了那个生病的孩子，仿佛感应到了他的疼痛，真诚地替他祈求神灵。这最后的三圈如同刚开始那三圈，是如何走过来的，玛尔琼也说不上来。

最后一次站在玛尼堆边，玛尔琼是骄傲的，身上的衣服也不显得那么破败了。他像举行某种仪式似的，把十颗石子一个一个擦拭了一番，一颗颗摆放成一字形。然后退后几步左看右看，还是觉得不够显眼。他看看自己身上，没有一件鲜艳一点的东西。突然，他想起他的贴身汗衫是红色的，那是在县城中学踢球时发的。想到这里，他兴奋得有些颤抖，他几乎撕扯着脱掉外衣和毛衣，光着膀子，顶着湖边吹来的寒风，用透着热气的红色汗衫把十颗石子紧紧包在一起，在自己的额头上碰了碰，然后郑重地放在玛尼堆的最高处。

玛尔琼穿好衣服长长地舒了一口气。他终于悟出了老羊倌说过的那句话：听从心灵的旨意原来能如此舒坦。

停了一会儿，玛尔琼起身往回走，就在他走出圣湖时，又不由得回头张望了一下，那抹醒目的红色跃然眼中。

葡萄树上的蓝月亮

◎ 朗顿·罗布次仁

一个炎热的午后，尼玛大叔和儿子旦增在一棵繁茂的葡萄树下纳凉。

儿子旦增猛地起身，双手重重地搂了几下屁股，屁股上冒出一团白烟四处逃散，他小声嘀咕着气冲冲走了。

尼玛嘴上衔着长长的青草秆，泄气地靠到身后树上，回想起儿子旦增最后的几句混账话，气得蹦起来，哼哼叫着把草秆狠狠地甩掉。脸上辣辣的，儿子旦增那几下像是打在他的脸上，气愤难抑地吼着骂了几句。

儿子旦增没有停下，回头偷瞄一眼，看到一团正要冲过来的火球，吓得踉踉跄跄地逃走了。

瞅着儿子旦增狼狈逃走的样儿，尼玛又是心疼又觉得好笑。

县城到村上的大土路快修通了，许诺给儿子旦增买摩托车的日子就快到了。这阵子，儿子旦增软磨硬泡地追着要他买摩托车。

尼玛一听到摩托车就会生出一肚子的气来。

占堆家的女儿拉姆要出嫁，婚礼在过年时举办。尼玛东抠西凑攒下五千块钱，还差几千块随礼的钱。尼玛一没事，拿出那五千块钱，舌头舔着指头，很笨拙地一张张扯出来，细细地数。数到一半，挠起头皮，钱数似乎是个难解的谜，成心让他猜不着。又从头数，数了几遍，还是原来的数目，也没有生出钱来。他吁叹着失望地摇头，掰开骨节粗大的指头，算出差钱的数目，皱起眉头呆望着发愁。

尼玛女儿出嫁那年占堆随过一份大礼。结婚随礼是风俗，收了礼还礼便是，本不必烦心。可当年占堆的几个孩子还是抓土捏泥的年纪，距婚配差着时候。尼玛早有还礼的意愿，也没逮着个时机，这一等，过了好些个年头。人情欠久了，他心里别扭起来，本是无意的事倒像是成心的，出门照了面也觉得尴尬，老远看见占堆想要躲走，总觉得自己比占堆矮那么一截子。这窝心的理亏憋在心里，有着说不出的难受。他时时巴望着早些还掉那份人情，好捡回自己的体面。

几个月前，村前头的山顶，来了两辆大车。一辆车子脑袋上带着铁爪子，哇哇叫着，挖出土，装进另一辆拖车厢的车子里，把土运走。费不了多大工夫，挖出一段路来，都快到村上了。

山那边村子的路已经修通。有人说，那边村子宽裕的家庭，都买了摩托车。

尼玛在县城见过摩托车，钥匙一开，会说句藏语“扎西德勒”。他不清楚那是怎么弄出来的，就是觉得很新鲜。县城的年轻人似乎人人都有摩托车，嗡嗡嗡地弄出很大响声，嚣张地来回飞奔，马路都像被轧扁了。

第一次见摩托车时，尼玛还特意溜到马路边，愣愣地移动脑袋目送每辆驶过的摩托车。他眼睛闪出羡慕的亮光，痴痴地幻想，儿子旦增骑上摩托车风光无限的模样。可那美丽的幻想，被眼前浮现出的通向村子的那条破烂不堪山路的景象所打破，他摇头叹气。美梦只美好一小会儿戛然而止，刚刚生出的兴致立刻化成了泡影荡然无存。他没有了看下去的兴致，弓着腰背起手，像是厌烦听到摩托车的轰鸣声，再不愿多看一眼县城小伙子不可一世的模样，耷拉着脑袋躲开。

不知道该恨那条没有指望的路，还是该恨那个只有两个轮子都能飞奔起来的摩托车，在尼玛眼里，拥有一辆摩托车实在成了一件遥不可及的事。

自从修路的出现在山顶，尼玛心里燃起了一丝希望，对摩托车又有了兴致。可眼下连随礼的钱还没有凑够，哪里来的钱买摩托车？他有些犯愁，好在买摩托车并不是什么火烧眉毛的急事儿，因此，他没有显得心急火燎，觉得可以先放放，等手头宽裕了些再说也不迟。

山那边的村子又传来消息说，姑娘挑小伙子先看有没有摩托车，没有摩托车的对象都难找。尼玛本想，买摩托车仅仅是显神气图便捷的平常事儿，这倒好，这事关乎到了终身大事，变成了非有不可的物件。这一下，摩托车不买是不成了，他的心里时时生出一个问题：怎么办？怎么办？

儿子旦增已经到了谈婚论嫁的年纪，尼玛正张罗着给儿子说媳妇，试着说了两个，都不太中意。自己要挑肥拣瘦，别人也能精挑细选。要找个好儿媳，非得有个摩托车不可，现在凑够随礼的钱，他都觉得有些难度，哪里还有办法弄到买摩托车的钱？

他思来想去，掂量了轻重缓急，觉得随礼还是头等大事，买摩托车的事儿再急也要放一放，只能等到明年。明年开春，挖虫草能弄些钱。那点钱，根本不够买摩托车。山上的虫草本来就很少，品相也不好，往年卖不了几个钱，加上这两年跌价，卖钱更少了。再少也还是一笔收入能凑个数。路一通，家里的核桃、葡萄、花椒、苹果运到县城卖也能凑些钱，再想想别的办法，还是能想出法子来。今年，再不济，只能一门心思想法凑够随礼的钱。他这么打算着，可心里拧着一股劲，怎么都觉得不情愿不甘心。

路离村子越来越近，尼玛心里越发地着急。修路的大车子哇哇哇地轰鸣一整天，村里找不着一块清净的去处，铁爪子触到地面发出吱吱吱揪心的响声，像是在心头的某个地方挖。

最近，他每天一大早起床，赶着几头牛，翻到村后头的山上去放牧。山那头，听不到车子的轰鸣声，他的心能稍稍平静下来。各种熟悉的鸟叫，远处的流水声，树林深处异样的似从远古发出的响声，就能钻入耳朵里，让他忘了一切烦心的事，心情会变得异样地愉快。

太阳落山，忙碌了一整天的铁爪子歇息了，尼玛背着手，慢悠悠地跟在几头牛的身后往村里赶。保持了一整天的好心情还继续着，他小声地哼着小曲，优哉游哉地回来。

一头牛跑出道，他弯下身子随意地拾起几块小石子，朝那头牛身旁吆喝着扔去，牛很知趣地小跑着拢到队伍里，他满心欢喜看着那些牛，他太心疼这些牛了，平日里别说不忍心打它们，就是自己生气对它们爆几句粗口，他都会后悔半天。

山谷里很静，他的吆喝声在深谷里荡一小会儿，又远远地消失在了树林间。山谷顶上还有夕阳的余晖，山谷里各种花开得正艳，山谷两面零星散落着几间农舍，时不时有村民吆喝着传话。见他放牧回来，顺口跟他打招呼，他也扯开嗓门应和几声，心情像从前一样地愉快。

到家时，天已经黑尽。月亮还没有出来，繁星照得夜空通亮，但地面还是很暗，几个村民打着手电，赶去村中央的佛堂念经。他的家人跟着去了，要到很晚才能回来。他没有去佛堂念经。他清楚，晚上回来的路上，闲不住嘴的村民又会叽叽喳喳，把修路、买摩托车的那点事扯个没完没了，害得他又要思前想后干着急好一阵子。

往常，有这么个闲的夜晚，他会到村上唯一一家小卖部，和几个好酒的村民玩着骰子，喝个痛快。上个月，村里来了位喇嘛给村民讲经。经讲完，喇嘛又跟村民闲聊起喝酒的坏处，说是外面出了很多假酒喝死不少人，劝村民戒了酒瘾。虔诚所至，村民在喇嘛跟前一个个发下重誓，戒了酒。尼玛跟着发了誓，也把酒给戒了。平常，要是不去喝酒，他能倒头呼呼大睡，最近一躺下，满脑子都是凑钱和买摩托车的事，搅得他无法入睡。他不想躺下来胡思乱想折磨自己，走到院里，坐下来，背靠着葡萄树，拨动着手里的佛珠，念起经。

当地，葡萄树苗都倚着大树种植，葡萄树枝缠着大树生长，大树有多高，葡萄树就有多高。远远看去，像是一棵参天的大树，走近了，看见上面挂满葡萄，也分不清是普通的树，还是葡萄树。

尼玛背靠着院里的一棵参天大树，树上挂满青色葡萄，一阵夜风吹来，大树醒来般沙沙沙地发出热烈的声响。他静静地想着心事，对此似乎全然不知，两片嘴唇上下轻轻磕着，念经声无法听清，佛珠在拇指和食指间一粒一粒慢慢拨动，每一粒翻过指头似乎都要经历一场艰难的轮回。

院墙头缓缓升起一轮明月，月光像一把白色刷子从院墙那一头一层层刷过来，很快照到他的身上。他的身体亮起来，不再是模糊的轮廓，而变得清晰可辨。他望着月亮，月光暖暖的，像是直直照进他的心里，他的身上似乎也有了一丝的暖意。他眼神中像是多了许多的期许，死死盯着月亮。月亮很大很圆，看久了，天空似乎越来越远，越来越暗，月亮越来越近，越来越大，像要装满眼睛。月光也亮起来，月亮的轮廓渐渐模糊，最终消失了。他再定睛一看，在葡萄树梢上，伸手可触的地方，出现一轮蓝蓝的月亮，闪闪发亮。他从没有见过这么好看的月亮，他不敢相信自己的眼睛，正琢磨那是不是真实，是不是自己看花眼的工夫，月亮又变回原来的样子。不过，一刹那，他感到了特别的温暖。他又一次死死盯着月亮，期盼着再次重现刚刚那美好的一幕。可是，像以往所有的夜晚一样，月亮又高高挂在遥远的天空，冷冷地照在死一般沉静的大地上。

一个多月前，他要是坐到葡萄树下看月亮，也不至于有这些天的苦恼，至少会少一些。要是喇嘛提前几天来，他戒了酒，说不准也会来葡萄树下看月亮。那事情也不会这样棘手。

这些天的苦恼，还是要怪那个愣头巴桑。

一天夜里，尼玛刚刚躺下，巴桑喝高了跑到家里，进门没说上几句话，吹嘘起他玩骰子技术有多么地高超，掰着指头叫着跟他玩过骰子人的名字，一个个历数起被他巧妙地打败的过程，还模仿他们败后的惨样，翻来覆去说个没完。

尼玛绷起脸斜眼以不屑理会的神情听着，也不去回应。巴桑说得热烈又得不到反响，气急败坏地挽起袖子，拍着桌子，摆出一副不说爽了不罢休的架势。

尼玛料定赶他不走，不耐烦地撩起被褥蒙住了头。

巴桑一把掀开被子，拽住尼玛，脸凑近了，酒气喷着尼玛的脸嚷嚷说："走，走，玩两把。"

"放手。"尼玛说着抓住被子往上扯，巴桑死死抓着被子不让他盖，更加张狂地要尼玛服输，尼玛一把推着巴桑说："走。"穿上衣服，嘴里唠叨着："谁怕你？……"走出了门。

老婆急忙追出来抓住尼玛的袖子喊："跟个醉酒的置什么气？"尼玛一把推开老婆嚷道："闭嘴，男人的事少管。"巴桑一脸坏笑，晃悠着身子竖起拇指。尼玛一把抓起巴桑的一条胳膊，按在自己手臂下，像是搀着，又像是押解，拽走。巴桑步调凌乱，踉跄着回头挥着手说："一会儿就回。"

尼玛这一去，直到天微微亮，才回到家里。这一夜不知喝了多少酒，他踢门东倒西歪地进来，一进门双手撑着墙，身子摇摇晃晃，嘴里嗷嗷地乱叫着。努力好一会儿才稳住身子，又卖力地挪动步子，走到儿子旦增的床边胡乱推搡着喂喂地叫着，吵醒了熟睡中的儿子。

儿子刚醒来，还没有缓过神来，一脸疑惑地看着满身酒气的尼玛。尼玛费好大的劲才捋顺舌头说："路通了，买摩托车，挑……挑最好的。"

"钱呢？"

尼玛一副什么事都不在话下的神情，使劲拍着胸脯说："有我，你放心。"儿子知道这是尼玛酒醉的胡话，也就不忍心理会，赶忙起来，把尼玛扶到另外一张床边，服侍他躺下。尼玛几次推开儿子，嘴里喋喋不休地都是豪言壮语。

尼玛并不后悔酒醉发狂，对儿子许下没有把握的承诺。大话放出去了，作为父亲作为男人，总不能反悔。外人察觉不出尼玛背负的心事儿，日子像往常一样过着。

夜里，老婆默默躺着不忍睡着，闭上眼，细细感受着尼玛每一次的翻来覆去，轻声细叹，体恤到自己男人的苦恼，让她感到阵阵的心疼，但她又无力分忧，好几次想劝劝，最终还是忍住没有说。她大气不出地躺下不敢动弹，不想给苦恼的人添新的苦恼，默默祈求佛祖保佑尼玛，让他少些苦恼，这是她唯一能做的。她在祈祷中等待尼玛入睡，一直等着，直到尼玛传来轻轻的呼噜声，她才放下心迷迷糊糊地睡着了。

夜已经深了，去念经的人还没有回来。远处野狗狂吠了几声，尼玛侧耳细细地听着，听不到别的动静，他又低下头，默念起经文。

占堆的女儿拉姆不是在今年出嫁，尼玛倒不愁买不起摩托车。按当地习俗前一年过年订下亲，第二年新年举办婚礼，除非村里有人过世，婚礼才会推迟。这一年，村里倒是太平。有阵子，说扎西老头快不行了，后来也没有消息，看来没有什么大碍。

这个扎西老头，是个倔脾气的人，在病床上躺了好些个年。家人多次劝他，上县里的医院看看，可他说什么都不肯去。说自己的身体自己知道，死不了，就算死也要死在家里。

刚得病那会儿，还能看见他拄根木棒在村里走道。没很久，说是已经下不了床。村里再见不到他的人影。

占堆跟扎西老头沾亲，他多次劝扎西老头上县城看病，有次还凑了些钱送去。扎西老头说什么都不收，还说，不是钱的事，怕的是在那条破路上折腾死。大伙心里都明白，骑马去县城倒是不至于折腾死，只是老头心疼钱，怕看病把家里那点儿钱全糟践光，拖累家人。

“呸呸呸”，尼玛轻声往地上吐着，又默念了几遍六字真言，心里暗暗责备自己这个时候想起这么个可怜的老人，似乎是在盼着人家不得好。他又在心底里祈祷，扎西老人的病快些好起来。过些时候，到县城的路通了，乡里的车子就能开到村里，扎西老人躺在车里，上县里医院看看，或许能治好，但愿他能撑到那一天。

一阵夜风呼地吹过，冷冷地打在尼玛的脸上，他缩缩身子，双手搓搓手臂，透过单薄的衬衣，发现手臂冰凉，他站起来，走到院墙头，朝村中央望去。

惨淡的月光下，几间孤零零的农舍，像被冻住般没有生气。几只野狗拖着黑影无声地在小跑着相互追逐，远处传来几声凄凉的狗叫，整个村子里看不到一个人影。尼玛再没有等他们回来，走进屋里，打着哈欠简单整理了床铺，睡下。

这一夜，尼玛睡得很死，不知睡了多久，觉得有人使劲推搡他，他才醒来，一睁眼看见愣头巴桑，喘着粗气，一脸焦急地说："喂，起来，扎西老头死了。"说完，念着六字真言，在眼前着急地走来走去。尼玛摸着散乱的头发，迷迷糊糊地问了一句："什么？"巴桑说："快起来，扎西老头死了。"尼玛来不及想什么赶紧起身，跟着巴桑去了。

扎西老头家聚了好些人，人人轻声念着六字真言都在各自忙碌。见尼玛进来，谁都不敢大声说话，黑着脸压低嗓门小声打了招呼，又忙开了。屋里很暗，唯一清晰可辨的只有扎西老头的老伴低沉的抽泣声，她身边围坐着一些人，正小声说着什么帮着安抚。尼玛径直走到她身边，有人立即让座给他。他坐下来，扎西老头的老婆一见他，又一次勾起了她的悲痛，委屈地抹着眼泪说："太阳落山前还好好的，还问路修到哪儿啦？月亮刚出来，说是心口疼，再没有说出一句话……"她哽咽着说不出话来。尼玛赶紧握住她的手，很心痛地安抚了几句，也不知道说了些什么。

几盏酥油灯微弱的火苗，在飘摇不定地摇动，地上，直挺挺躺着被哈达裹住的扎西老头。看到这一幕，扎西老头确实真的死去，而他眼前浮现出他活生生的样子和以往与他一起经历的种种，一下子，话卡住喉咙，鼻子酸酸的，泪水不听话地在眼眶里打着转，很快地流下来，还呜呜呜地哭出了声。

"喂，醒醒。"老婆说，"哭什么？"尼玛猛醒过来，心里特别地难受。老婆又问："做噩梦啦？"尼玛没有回答，眼前还是扎西老头直挺挺躺着的样子。他的身子抽搐了一下，眼角有些清凉，手背抹了一把，发现是眼泪，他抹着泪水，心里倒是庆幸这只是一场梦。

"什么梦？都哭出声来。"老婆问。

"嗐，梦到扎西老头过世。"

"梦见人死是好事，别想了，睡吧。"

“什么时候散的？”

“刚散。说好要早些散。好些村民明儿一早要上县城买摩托车。后来，天下雨，改了主意，弄到很晚才散。”

“好性急呀……”尼玛小声说着，稍稍坐起来，头靠着墙，细细一听，哗哗的雨声异常地急切，似乎每个雨滴都在争强比着谁最先落地。

天气就这么奇怪，每到夏季，白天还是大晴天，到了夜里，雨就会没头没脑地下起来，太阳出来，又毫无征兆地停下来。夜里一下雨，也辨不清个时候，他躺下来着急，起来又担心太早了，正不知所措时，忽而听到门口急促的敲门声叫喊声。他赶忙起来，心里猜测出了什么急事。

开门一看，占堆和两个村民竖直了站在屋檐下避雨，见他开门，三个人挤进门框下躲雨。占堆扯了扯尼玛的袖子有些为难地说，扎西老头快不行了，正准备送到县城，人手不够要他帮忙。

尼玛看看天，雨下得正急，没有停下来的迹象。心里寻思着这么大的雨，咋把人送到县城？占堆像是猜出他的疑惑说：“跟修路的说过了，他们车子帮着送，你帮着把人抬上车子去。”

来到扎西老头家，老头躺在一张木板上，身下垫着垫子，身上盖着一床有些旧的棉被。他双眼紧闭，脸上时不时露出强忍剧痛的痛苦表情，根本无力做出自己的主张，只能听任他人摆布。

占堆从墙角捡起折叠成厚实一摞的塑料布，夹在腋下，语速急促地向扎西老头的家人该怎么怎么办交代了一番后，走到木板一角弯下腰。尼玛和两个同来的心领神会，各自走到木板的一角，把木板抬起来，扛到肩上，迈着碎步调整方向对准了门出去。走到门口，等在门口的四个人，高高举着一块大塑料布，当抬木板走到塑料布底下的正中，举塑料布的人照着抬木板的行进速度，出了院门。

扎西老头的老婆用头巾鼻涕眼泪一把抓地抹着眼泪，踉踉跄跄地追到门口。几个女人小跑着跟出来，劝扶着将她拦在门口，她立在门口，绝望地望着。风夹着雨滴，无声地吹来，在她头上旋过，几根花白的头发随风颤颤巍巍地摇动，摇动，直到他们走远了，看不见了，她还立在门口，望着远方。

扎西老头被放置在车厢的一角，车厢上覆盖着一层塑料布，雨水打在上面，发出沉闷且急促的声响。车子在痛苦地呻吟，躲在塑料布下的几个人，靠着车厢，身子随车子摇摇晃晃，体内所有的内脏似乎搅乱了位置。每个人都面无表情，哪怕车子狠狠地颠几下，身子弹起来，重重地摔下，也没有露出一丝一毫难受的表情，还在像刚坐上车一样，一手摁住放扎西老头的木板，一手撑着车厢。

塑料布只盖住了车厢一角，尼玛坐在最外侧，背部的一大块露在外面。车子卷起风，车厢上的塑料布变成波浪，一起一伏，将所有的雨水泼在尼玛的背上，尼玛的背部湿透了，衣服像是粘在了身上，风贴着衣服吹过，冰凉的肌肤隔着衣服似乎都能看清。尼玛专注地盯着扎西老头，只要稍稍往里挪挪，还是可以避开雨水的肆虐，但他太专注了，连要往里挪动似乎都没空想，焦虑的眼神久久停在扎西老头的脸上。扎西老头每个细微的表情，都逃不过尼玛的眼神，哪怕一条皱纹稍稍变深，尼玛心里都会惊起一场波澜，似乎一场无法阻挡的灾难降临到头上。

到达村前头山顶，雨瞬间停了，拆开塑料布，一轮白色的太阳正高挂在东边更远处的山顶，空气中弥漫着树林、野草、泥土的气息，山顶上的经幡在猎猎飘动。

村民每次走到这儿，都会停下来，颂一段经文，抛撒风马旗，祭拜山神。这次，出行突然，都没有来得急带风马旗。但车子还是停下来，他们走到经幡前，“唆唆唆”地喊着，颂了经文。

尼玛双手合十，闭着眼默默地祈祷。这只是个简单的仪式，其他人很快上了车，尼玛似乎全身心沉浸在他的祈祷中，车上的人催促了几次，他也没有理会，看着他虔诚伫立祈祷的背影，他们也就不好再去催。

过了许久，尼玛睁开眼，看见一条宽阔的路正从脚下一直蜿蜒到山脚，山腰的村子上，有几个人骑着摩托车，正向分辨不清的方向驶去……

姆丝历险记

◎ 索朗卓嘎

一

“咦！我这是在哪里？”

当我睁开眼，发现自己正躺在地上。我努力回想自己是怎么到这里的，突然脑海里闪过一个画面，那是我和我的兄弟姐妹们躺在一条被称为传送带的胶带上。我们不用动，那条胶带就会带着我们向前移动。我和兄弟姐妹们正在兴奋讨论着胶带会带我们去哪里时，突然我们就被拿起来装进了一个盒子里，周围只剩一片漆黑……

当我们经过一阵颠簸后，终于看到盒子被打开的那一刹那。大家开始争先恐后往光的方向拥挤，我也加入到拥挤中。就在盒子被完全打开的电光石火间，我第一个跃出了盒子，向着光的方向。可就在下一秒，我却开始往地上直冲。我看到一个男人手中握着盒子，摇摇头，两根手指尖从盒中拿起了我的哥哥。我身体一阵疼痛，再一次陷入了黑暗。

“小家伙，你醒啦？”

“是谁？是谁在说话？”我强撑起身体寻找声音的方向，但四周却没有一点动静。

“小家伙，你是在找我吗？”

这一次，我确定了声音的方向，立马抬头看向身后的白色物体。

“你是在对我说话吗？你是谁？”白色物体简直就是一个庞然大物，逆着光的方向，我看不到他的五官，只能看到他的轮廓。

“哈哈哈，小家伙，我是在对你说话啊！我是煨桑炉，已经在这里站立了六七十年。”

“煨桑炉？我可从未见过煨桑炉。”说着，我努力跳到远一点的地方，希望能看清楚煨桑炉爷爷的样子。只见煨桑炉爷爷头小肚子大，浑身雪白，只在肚子那里有个黑漆漆的洞。

“爷爷，你是干吗的？”

“我是煨桑的，每天，我肚子里都要被人放进松柏枝和火，烟子会带着人们的祝福和祈祷从我的头顶飘到天际，我可是很了不起的。”

“那我为什么在这里呢？我的兄弟姐妹又去哪里啦？”

“小家伙，那天那个男人本来想用你点燃松柏枝，结果你却掉到地上晕倒了，而那个人在盒子里抽出你的兄弟，划出火苗丢进了我的肚子里后祈祷了几句就走了。”

对了，我这才想起哥哥被抽出来了，急忙问：“爷爷，爷爷，煨桑炉爷爷，快告诉我，我的哥哥去哪里了，他还在你的肚子里吗？”

“哦，小家伙，你的哥哥已经随着桑烟去天际了，你再也看不到他了。”

“那我其他的兄弟姐妹呢？”

“这我就不知道了。”

“哇，哇，哇……”我开始号啕大哭起来，“我该怎么办，再也见不到哥哥了，其他兄弟姐妹也不知在哪里，我该怎么办啊……”

煨桑炉爷爷一脸无措地看着我，想安慰却没办法。良久，我从号啕大哭变成抽泣，煨桑炉爷爷突然说：“我虽然六七十岁了，但一步都没离开过，你却可以用你的脚去远方，或许你能找到他们呢！”

“是呀，我要去找他们。”我擦擦眼泪，努力停止哭泣，肩膀一抽一抽的，但目光坚定，“可是……我要去哪里找他们呢？”

“小家伙，你今晚就先睡我脚边，明天一早，你随着桑烟的方向去找风，她走遍万水千山，一定知道哪里可以找到你的兄弟姐妹。”

这一夜，我睡得很沉……

“快醒醒，小家伙，快醒醒。”

“嗯……爷爷，再睡一小会儿吧……”

“快别睡了，天快亮了，你快起来，跟着桑烟的方向去找风吧，去找你的兄弟姐妹。”

我一个激灵站起来看向煨桑炉爷爷的头顶，那里正有一袅桑烟飘向远方。

“爷爷，爷爷，我走啦，谢谢爷爷，你等我的好消息呀……”

顾不上依依惜别和感谢，我踏上了旅程。

二

追随着桑烟，我努力奔跑，可就在我以为快追上时，桑烟却越飞越高，逐渐消失在天空中。我停下脚步，大口大口地喘气，我以为自己已经跑出很远的距离，回头却看见煨桑炉爷爷其实还在我目之所及的地方站立着。是啊，我太小了，怎么可能一下子就跑出很远呢！就在我低头沮丧时，一个湿漉漉的东西凑到我跟前，我险些被某种力量吸走。

“你是谁？你要干什么？”我大叫。

“汪！吓我一跳，你居然会说话！”

“你别过来啊……”我摆出一副警惕的姿态。

“小家伙，你好啊，我叫阿布索。”

“阿布索？你也是煨桑炉吗？”我开始打量起眼前的长毛怪，他和煨桑炉爷爷的样子一点儿也不像，要是必须说一个共同点，他们的肚子都比头大些。

“哈哈哈哈哈，我才不是煨桑炉，我是西藏本土的狗，现在可金贵着呢，比不会移动的煨桑炉可自由多了。”

“那湿漉漉的东西是什么？”

“那是我的鼻子。”

天啊，这鼻子可真是无与伦比啊，我醒来时躺着的那片土地，龟裂得如同眼前的鼻子，充满了裂纹，可是又不太一样，土地是干的，可鼻子却是湿漉漉的。

“小哥哥，为什么你的鼻子明明是湿的，却有那么多裂痕呢？”

“什么小哥哥，你应该叫我大哥哥，你看，我都比你大多了。”说着，阿布索昂了昂头，证明自己高出我很多，“至于我的鼻子嘛，这可是我最喜欢的五官，也是我最厉害的部位了，它当然和别的鼻子不一样啊！”

“鼻子，我也有鼻子，不就是用来闻味道的吗？”

“我的鼻子不一样，隔着老远我都可以闻到，比如现在，我就可以闻到街对面肉饼铺刚炸好的肉饼的味道，你能吗？”

顺着阿布索大哥哥的目光，我连看都看不到街对面的肉饼铺，更闻不到味道。阿布索大哥哥似乎看穿我闻不到，一脸自豪地对我说：“看吧，我的鼻子是不是很厉害？”

“对了，你一个小家伙，在这里干吗？”

“我和兄弟姐妹失散了。”突然，我心里闪过一道光，“对了，阿布索大哥哥，你能帮我找到风吗？”

“你和兄弟姐妹失散，为什么找风呢？”

因为激动，我语速飞快地把经历讲了一遍，只听阿布索大哥哥说道：“哈哈哈，小家伙，得亏你遇到了我，我的鼻子可比风厉害，我见过那么多风，他们都只在我鼻尖停留一段时间，但我的鼻子却可以一下子就知道他们去过哪里。”

“真的吗？阿布索大哥哥，求求你带我找我的兄弟姐妹吧，你的鼻子神通广大，一定可以帮助我的。”

“哈哈哈哈，我的鼻子当然厉害啦，帮你是完全没问题的，可是……凭你的小身材，怕是都追不上我，不如你抓住我胸口下的毛，我带你去找。”

于是，我紧紧抓住大哥哥的毛，在摇摆中向着街对面奔去，身后的煨桑炉爷爷也逐渐消失在背后。

就在我以为很快就能找到兄弟姐妹时，阿布索大哥哥突然钻进一家店，店里人来人往好不热闹，空气中充满了复杂的味道。

“大哥哥，大哥哥，我们是到了吗？我的兄弟姐妹就在这里吗？”

“呼，呼，呼，没有呢，这里没有你的兄弟姐妹。”

“那我们为什么来这里？”

“我又累又渴，得找点吃的，喏，你看，这里是甜茶馆，坐着的这些人，会让我吃得饱饱的。”说着阿布索大哥哥摇起尾巴走向人群中。

这里的人，真是友善啊，他们不仅不驱赶大哥哥，还会将碗盘里的肉夹出来喂给大哥哥，而大哥哥胆子也愈发大起来，带着我一跃跳上凳子，双手还撑到桌沿上。就在这时，我看到了一个头戴铁盔、身材笔直、腹中装着液体的叔叔，正与他身旁泛着臭味的盒子聊着什么。显然大哥哥撑到桌沿的举动，吓到了他们，他们惊恐地望向我们，视线在空中碰上。

“咦，稀客呀，这种小家伙居然还没灭绝？”那个叔叔不屑地说。

“对啊，怎么还挂在狗身上！”身旁的盒子应和道。

“你们好，你们是……”

“我是打火机，他是香烟。”

香烟？可是并不香啊，反而很臭。我心里想着，说：“你们好哇，我在找我的兄弟姐妹，你们有见过他们吗？”

“哈哈哈哈哈哈，兄弟姐妹？都什么时代了。”说着，打火机叔叔向香烟挑挑眉，“现在可是我们打火机的天下。你的兄弟姐妹啊，估计早都去另一个世界啦，哈哈哈哈哈哈……”打火机边说边笑，香烟也在旁边大声嘲笑。他们的样子，令我十分难受、厌恶。

我不愿听他们讲话，抬头央求阿布索大哥哥快快离开，可大哥哥正享受人们的抓痒抚摸，完全不理会我，无奈，我松开手，跳到桌上，再顺着桌腿滑到地上，逃也似的跑出这家店，身后隐约还能听到打火机和香烟的嘲笑。

三

我逃出甜茶馆，左右张望着，不知道接下来该去哪里找风，该去哪里找我的兄弟姐妹们，或许，对于这么渺小的我来说，自己的生命都难以为继，更不该觉得自己有能力、有运气可以找到风和兄弟姐妹们了，况且如果真的和打火机叔叔说的一样，兄弟姐妹们都去了另一个世界，我就更找不到他们了。

就在我沮丧之时，脚边响起一个声音："小家伙，你怎么啦？"

我定睛一看，一张白色薄纸片正躺在我脚边。只见纸片再次开口："小家伙，你怎么啦？"

"你是谁？为什么你的身上有这么美丽的图案？"

"我是隆达，也有人叫我风马旗，我的图案可不简单，这些图案承载了人们对自然的敬意与向诸神祈求福运的含义呢。"

"什么？你可以祈求福运？那你是不是和煨桑炉爷爷的桑烟一样？可不可以也给我一些福运？"

"小家伙，我一路上见过很多煨桑炉，我和他们可不一样，他们可是一动不动的呢。帮你祈福是可以的，但是你得告诉我你的经历，我才知道要帮助你祈什么样的福。"

于是，我将自己的经历讲给隆达听，包括打火机叔叔和香烟的嘲讽以及我的沮丧。

"可怜的小家伙，我曾经也有很多兄弟姐妹，他们五颜六色的十分好看，如今，我们也失散了，我也很想他们。可是我既没有勇气，也从没想过自己能找到他们，但是你不一样，你很勇敢，所以不必因为自己的渺小而沮丧，你现在做的事情，你的所有经历，都正在赋予你的命运更多的意义，你是独一无二的。"

"我听不太懂你的话。"

"没关系，总有一天，你会懂的。"

"那……那我该怎么找到他们呢？"

“小家伙，这可太简单了，你往高处走，见多识广的风总喜欢盘旋在高的地方，我就是在山顶上被风带着飘过草地、河流、房屋，一路来到了这里。”

“这么说，你认识风啦？求求你带我去见她吧。”

“小家伙，我认识很多风，但我没办法带你去找她，不过你就照我说的，去高处，你一定能找到风。不过风也有很多性格，你要找温柔的风，那些暴躁的风，会让你吃苦头的。你快快启程吧，不要再耽误了。”

“隆达，那我该往哪里走呢？”

“我的好朋友会帮助你的。”

说着，一个巨大的身影站在我的身后，她的影子巨大到将我和隆达都罩在了阴影里。

我小心翼翼地回头，通身花色，毛比阿布索大哥哥短很多，神态不怒自威。隆达开口：“这是花猫姐姐，只要你趴到她身上，不论是树梢还是房顶，她都能带你去。”只见花猫姐姐优雅地舔了舔自己的右手，并不开口说话。

“花猫，帮我个忙，带这个小家伙去高处，他要找他的兄弟姐妹们，算我欠你一个人情。”

花猫姐姐依旧不开口，只将尾巴靠了过来。

“快，小家伙，你快顺着她的尾巴爬上去，她会带你到高处的，我会为你祈福，愿福运伴随着你。”

我怯怯地爬上花猫姐姐的尾巴，只敢站在尾巴梢上，生怕弄疼花猫姐姐，惹得她生气。

“喵，小家伙，你如果还不赶紧爬到我背上来，我可不能保证你不会掉下去。”花猫姐姐说完，甩了一下尾巴，我差点掉下去，于是下意识抓紧花猫姐姐，并往背上爬。

看到我略显狼狈的样子，隆达开口：“花猫，你就不能温柔点嘛，总是一副冷冷的样子……”

没等隆达说完，花猫姐姐便带着我一跃而起，只留隆达在背后眼含泪光地说着什么。

四

花猫姐姐带着我，穿过街道，绕过路灯，钻进草丛，身边不时有蝴蝶和小鸟飞过，但花猫姐姐从不为此停留，就在我纳闷花猫姐姐会带我去哪里时，姐姐突然起跳，先是跳上墙根的石头，再跳上墙头，走两步，一跃，稳稳地落在房顶上。整个过程，行云流水，来不及反应，却已结束。

“喵，小家伙，那是塔尔觉，屋顶上最高的，你问问他去吧。”

见我没有回答，花猫姐姐又开口了：“喵，小家伙，你该不会是吓傻了吧，你到地方了。”

这时，我才回过神：“谢谢姐姐，谢谢姐姐，这么高的地方，你居然一下子就能跳上来，简直太厉害了。”

“少废话，喵，快快从我身上下来，我还有别的事。”

我急忙爬下来，脚刚落地，花猫姐姐就转身离去，消失在墙头那边。我环顾四周，找寻最高的地方，忽然，一根树杈出现在我眼前，那上面挂满了五色的布条，布条上密密麻麻写满了字和图案，和隆达居然有几分相似。他是这片屋顶上最高的，或许他能告诉我风在哪里。于是我一步步向树杈靠近，直到我走到他跟前，他都一动不动地站立着。

“你好，请问你能告诉我风在哪里吗？”

没有人回答我。

“你好，我和兄弟姐妹失散了，我要找风，你知道他在哪里吗？”

依旧没有回答。

我将自己的经历讲了一遍，却依旧没有应答。

“我在找风，你能不能告诉我……”

“你别问啦，他是不会回答你的。”

“是谁？”

“我是麻雀，看你傻乎乎的，跟你说一声，你面前的塔尔觉现在正在睡觉呢，只有在风来的时候，他才醒来，你是叫不醒他的。”

“这么说，只要他醒来，我就可以找到风啦？”

没人回答我，麻雀已飞走了。

于是我开始等待，我站在塔尔觉的左边等，走到塔尔觉的右边等，可是风依旧没有来。我走到房檐边，想看看风有没有从远处来的迹象，看不到，完全看不到，不知不觉中，我竟将半个身子探出房檐，下一秒，我开始坠向地面……

五

“哈哈哈哈哈哈，姐姐快看哪，看我找到了什么？”

“快丢掉，妈妈说了，这个东西会燃火，很危险的，平时都藏起来不准我们碰的，你快丢掉，不然我要去告诉妈妈。”

“好姐姐，好姐姐，求求你不要告诉妈妈，我马上就丢掉……”说着，小男孩儿却将手中的东西偷偷放到衣服兜里。

当我从完全昏迷中一点点苏醒时，空气甜甜的却一片漆黑，周围软软的，还有让人觉得舒服的温度，我到底在哪里？

正当我不知所措时，一只胖乎乎的小手将我拿了出来，小男孩儿看着手中的我，嘟起小嘴喃喃自语道：“刚才不应该告诉姐姐的，这是我好不容易在这个草地里面找到的，我才不要丢掉呢。”

原来，我掉下房檐时掉到了草地里，幸好有这片草地。越过小男孩儿的头顶，我发现塔尔觉依旧在房顶一动不动。对了，我得想办法再爬上房顶，我还没能问塔尔觉风在哪里。想到这儿，我想立马挣脱小男孩儿的手，可是我的力气不够大，怎么也挣脱不了。

小男孩儿捏捏我的头，又在空中比画了几下，把我翻来覆去地把玩着。就在这时，小男孩儿的妈妈跑过来一把将我从小男孩儿的手上抢过去，严厉地对小男孩儿说："扎西，我说过多少次了，这个东西叫姆丝[①]，是很危险的，不是你的玩具，小孩子不能随便拿来玩。"

"姆丝？什么是姆丝？这说的是我吗？我居然叫姆丝！"我大声问道，但似乎他们都听不到我的声音，没人回应我。

"我在院子的草地上找到的，他不会燃火！"小男孩儿嘟起嘴说道。

"居然还不听话。"说着，妈妈拉着小扎西回到屋里，从一个高高的柜子里找出一个盒子，这不就是我和兄弟姐妹们曾经一起住的盒子吗？原来他们在这里啊！我终于找到我的兄弟姐们啦！

"哥哥，姐姐，我找到你们啦！快出来看看我，我在这边啊！我终于找到你们啦！"眼泪随着我的喊声一起涌出眼眶。

就在我以为可以和大家相聚之时，突然，盒子的边沿擦过我的头顶，伴随着火光和热，我的头顶燃烧起火焰，火焰不仅照亮了我的身子，也照亮了我周围的一圈事物，连小扎西妈妈的手，也被我的光笼罩，如同当初花猫姐姐的影子笼罩我一般。

耳边响起小扎西妈妈的声音："你看，这个东西会变成火，很危险的……"说着，她将我靠近一支藏香，藏香瞬间被我点燃，幻化出一袅香气四溢的烟，而我的身体却开始弯曲变黑。

头顶的火灭了，本以为我也会就此消失，但是当我睁开眼时，我竟化作了一袅烟飘浮在空中，不同于煨桑炉爷爷头顶冒出的烟，也不同于藏香的烟，我的味道不算好闻，而且只有短短一袅。

就在我惊异时窗外有一个声音在叫我："姆丝，跟我走吧，如同你的兄弟姐妹们……"

"是谁在叫我？"我努力往窗户的方向飘去。

"我是风，你一直在找的风。"

"你知道我在找你？那你为什么之前总不现身？"

---

① 姆丝，藏语意为火柴。

“我一直都在你的身边，桑烟飘动时我在；阿布索的毛晃动时我在；隆达到你脚边时我在；花猫带你跳上房顶时我在；当你从房顶掉下时我也在。我，其实一直都在你身边啊，只是你没有发现。”

“来吧，姆丝好孩子，和我走吧，我带你去找你的兄弟姐妹们。”

“真的吗？我终于可以找到他们啦？只是……”

“只是什么？”

“我可不可以先去见一见煨桑炉爷爷、阿布索大哥哥和隆达、花猫姐姐他们呢？我要告诉他们我终于找到风了，我还要告诉他们，我的名字叫姆丝……”

“来吧，我们去找他们……”

小猫的脚印

◎ 赤列索巴

我的记忆开始的时候，人们在叫我们猫。我的妈妈叫母猫，我和哥哥妹妹同样叫小猫。但妈妈叫我“雪”。我一直在思考她为什么给我起这样的名字，因为我的毛色红白相杂，并不完全是雪白色。我整天忙于研究自己的名字，常常发呆。我的兄弟姐妹们看我呆头呆脑，渐渐把我当成他们的玩具和捣乱对象。他们常常对我又咬又抓，弄得我无法静心思考。几个月过去了，我什么也没研究出来，思绪反而越来越乱。以至于兄弟姐妹们看我的眼神都变了。我做事时，发现他们在偷偷观察我，仿佛在等我出洋相。他们觉得我有点疯了，或者有点傻了，也可能觉得我又疯又傻。妈妈也相信了他们的观察结果，开始对我过分宠爱起来。我想，是时候结束我的研究员生涯了，要不然，想来想去，最终得出自己脑子有问题的结论，那可怎么办？

晚上，妈妈讲了很多故事。她说我们三兄妹是在下雪的清晨出生的，对我们来说，“雪”是一个新词，而下雪是一场新闻。第二天早上，妈妈不在时，我和哥哥在还有余热的铁炉下舒舒服服地躺着，一边聊着下雪的早上。

哥哥舔了舔鼻尖说：“下雪的早上就是说可以喝很多羊奶的时刻。”

我反驳他：“不是，不是的，下雪的早上说的是有很多老鼠的时候。”我俩就这样吵了起来。

争吵声惊醒了正在熟睡的妹妹，她突然嘤嘤地哭起来。

“别哭，我们不吵了。”怎么哄也没用，哭声有种魔力，让人思绪烦乱、心情烦躁。下雪的早上究竟是什么？我们没能深入讨论。像很多猫一样，我们只能用想象来解决。但对自己说的“下雪的早上说的是有很多老鼠的时候”，我也没什么信心。

一直以来，妈妈早出晚归，说是要去寻找老鼠。没见过老鼠的我们，又多了一个新的想象方向。我不知道现在是什么时间，反正是这个世界突然明亮起来的时候，但我也喜欢整个世界暗下去的时候。这两个时间是一天中我们喝奶的时间。现在，预示着我们喝奶的时刻已经来临。院子里羊在咩咩叫，我们也跟着喵喵叫，意思是喝奶的时候到了。

咩咩声远去，院子里变得静悄悄。我们聚精会神地竖起耳朵，等待某种动静的出现。木质阶梯上传来轻微的脚步声，我们又喵喵叫起来。黄铜瓢中新鲜的羊奶倒入落满尘埃的木碗里。家里的老阿妈“咪咪”一叫，我们跑到木碗边，用力喝起了奶。

早上，妈妈把尾巴高高扬着出去；到了晚上，又夹着尾巴进来。妈妈来到铁炉下时，屋里充满了灯光，但炉子下黑乎乎的，看不清妈妈的样子。但我知道，妈妈的毛色白中杂着黑毛，脸比妹妹大了好几圈。除此之外，找不到她们俩的不同之处。一到晚上，我们抱着妈妈睡。妈妈一边念着玛尼，一边讲追杀老鼠的故事。平时我们调皮时，妈妈会用“调皮的小猫会被老鼠吃掉”之类的话吓唬我们。我们对老鼠慢慢形成了潜意识的恐惧。每次听完老鼠可恶的行径后，某种看不见的冰块滑进心里，不禁打了个寒战。有时，妈妈会说老鼠的肉如何如何好吃。我们这些只能喝羊奶度日的小崽子，咽下一半口水，另一半不禁从嘴边流下来。

妹妹的口水已经流到胸口，她问妈妈：“老鼠的肉像羊奶一样好吃吗？”

妈妈抚摸着妹妹说：“是的，像羊奶一样。”

“那么老鼠是不是像羊一样？”我的经验告诉我，我们喝的羊奶是从羊身上来的。如果羊奶和老鼠肉的味道差不多，那么它们的源头——羊和老鼠——肯定也很像。对羊的印象来自某天早上，太阳照在窗户上时，我在窗边晒着新射进来的阳光，无意间看到了院子里的羊。它们一刻也安静不下来，小羊们一直处于奔跑的状态。每个动物都有自己的特点，对此我无话可说。看到它们的角，我惊呆了。以前没见过这种头上长出树干一样的动物。家里的老阿妈头上没有，我妈妈头上也没有。我摸了摸自己的头，没发现长着那种可怕的东西，放下心来，开始眯起眼睛模仿妈妈念玛尼。我不想对院子里的羊指指点点，一来显得自己没见识；二来我们每天喝的奶来自它们身上，应该感恩才是。

妈妈说："是的，像羊一样。"

"哦，老鼠像羊，有角。"我想了很久，头脑中已经形成了老鼠的大概形象。我宣布了这一研究结果后，"喵喵"，妈妈笑起来。妈妈一笑，"喵喵"，我们也跟着笑起来。但为什么要笑，谁也不清楚。

妈妈讲完故事，在念玛尼的声音中用将军般的命令口气说："追杀老鼠是我们猫天生的责任。"

我们三个活像新兵，害怕敌人，但故作镇静地喊出了行军口号："追杀老鼠是我们猫天生的责任！"之后，在念玛尼的声音中，我们落入了梦乡。

外面的世界——山、河、田野——从妈妈口中出来，又在我们的想象中生根发芽，开花结果。

妈妈说田野里长满了青稞、小麦、油菜花、荞麦。

"青稞是从哪里来的？"对此，我们同样好奇。

妈妈说："青稞是从种子里长出来的。"

"种子是哪里来的？"

妈妈说："从青稞里长出来的。"

我们陷入了想象的怪圈中。

当我找到这些问题的答案时，正是一个阳光明媚的日子。暖烘烘的铁炉子下，我伸着懒腰，四处偷看了一下，没什么特别的。家里还是那样静悄悄，就像昨天和以往岁月中的某个普通日子一样。家里的老阿妈好像在炉子上做青稞饼，我的视线中，只有她的双脚在炉子边一动不动地待着。阳光从窗户射进来，光柱中许多尘埃在跳着无规则的舞。我这位有智慧的猫崽，给这种舞起了一个名字，叫“灵感之舞”。然而，惊心动魄的灵感之舞很快被烟雾包围、淹没了。我对这些烟雾产生了莫名其妙的仇恨，但转念一想，这些烟雾来自炉子，而炉子给了我温暖，心里便好受了一些。

外面的狗叫声惊醒了我的思绪。我眼中的阳光、尘埃、烟雾都被吓跑了，整个环境变得紧张起来，仿佛有什么事情即将发生。门里进来了家里的老阿爸，随后跟着一个没见过的小胡子老人。他俩像久别重逢的老朋友，轻声细语地说个不停。家里的老阿妈也嘘寒问暖后，把现成的青稞饼放在桌上，龙纹瓷碗里倒满了热气腾腾的酥油茶。酥油茶的雾气在阳光中拉得很长。

酥油茶倒入碗中的清脆响声，把妈妈和哥哥他们叫醒了。他们误以为那是羊奶倒入木碗的声音，便“喵喵”叫着从炉子下钻了出去。我知道外面什么都没有，但不得不跟着他们出去。为了得到一口羊奶，我们需要喊着口号，徒劳地游行一次。

一出去，小胡子老人就问：“送给我的猫崽是哪个？”还不忘抚摸他那小得可怜的胡子。家里的老阿妈在木碗里倒满了羊奶，把木碗放在小胡子老人身边。“咪咪。”胡子老人叫了起来。“咪咪。”家里的两个老人也跟着叫了起来。

我们小心翼翼地走向木碗，慢慢舔了起来。

“家里就这点羊奶，都让他们喝光了。”老阿爸这样说着。我看他的时候，他也在看着我，又摇了摇头。我在他的眼神中看到一丝不舍，摇头仿佛在表示无可奈何，加起来是一种两难的表情。

妈妈他们也感觉到了今天我要离开的事实，便停止了喝羊奶，悲伤地站在我身边，不知道该做些什么。看到此情此景，我心中的冰块融化了，正在喝的羊奶也像冷水一样变得无色无味。妹妹细声哭了起来，她动动鼻子、眯眯眼睛的样子，让我再也无法若无其事地喝奶了。

我躺在小胡子老人的怀抱中，生平第一次出了门。不知从哪里吹来的风，拂动我的毛发，心里掠过一丝凉意。但风本身既不暖也不冷，仿佛在预示着某个季节的开端。我们经过一片树林，这些树可能是核桃树，也可能是苹果树或桃树，我不认识。这些树的名字和形象来自妈妈的故事，经过我发达的想象力加工，与现实中的树渐渐吻合在一起。

出了树林，阳光洒满大地，世界突然明亮起来。撒满大地的金黄色随风而动，我想这应该是妈妈所说的田野；继续走，不远处有许多水聚在一起流动，我想“这应该是妈妈所说的河了”；从田间小路上走过去，就到了另一片田野。我看见远方有用石头和土堆积而成的庞然大物，我想“这应该是妈妈所说的山”。以前我日日夜夜用想象和研究推理的很多东西，如今清清楚楚地出现在眼前。有的和我想象的一样，有的却与我想象的样子相差甚远。

前面的田野里，许多人忙着秋收。其中有权力的人用那种会突突响的机器收割麦子，脸上满是得意的神色；有力气的人唱着歌，用镰刀割小麦，歌声与机器的噪声比赛着，最终噪声战胜了歌声，因为机器不用休息，而唱歌时需要吸气、需要休息片刻；没权又没力气的人跟在后面，弯着腰拾穗；而对于孩子们来说，这个世界发生了什么，与他们没有任何关系。他们坐在桃树下吃桃子。

像我这种有智慧的猫，不会被轮回红尘中形形色色的东西所打动。但对于孩子们来说，我的出现仿佛是田野中上演的一场不凡的戏剧。他们叫喊着向我跑来。童心未泯的小胡子老人也坐在田埂上，把我展示给好奇的孩子们。其中一个小孩正香喷喷地吃着桃子，这让我口水直流。他也看到了我的情况，便说：“吃，你吃。”他把桃子往我嘴里塞。我舔了一口，某种酸味和苦味混杂的味道传遍全身，我才明白，这不是猫粮。我看到这小孩的鼻涕流到胸膛边，很想吃一口。我跑到他怀里找鼻涕时，他用力一吸，鼻涕在鼻子中消失了。

小胡子老人和我继续前行，那些孩子还在后面追着我们。正在收割的母亲在后面叫喊。不久，他们也在我们身后消失不见了。妈妈说过，小麦分为冬麦和春麦，冬麦是冬天播种的，成熟得早；春麦成熟得晚。现在我们正穿过的这片田，肯定是春麦，还是绿油油的，没有变黄的迹象。微风一吹，麦浪一个接一个，这让我心情愉快，“喵喵，快乐呀幸福啊，喵喵。”不由得唱起歌来。

“不要哭，快到家了，我会给你倒牛奶。”小胡子老人以为我在哭，不停地抚摸着我。从此以后，我失去了唱歌的勇气。

我离开妈妈他们，去别人家的过程是美好的。一路上，我看到了无数美景，仿佛是一场欢送新郎的婚礼。如果我是新郎，遗憾的是小胡子老人家里没有新娘。常常，我独自一人睡觉，独自一人喝奶。有时候，他家也不给我倒牛奶，我不得不做些小偷小摸的事情。我知道这样不好，但我安慰自己：不是我偷的，是肚子叫我偷的。

秋天快要过去了，现在我有了过多的自由。我常常早早起来，看日照金山，然后太阳光线从山上慢慢滑下来，最终照到山谷里，照在我身上。世上再也没有比这更美好的事情了。

新家里的老阿妈常常忘了给我倒牛奶，我也喝不惯牛奶。每当喝牛奶时，我不禁想起和哥哥、妹妹一起吵着、抢着喝羊奶的情形。

树叶落完后，树上的小鸟们暴露无遗，不再像夏天那样有隐私了。从远处也能看到它们在树枝上偷偷摸摸地爬来爬去，颤抖一下就下来了。这时，新家里的大孩子落桑用分杈的树枝和自行车轮胎内胆做了个精美的弹弓。他像个老猎人一样，迈着猫步，整天在田野里走。这下，暴露无遗的小鸟们有罪受了。我也迈着天生的猫步跟着他，不久我们就有了默契——他是猎手，而我是收拾和消灭尸体的那个。

吃多了小鸟的肉，我一天比一天胖了起来。家里的小胡子老人和老阿妈看我的眼神已经有些变化。看我胖乎乎地在家里走来走去，他们会说："看哪，胖成这样，肯定是偷吃了什么。"老阿妈给我倒牛奶，我闻了闻就不喝了。老阿妈说："看他狂妄的样子！"尤其是只有十几岁的小孩儿扎桑，他自己胖得不成样子，看我胖乎乎就用脚踢，好像我的胖造就了他的胖一样。

到了冬天，太阳已经出来了，屋里依旧充满寒冷。铁炉子里的火已经熄灭，寒气像水一样流入炉子下面。我半醒着去寻找一个温暖的地方。库房里，扎桑正瞪大眼睛看书。库房的窗户里射进暖洋洋的阳光，没有心事的尘埃在其中跳着灵感之舞。我悄无声息地走进阳光里的毛毯上，睡在那里。名叫扎桑的人崽看完书，伸了伸懒腰。原来，他没日没夜看的书是《格萨尔王传》。我们猫没有建国立王的习俗，对此我无话可说，但我的阳光被他占了，我已经处于他的阴影里。

"喵喵，冬天的太阳有主人，喵喵。"我就这样叫。他看到我原来睡在他身边，"叫什么叫，想要这个了不是？"说完，一脚落在我身上。白天，我看到了很多星星，五脏六腑都震荡成一团酥油，东南西北变成了一个方向。我只能在离他远远的窗户上睡。

我的痛苦减轻了一点。一只麻雀落在窗户外面，叽叽喳喳地洗起脸来。

"喵喵，"我说，"安静！"

"叽叽喳喳，"它说，"那个有弹弓的人崽去哪里啦？"

"喵喵，"我说，"他去山上放牛去了，还带走了弹弓。"

"叽叽喳喳，"它说，"他不怕因果报应，连我们麻雀也不放过。"

"喵喵，"我问，"麻雀不是鸟吗？"

"叽叽喳喳，"它说，"一直以来，人们把麻雀当成精灵，不会轻易伤害我们。"

我想它说得也有道理。我吃过落桑丢给我的几只麻雀，味道真不怎么样。但这些话千万不能告诉麻雀，它们肯定会以为我是落桑的幕后凶手。

我还想对麻雀说点好话，但叽叽喳喳，麻雀飞走了。

原来，小胡子老人气冲冲地进了库房，把我也吓了一跳。

“你这个不务正业的败家子，数学零分、汉语零分，连藏文也考了个零分，还在这里无所事事地看《格萨尔王》？如果学校里有个《格萨尔王》课程，你一定能考上一百分的！”阳光中，许多飞沫烦躁地飞舞着。

“喵喵，快乐呀幸福啊，喵喵。”看到小胖扎桑被人训，我唱起了上次在麦田里创作的歌曲。小胡子老人走后，扎桑好像没明白歌词大意，以为我在安慰他，便把我抱起来，抚摸着我，开始说起自己的心事。

“分数，分数，”他模仿小胡子老人，“现在的人只知道分数。上学是为了学文化，还是学分数？《格萨尔王》不是文化，那么分数就是文化啦？”如果这个只有十几岁的小孩儿的骂声被戴眼镜的老师们听到，那可不得了。听完扎桑的心里话后，他在我眼里越来越可爱了。我们猫没有学校、老师、分数这些，是我们的福气。如果有的话，我就倒霉了，哪能像现在这样寻找睡觉的地方？可能正在戴着眼镜数分数呢。

之后，我和扎桑成了好朋友。我在他那里学了一些《格萨尔王》，最喜欢的《门岭之战》里的独脚鬼成了我的偶像。我在扎桑面前表演了一场独脚鬼走路的样子。扎桑说我表演得非常生动形象，我知道他在说纯客套话了。

到了第二天，老阿妈看着小胡子老人的胡子说“最好把胡子剪了，自己不舒服，看的人也不舒服”，新的话题就这样展开了。

“有句谚语说得好，男人的嘴上需要胡子，女人的嘴上需要笑容。”小胡子老人说道。“哈哈！”扎桑笑起来。

“喵喵。”我也笑起来，因为《格萨尔王》或者民间传说中根本没有这样的谚语，由此可知，这个谚语是纯属老人家随意创作的。

到了晚上，我们围着铁炉子看电视。电视屏幕很小，也很古老，但画面和声音还算清晰。我最喜欢看《天气预报》，不喜欢看那些谈情说爱的节目。电视里一开始谈情说爱，我就昏昏欲睡了。“刚刚收到天气消息，由于受西风槽的影响，预计从 15 日开始，我区将会自西向东地出现一次明显的降雪过程。那么从 15 日到 16 日，阿里和日喀则南部会有小到中雪，其中札达、普兰、吉隆及聂拉木的部分乡镇将会有大到暴雪……”永远不变的节奏中，女主持人甜美的声音响起，把天气说得像战场直播一样。但我等到最后，她说“芒康，天气晴，零下八摄氏度到四摄氏度”，却没听到我一直等待的那句“芒康，下雪”。

醒来时，没有任何预兆地下了一场大雪。我快一岁了，等了整整一年的雪。一年以来，妈妈童话里各种各样奇特的东西我都见过，但没看到雪，直到今天。妈妈说我们仨是在下雪的早上来到人间的。以前我们想象过下雪的早上是羊奶和老鼠，但现在不用想象了，我眼前正下着雪，天地白茫茫一片。我看着下雪的样子，自己的五脏六腑也变得透明、雪白。

雪下了一整天。雪落在乌鸦的羽毛上，乌鸦抖一抖身子，又变成黑色。万物雪白中，它们显得格外突出。夜也无法黑透，夜色下，万物依旧是白茫茫一片。人们围着炉子，说起古老的传说，传说中没有下雪的情形。没有雪的传说结束后，妈妈童话中的老鼠都出来了。

从炉子上飘出的刀削藏面香味，让我在炉子下辗转反侧，无法安睡。人们围着炉子，准备喝热气腾腾的刀削藏面。我伸头出来那一刻，正好看见热气消失的地方——天窗间，出现了两只眯眯眼、动动嘴的动物。我想，这肯定是老鼠了。

“唧唧！”两只老鼠在天窗上吵起架来。人们看着这出戏发呆。母老鼠走在前面，骂得很凶；公老鼠好像做错了什么一样，低头跟在母老鼠后面。

公老鼠像个做错事的小孩儿，弯着腰说："对不起，亲爱的。"

"那说实话吧。"母老鼠转身对着公老鼠说，"昨天晚上你到底去哪里吃屎啦？"

公老鼠做出非常害羞、非常后悔的表情，说："亲爱的，说实话，昨天晚上我去找了老鼠美朵杨赞。亲爱的，没事的，你要知道，我的心是属于你的。"他还把小爪子放在胸前。

"没事？你说没事？"母老鼠气得全身发抖，"还说你肮脏的心属于我？"说完，给了公老鼠一个响亮的耳光。

公老鼠倒下，又慢慢站起来，说："打得好！亲爱的。"

话音一落，又一个重重的巴掌迎面而来。这次，公老鼠倒下又站起来，变得头重脚轻，身体左右摇晃个不停。它完全不知道母老鼠在哪个方向，东南西北在哪个方向。身体先是向左摇，又向右摇，这次没能站起来，从右边掉了下去。

小胡子老人的叫喊声和扎桑的哭声把我拉回现实。公老鼠掉进了面锅里，面汤溅起，落在我身上。身体烫得火辣辣的，我尖叫着跑了出去。逃跑时，我想起了妈妈的口号："追杀老鼠是我们猫天生的责任。"就在刚刚，我差点死于老鼠的手下。被面条烫伤的我，顺着记忆中的小路一直跑下去，直到跑不动，发现自己正站在雪中。天上是雪，地上是雪，前面是雪，后面也是雪，连空气中也掺杂着雪的颗粒。

我想顺着自己的脚印回去，但雪里没有我的脚印。脚印，已经消失在雪中。

"喵喵，"我问这个世界，"我在哪里呀？"

世界下满了答案。

褶皱

◎ 嘎松央西

一

“我睡了多久？”

她从泥炉旁的床垫上爬起来说，尾端的毛毯已经缩成了一团，满是油灰的枕头也落了地。她站着的姿势很奇怪——左手搭在右肩，右手在空中摇晃。我走过去掰开她的手指，是两片粘在一起的白药片。这种药片产自西宁，我们这里一般称它为“囊谦头痛药”，二十多年前，囊谦人经过省界线时把药传给了我们，只有我们这个地方的人视若珍宝，头痛了来一颗，牙痛了也来一颗，甚至困了也来一颗。农忙季节，在田间地头，村里人相互递的不是茶就是囊谦头痛药。

显然，她准备一大早就开始吃药，或者已经吃完了几颗。

“你吃了多少颗药？”我问她。

她突然转过头看我。从我的耳根到脚尖，她打量了个遍。

“我就只吃了两颗黄色的药，不是头痛药，我应该吃头痛药。”她突然慌张起来，当她意识到自己的慌张时，又用力捏了捏手里的药片。

“你不该乱吃药。”我说。

乏味的氛围，没有光线，没有色彩，只有灰白。她走过来，像个猫科动物，缓慢又时刻谨慎。她拉起我的手说：“这是你的药。”接下来便是一场无声的战争，我已经不确定她手里拿的到底是不是囊谦头痛药，甚至怀疑已经过期。

我杵在原地看着她。

“吃药。”她企图把两颗沾了她指纹的药片送进我嘴里。我连忙后退。

“她这次是在村口白塔那儿被发现的。”阿波益西说，当时她像个孩子一样蜷缩在那里，阿波益西问她去哪儿，她说想回到母亲的子宫。她的思绪仿佛是栖息在这片土地上的幽灵，总是胡言乱语。

我找她，从村东隆起的土坡到村尾蜿蜒的河流，有时候她会在河边洗她那头黑亮的头发，发尾垂在河面，强大的冲刷力使得她离河面越来越近。那时候我总在想她要是被河水带走了怎么办？一个六十九岁的老妇人，临近古稀之年意外被河水冲走，多冷的一个笑话。

她离危险很近，却每次都能活下来。她的生存欲望很强烈，记忆力却在退化。

她说那天她是在收集植物叶子。圆形的、三角形的、五边形的，她都不会放过。还好是在夏天，不然她又得漫山遍野地跑了。

“给你。”她从怀里掏出形状各异的植物塞给我，我接过时，才发现她手心都是汗，叶子全湿了。她已风烛残年，时常忘了我是谁，可她记得我的一些癖好。六岁那年，在夏牧场，我过度沉迷收集植物，差点被狼叼走。我记得她那天的神情，天地翻转那般。我的母亲，我的阿妈，我的美朵拉姆女士，她哭着把我抱起来又重重摔下，她捧着我的脸说：“没有了你，我连活下去的理由都没有了。”她轻吻我，眼泪触碰眼泪，最后在我的脸颊留下一摊印记。

她说不准再收集植物叶子，要不然会被棕熊和狼叼走。她喜欢说“不准”两个字，“不准在没写完作业之前跑出去玩”“不准和村头的那个傻子一起玩”。

她讨厌大拇指总是含在嘴里傻笑的傻子。

“和傻子一起玩，你自己也会变成傻子。”她看到我和傻子同时摔在地上，扶起我，踢开傻子。傻子口鼻里沾满灰土，然后哭着站起来，用脏手去擦拭眼泪，结果脸上层峦叠嶂。母亲蹲下来拍打我身上的灰尘，一边念叨着我的女儿不能这么脏，一边瞪傻子。傻子一气之下捡起地上的石头去砸母亲，母亲流血了，她左手捂着头，右手牵着我的手，我们母女俩在烈日的照耀下回了家。

母亲不喜欢傻子，她可能害怕“傻”这种东西会传染，傻子的傻会变成我的傻，而傻子最后会变成正常人。每当傻子出现在我家附近，她就会警惕起来，边关上门窗边往外面瞧，傻子不懂母亲的用意，一直在外头打探。母亲拿起摇牛奶的木棍冲出去，傻子打探不出母亲的愤怒，但她知道棍子的威力，她大叫：“杀人了！杀人了！”我在后面追母亲，母亲有时候会摔倒，整张脸埋在土里，又从土里急速蹦出来，直到傻子跑不动了，直到母亲自己跑不动了。

“我不喜欢你和傻子一起玩，你要好好学习，傻子只会带傻你。”母亲喘着粗气跟我说。我拿过沾了灰的木棍，木棍的圆形底面已经不见了，母亲在追傻子的路途中弄丢了它。

“今天追这么远，傻子不会再找你玩了。”

母亲笑着，我看不到她的任何神情，但我认为她的愉悦是真诚的。母亲认为学会躲避是世事的一部分，她要我学会躲避傻子。我问母亲：“要不你带着我离开吧，要不然这么小的一个村，我怎么躲避一个整日晃荡在各处的傻子？”母亲说只要不出去就好了。我很好奇，难道我不用上学吗？难道我不用去寻牛犊吗？母亲说一切交给她。

她说为了我，多干点活怎么啦？

可是母亲！牛犊和成年牦牛在两个山头啊！母亲把我藏在家里，只为躲避傻子。其实，母亲才是真正的傻子。

“你才是真正的傻子。”

母亲赶回牦牛之际，我和母亲说。我看不清她的脸，但她的哭声却立刻流入我的耳朵。

“护法神在上，宗喀巴在上，你居然敢诅咒你的阿妈。”她双手举到半空中，立刻又放下，又举起。我知道她在流眼泪，我依然看不清她的脸。

她的鞭子甩在牛背上，嘴里念着：“护法神在上，宗喀巴在上。”

她被我吓到了，牛群在我们四周逃散，等她念完，鞭子又回到了我的脊背。等到我的哭声响彻云端时，傻子出现了。

傻子在远处嘿嘿笑着，她看着母亲而不是我。

傻子走过来，扶起地上乱打滚的我说："让你不要跟你阿妈玩，你偏不听。"

母亲见状，彻底被激怒。她把鞭子甩在我和傻子身上。

母亲似乎被什么病给缠住了，我跟谁走得近，母亲就会攻击那个人。二十五岁那年，我交了一个男朋友，母亲知晓后，瞒着我去另外一个村打听，回来后她站在我面前说必须分手。

她喊出我男友的名字："你和扎西珠扎必须分手。"

"你过于激动了。"

"你不能跟还俗的男人在一起。"

"只是这个原因吗？"

她惊讶地看着我说："只是？护法神在上，你要是跟做过僧人的男人在一起会下地狱啊！你至少念过书，连这个道理都不懂吗？"

我看着她仿佛回到了她和傻子对抗的那一年，她举着弹弓和傻子说："不许和我女儿一起玩，要不然我就射烂你的眼睛。"她手上的褐色斑点在风中若隐若现。傻子见母亲狂怒，嘿嘿笑着，还要往我的方向跑，她就那样把傻子的眼睛给弄瞎了。

后来，傻子再也没出现在我的生活里。

"必须和他分手，要不然你会下地狱。"

"你别管！"我记得我那天的神情，不带一丝犹豫，话语铿锵有力。那一次，我认为我必须有所回应了。并不是因为我有多爱扎西珠扎，我只是想告诉母亲，她的行为是错的。

"那就下地狱吧！"我在回忆这几段记忆时，总是看不到母亲的脸，只是她的声音震耳欲聋。而我自己的面部却清晰可见，我的模样很搞笑，就像风中摇曳的稻草人。"你想让我疯掉是不是？"她的哭声从我头顶向更高处蔓延。

母亲一拳把泥炉上的水壶摔在地上，接着便是锅碗瓢盆。我弯腰捡起碎片，她一把抓住我的头发，往屋外拖。

“你想让我疯掉是不是？”她拿起木棍敲在我背上。

我家院子里种满了圆根，那些青绿的叶子早已崭露头角，院子东边还有一个菜园子，里面都是土豆。母亲的棍子落在叶子上，或者出土的圆根上，发出“呷呷呷”的声音。我停下来抓住母亲的棍子说：“不能糟蹋圆根，不然到了冬天我们吃什么？牦牛们吃什么？”母亲没有料到我会这么说，她转头看了看，又回过头看我，然后一屁股坐在地上流下眼泪。

“你想让我疯掉是不是？”

她又重复了一遍，直到我答应她分手。后来，我在脑海里一直反复回放那一幕，反复确认母亲是怎么回屋的，我在院子里，在无数个圆根叶中间，是怎么睡到第二天的。

母亲喜欢收集我的牙齿和头发。小时候，她帮我把拔掉的牙齿扔到屋顶后，再捡起装进油漆罐。她说要想牙齿长得好，不仅要扔到屋顶，还要捡起来装进油漆罐里。母亲说那是独门秘方，不得向外传授。母亲喜欢传播她的独特思想，没人认可却总是洋洋自得的一些想法，比如不能和傻子一起玩，比如必须把牙齿从屋顶拿回再放进油漆罐里。

二

瓦日村离乡五公里，北面是缓缓向前的吉曲河和一条公路，南面几座山高高耸立，往东面再走几公里，就会有“西藏类乌齐欢迎您再次到来”的巨型广告牌，这说明已经走到了青海省的区域。瓦日村人崇尚享乐主义，在解决完温饱问题后，他们盯向了赌博。村里还没有几家小卖部的时候，棋牌室、麻将馆、台球室就已经相继开起。男人们终日摇头晃脑地挤进里头，有钱的、没钱的都要站上几个小时。

母亲的记忆力一天不如一天，从最开始的忘记擦桌子、忘记扫过地到后来常常忘记回家的路。我们家上个月从土房搬到了易地搬迁的平房里。为了让母亲更快找到回家的路，整个春天，我在路两旁撒满邦锦美朵的种子，今天一簇，明天一簇。等到夏天真的开花了，可惜母亲依然找不到回家的路。

我家分到了九十平的房子，房子前面就是吉曲河，政府为防止河水上涨，淹没房屋，就在我家屋前修了一条堤坝。这下我们肉眼就看不到吉曲河了，只听得到“轰轰轰”的声音。母亲说她害怕听到河水声，只有潺潺溪流才能让她心安。

“我们不是有房子吗？为什么一定要住在这里？”母亲抱着我的腰问，她有时候很像小孩儿，喜欢搂着我的脖子或者腰。

“阿妈的腰为什么这么松垮，感觉像流出来的肠子。”她紧接着问。

我说：“因为我已经五十岁了。”

她听到我的回答惊讶地说：“阿妈，你明明已经快八十岁了，不能忘记自己的年龄哦！”

又开始了，没完没了。

母亲在屋前专门留了一块空地，用来堆柴火。从前住在老房子时，她喜欢往泥炉旁躺，现在泥炉换成了铁炉，母亲又说太烫了，睡不着头也疼。我把铁炉挪了位，准备重新往屋顶打孔，最后发现烟囱从窗户伸出去是最方便的。母亲不悦，她说窗户打孔不吉利。为了母亲，我重新买了一台更小的铁炉，可烟囱我怎么都装不好。

“一连几天你到底在干什么？这种事情让我来干就行。”母亲的身体突然变得矫健起来，没过几个小时，她就已经装好了。她既解决了房顶和地面位置的问题，烟囱走位也有模有样。我第一次怀疑自己的反应能力和实践能力。毕竟，在那之前我拿着一截烟囱，光盯着天花板就花费了很长时间，我在操作过程中一想到窗户就忘记了天花板有孔这件事。这令我非常害怕。瓦日村早晚温差大，夏天的早上我走路去老屋，把牦牛赶到山上。在山上我会吃完昨晚烙的饼，再喝一口甜香四溢的酥油茶，我的工作也才开始。接下来的时间里，我会扯出腰间绑好的尿素袋子，将其揉开，然后将捡到的干牛粪一坨一坨装进里头，这是我和母亲的燃料。母亲喜欢去东面的松树林里拾柴火，而我去南面草坡捡牛粪。母亲不喜欢我干这些，她说这些活得她来干，我只适合待在屋子里，等待她的到来。

就像小时候，可是傻子死了那么久。

一天我背着一大袋牛粪回到家，母亲却没有回来。一直到午后，她还是没有。

我吃了两片囊谦头痛药，有人说吃两片连心脏疾病都能治好，这个说法我当然是不信的，只是吃完药，我确实没有那么心慌了。我依然在等待母亲，不敢随便出去，不然她发现我不见了又会出去找我。我把母亲拾来的柴重新堆了一遍，我喜欢把柴火按大小、粗细一一堆好，母亲却总是一股脑“啪”的一声扔在那儿，连看都不看一眼就进屋——她有一些不好的习惯。我坐在柴堆上等待母亲的到来，囊谦头痛药的药效很快过去，不安和恐惧从四周缓慢向我聚来，是吉曲河的轰隆声，头顶鸦群的鸣叫声，还有我脑海里母亲的声音。

“柴火真重，害得我从沟里站不起来。”母亲说。

“你就应该听我的话，不去捡牛粪，你不去我就不会去。”母亲说。

“你是我的母亲，我会听你的话。”母亲又说。

我快疯了，脑子里随处出现的那些碎片在搅乱我的脑浆，我不能思考，我成了真正的傻子。

母亲还没有回来。

我在等待，时间却在一分一秒过去。我在成为傻子的路上越走越远。母亲看到这样的我，一定会说：“活该，你就是和傻子说多了话才导致这样的。”我看不到母亲的脸，她的话语像一团鸦群冲向云端。

最后一片囊谦头痛药滑进咽喉，我看到了母亲的身影，还有更多。

“美朵拉姆？患者美朵拉姆。”我坐在一台电脑背面，身边站着很多人，我在打量他们裤子的颜色。

“美朵拉姆。”医生又重复了一遍。

医生在叫母亲的名字，我抬头看看母亲在不在，八只眼睛死死地盯着我。

母亲站在我右边，她说：“阿妈，医生在叫你。”可能是刚吃的囊谦头痛药起了作用，我突然变得神清气爽。

我和母亲说：“不是在叫你吗？”

母亲和医生同时叹了口气。

“老年人这种病很正常，这次头部的伤不是那么重，稍微用点药就行，不要让老人过度劳累。”医生还在噼里啪啦地讲。

母亲扶着我走出门。

一路上一群人沉默寡言，不知道的肯定会以为我们刚输了案子，家人被关进了监狱。想到这儿，我突然打量了一下他们，除了母亲，我一个人都认不出来。我不明白我的大脑发生了什么？我支起胳膊敲了敲脑袋，一群人又唏嘘起来。母亲怒了，她哭着说：“都是因为你自己不老实。”

同时，我注意到了头上的纱布，医生说过的话也猛烈撞击我的脑袋。我恍然大悟，看向自己的身体——我被母亲和一个陌生人搀扶着，我骨瘦如柴，我年老色衰，我风烛残年。

我是一个老人。

“阿妈，回家吧！”母亲说，不，女儿说。

后半段路只有女儿一个人搀扶着我，我看到路边野花缀满了一地，女儿的脚步很轻盈，尽管她已经五十多岁了，她穿着一双黑色平底鞋，鞋面沾满了牛粪，有些已经风干，走一步，掉一块。有些还粘在上面，就像我此时的手臂紧紧贴着她。我伸出手环住她的腰，女儿惊讶地看着我。

我说：“孩子你最近是不是没好好吃饭？”女儿停在那里，我看到她头上的粉色头巾在阳光和风的摩擦中摇摆不定。她就那样落下眼泪。

回去后，我躺在铁炉旁，她躺在卧室里。这间两室一厅的房子里，这么多年，只有我和她两个人。我们已经远离了游牧生活，却不曾放弃放牧，老屋没拆，牛都关在里面。早晨我们从政府提供的新屋里起床，出发去老屋。晚上牛拴好后，我们又回到新屋。我和女儿的日子单调且乏味。

我又吃了一颗囊谦头痛药，其实我不该这么频繁地吃。吃多了药会对身体产生危害。但我还是忍不住把药扔进胃里，让胃酸在里头猖狂。我的女儿一直未婚，我不知道是不是因为我对她的阻挠。“就算我找了一个，阿妈也不会同意。”她肯定是这么想的吧！

我突然想起了一些往事。那时候我不老，女儿也存在。

三

我把木棍甩在傻子头上，我说：“你离我女儿远一点！”女儿就站在我身旁，她的脸黑黢黢的，被太阳晒伤了，下巴挂着眼泪和黏稠的鼻涕，她使劲摇头。我胡乱挥舞木棍，傻子缩在灰尘里。

“有种你打死我！”傻子嘻嘻笑。

“阿妈，你别再打了。”女儿哼唧哭。

等到我打累了就趴在地上休息，我这都是为她好，只要傻子一天跟在她身后，她就会更笨，而且傻是会传染的。傻子会把傻思维、傻行为传染给她，我的女儿太危险了，她会和社会格格不入。

那天女儿一直到傍晚才回来，一回来就准备拿着桶去挤奶，我抢过木桶，我觉得我的女儿不该干这些粗活。我和她说：“马上去学习，只有学习才有出路。”

即使我一无是处，我还是想给女儿一个完美的教育环境。牛棚，我不希望她去，牛棚里满是粪便味，我害怕粪便会影响她的发育。我也不允许她和傻子一起玩，我早说过，傻也是会传染的，这些都会影响到她的思维方式和能力。

可是，为什么会变成现在这样呢？女儿油亮的头发早已变成枯草，女儿本该成为都市丽人，可她竟然戴着农村妇女才会戴的头巾，她说话没有知识分子的儒雅，满是农村妇女才会有的埋怨。我的女儿，到现在她都是孤身一人。

她的生活里好像只有我了，因为傻子已然被我赶走，她与那当过僧人的男朋友的恋情也被我成功阻挠。可是，我没有阻挠过她的学业。相反，我支持她走出去。

“离我女儿远一点！”我追着傻子。我记得很清楚，傻子那天穿了一件红色西装，裤子是破了洞的黑色灯芯绒，她的眉毛粗粗的，眼睛像牛眼。她的牛眼喜欢死死盯着我。

她说：“老妖女。”她叫我老妖女。

我听过“小妖女”，在我年少时，村里的小孩儿喜欢这么喊我。似乎是从医院回来后，我就会自动记起很多事情。比如年少时候，我一般不跟别人讲我年少时的那些经历。讲也是只讲辉煌时刻。

人们从草坪经过，留下无数个圆形脚印。我蹲在那里，打量每一个人的鞋子，有些人穿着藏靴，有些人穿着绿色解放鞋，而有些人却光着脚。我问路过的每一个人：“为什么？为什么你会选择这双鞋，为什么你会光着脚丫？”他们说：“孩子你傻了吧！你为什么不问天空为什么是蓝色的、墨蓝色的、靛蓝色的？”

我问小草为什么是绿色的，他们说到了秋天就会变黄。我恍然大悟，我跑回家，从木梯爬上二楼，木梯是很多年前父亲从松树林里抬回来的，他的腿部为此受了伤，木梯上挖孔的任务就落到了母亲身上。我踩进母亲打造的木孔，从二楼的后门出去，狡黠地盯着田里的圆根。然后钻进去一根一根拔出来，我拔了二十多根，那是邻居家的田。

当傍晚到来时，我背着半袋圆根走进阿波根嘎家，我向二楼喊：“阿波根嘎，求求你让我看《隋唐英雄传》吧，我给你带了圆根！”他走下来数了数，正好二十根。他狐疑地看着我说：“该不会是偷自家的吧？”我说：“这个你别管，收好让我进去。”后来，我逐渐养成了一个习惯，每当想看VCD，想看秦叔宝时，我就会偷偷溜进圆根地里。

父亲问我为什么要偷东西，我反问圆根为什么一定就得深埋在地里，把它拔出来不就好了吗？父亲很诧异，他说：“你搞错了重点，重点是偷窃，你偷了别人家的圆根。”我和父亲说你怎么不问问我天空为什么是蓝色的、墨蓝色的、靛蓝色的。

父亲说这孩子已经傻了，完全没有解救的余地。

我不仅成了父亲眼中的傻子，还成了同龄人中的小偷，村里人都开始躲着我。从那时候我就发誓将来我要是有了孩子，我一定会教育他不要偷圆根，不要问一些乱七八糟的问题。

“阿妈，被子需要再加一床吗？”女儿就站在门口，我知道她的手此时肯定在摸灯的开关，可是她为什么没有去按呢？我的脸如此让她厌恶。

“不需要，又不是冬天。”我说。

女儿没有再说话，在空洞的夜里，女儿的脚步声响彻在木地板上，“嚓嚓嚓！”时而轻缓时而急促。脚步轻缓的时候她在想什么，脚步急促的时候她在想什么，我忍不住去猜测。

“阿妈。”女儿又转回来。

“怎么了？”我问。

她说：“你现在认得出我吧？”

我说：“你是我的女儿。”

“护法神在上，你终于认出我了。”女儿颤抖的声音顺着她的腹部、膝盖，沿着地板，爬进我的耳朵里。

我一动不动地躺着，任由女儿的哭声撕破我的耳膜。

图书在版编目（CIP）数据

永恒的山 / 西藏作家协会编. -- 北京：作家出版社，2025.9. -- ISBN 978-7-5212-3683-5

Ⅰ. I247.7

中国国家版本馆 CIP 数据核字第 2025T75R64 号

永恒的山

编　　者： 西藏作家协会
责任编辑： 李亚梓
装帧设计： 琥珀视觉
出版发行： 作家出版社有限公司
社　　址： 北京农展馆南里 10 号　　**邮　　编：** 100125
电话传真： 86-10-65067186（发行中心）
86-10-65004079（总编室）
E-mail: zuojia@zuojia.net.cn
http: //www.zuojiachubanshe.com
印　　刷： 河北品睿印刷有限公司
成品尺寸： 152×230
字　　数： 231 千
印　　张： 17.5
版　　次： 2025 年 9 月第 1 版
印　　次： 2025 年 9 月第 1 次印刷
ISBN 978-7-5212-3683-5
定　　价： 56.00 元
